당신의 삶에서
배웁니다.
2024. 1.
강원국

일생을 듣고 나는 씁니다.

삶의 성패가 아니라
무엇을 위해 살아갈 것인가
고심하는 이들을 기록합니다.

무엇을 위해 살 것인가

# 강원국의 인생 공부

강원국 지음

디플롯

# 당신의 일생에서 배웁니다

나이 쉰한 살에 호기롭게 직장을 그만뒀다. 아내와 아들까지 고작 세 식구 굶기겠는가. 하지만 막상 해보니 월 200만 원 버는 것도 버거웠다. 매일 출근해서 월급 받지 않으면 살아갈 수 없는 사람이란 걸 깨달았다. 나이는 먹었지만 어른이 아니었다.

사람은 왜 공부하는가. 살아남기 위해서다. 말을 하고 걸음마를 배운 것도, 제 손으로 밥을 먹고 혼자 학교에 가는 것도, 좋은 학교와 좋은 직장에 들어가기 위한 공부도 모두 생존을 위해서다. 결국 생존 확률을 높이기 위해, 그리고 홀로 서기 위해 공부한다. 남에게 기대지 않고 자립하는 게 공부의 목표다. 태어나서 줄곧 우리는 그 목표를 향해 달려왔다.

공부 방법은 많다. 책을 읽을 수도, 강의를 들을 수도 있다. 혼자 생각할 수도 있다. 무언가를 경험해보는 것도 매우 유익한 공부다. 하지만 생존 확률을 높이는 게 공부의 목적이라면 가장 효과적인 방법이 있다. 다른 사람에게 듣는 것이다. 어릴 적부터 우리는 부모님께 듣고 선생님께 들었다. 그렇게 공부했다. 하지만 어른이 되면서 듣기에 소홀해졌다. 다 안다고 생각했다. 공부도 멈추고 말았다.

어떻게 해야 살아남을 수 있는가. 그 답은 사람에게 있다. 사람의 삶 속에 있다. 문자화되어 있는 지식이나 정보는 인공지능이 더 잘 알고 있다. 필요하면 챗지피티ChatGPT에게 물어보면 된다. 하지만 인공지능이 갖고 있지 못한 게 있다. 바로 지혜다. 지혜는 사람에게서 구해야 한다. 그래서 사람 공부가 최고 공부다. 사람에게 직접 묻고 배우는 공부는 몇 가지 점에서 효율적이다.

무엇보다 가성비가 높다. 사람에게 직접 듣는 이야기에는 그 사람의 시간과 노력이 응축되어 있다. 한 사람이 수십 년 동안 읽고 배우고 경험한 것을 짧은 시간에 내 것으로 만들 수 있다. 또한 거기에는 사람의 영감이 가미되어 있다. A와 B의 단순한 나열이 아니라 A 더하기 B이거나 A 곱하기 B다. 날것이 아니라 융합된 것이다. 한 사람을 관통하면서 충분히 숙성된 내용이다. 그뿐 아니라 현실에 적용하고 접목해본, 다시 말해 검증을 거친 내용들이다. 그러므로 당장 써먹기 용이하다. 곧바로 실천해볼 수 있어서 실용적이다.

2021년 9월부터 매일 새로운 사람을 만나 얘기 나누는 행운을 누렸다. 2년 넘게 300명 가까운 분을 만날 수 있었다. 긴 시간 많은 스승을 모시고 최고의 사람 공부를 한 셈이다. 지나고 보니 공부로써의 대화가 가장 빛났던 순간이 있었다. 이들이 고난과 역경의 시절에서 지금의 삶으로 뛰어넘어온 바로 그 지점이다. 거기에서 나는 각기 다른 살아갈 지혜를 마주했다.

'수포자' 아들이 아버지 퇴직금 들고 미국으로 유학 떠나며 비행기 안에서 펑펑 울었다는 최재천 교수의 어릴 적 사연, "인문학자들은 거만한 바보들이다"라는 리처드 파인먼의 말에 발끈해서 과학 책을 읽기 시작한 뒤 스스로 바보임을 인정했다는 문과생 유시민 작가의 공부 이야기, 한국 최초의 여형사라서 어려운 점 없었느냐는 질문에 "형사 되기 바빴지, 무슨 여형사입니까"라는 답으로 질문자의 선입견을 단박에 부순 박미옥 반장의 인생 이야기까지.

지금 우리 시대를 최전방에서 변화시키는 설계자로서, 때로는 우리 삶을 보듬는 치유자로 살아온 15인 인생의 정수를 이 책에 담아내고자 했다. 한바탕 살아보니 뜻대로 살아지지가 않는 게 인생이더라며 다시 출발선 앞에 선 이들에게, 타인의 삶을 경청하는 공부를 권한다.

2024년 정초, 과천에서
강원국

# 차례

### 표창원
#### 정의로운 셜록 홈스를 꿈꾸는 자유 시민

경찰, 프로파일러, 교수, 국회의원, 소설가. 끊임없이 도전하는 그의 가슴에는 정의와 진실, 자유를 향한 무구한 열정이 있다. 표창원범죄과학수사연구소 소장으로 일하며 프로파일링 아카데미를 운영하고 있다. 무엇보다 그는 하루하루 충만한 자유 시민으로 살아간다.

### 이슬아
#### 스스로 작가라는 깃발을 꽂고 나아가는 삶

2018년에 〈일간 이슬아〉라는 자발적 구독 플랫폼을 만들며 출판의 통념을 뒤흔들었다. 5년 후 독자들이 직접 투표하여 뽑은 '2023 젊은 작가'로 선정되었다. 작가가 되는 길은 이슬아 이전과 이후로 나뉘며, 이슬아는 오늘도 쓰고 팔며 그 길을 굳건하게 걸어간다.

### 최재천
#### 젊은 날의 공허를 딛고 순수한 탐구열의 세계로

장래 희망에 타잔을 적고 시를 좋아했던 낭만 소년은 서울대학교, 하버드대학교, 비 오는 정글을 거쳐 인간과 자연을 누구보다 사랑하는 대한민국에서 가장 유명한 어른이 되었다. 모든 아이가 자신이 하고 싶은 것을 죽도록 하도록 내버려두는 세상을 꿈꾼다.

### 최인아
#### 사랑하는 이에게 묻듯 자신에게 질문하는 사람

삼성그룹 최초의 여성 부사장으로 화제가 되었지만 박차고 나와 책방을 차렸다. 일하는 사람들을 위한 서점 '최인아책방'을 열고 제일기획에서 훈련받은 모든 것들을 쏟아내고 있다. 자신을 사랑하는 만큼 자신이 정말로 원하는 것이 무엇인지 늘 질문하며 살아간다.

## 폴 김
꼴찌를 일등으로 뒤바꾼 질문과 코칭의 힘

학창 시절에는 만년 꼴찌였고, 지금은 미국 스탠퍼드대
학교 교육대학원 부학장이다. 교육에 테크놀로지를 접
목시키는 교육공학으로 박사 학위를 받았다. 유엔 미
래교육혁신기술로 선정된 질문형 학습 플랫폼을 들고
세계 곳곳을 누비며 국경 없는 교육을 실천하고 있다.

## 박준영
재생하며 나아간 삶, 약자를 위한 재심은 내 운명

돈도 힘도 없어서 누명을 쓰고 감옥에 들어간 사람들
의 편에서 재심을 연달아 이끌어내며 세간에 알려졌
다. 그가 맡은 사건이 〈재심〉〈소년들〉 두 편의 영화로
만들어지기도 했다. 맡은 사건을 통해 사회의 모순과
아픔을 담아내는 변호사로 살고자 한다.

## 김동식
세상에 묵직한 펀치를 날리는 변방의 이야기꾼

맞춤법 틀린 걸 들킬까 봐 마음 졸이는 공장노동자 출
신 작가. 작가는 부캐로 하는 게 좋다는 그를 회색 기계
에서 집필 노동자로 바꾼 건 5만 개의 단추, 손톱 밑의
기름때 그리고 6개의 댓글이다. 탈고에 성공하면 평소
보다 맛있는 걸 먹는 '소확행'을 실천 중이다.

## 고명환
끝이 아름다운 삶으로 정진하는 치열한 독서가

생사의 경계에 섰던 사고 이후, 끌려다니지 않는 삶에
대한 답을 찾으려고 3000권의 책을 독파한 기적의 사
나이. 건강한 돈의 힘을 믿으며 매장에서 돼지갈비를
굽는다. 베스트셀러 작가, 요식업 경영자, 동기부여 전
문가에 머무르지 않고 여전히 되고 싶은 것이 많다.

유시민

# 모름을 인정하면 열리는
# 새로운 시야

유시민이란 사람을 온 국민이 알게 된 건 그가 노무현 대통령 시절 보건복지부 장관에 임명되면서부터다. 하지만 유시민이라는 이름이 처음 세상에 알려지기 시작한 건 그가 서울대학교 경제학과에 재학 중이던 1984년 '서울대 프락치 사건'에 연루돼 1년 6개월의 징역형을 선고받으면서다.

당시 재판이 끝나고 양손이 밧줄에 묶인 채 구치소로 끌려가던 유시민은 환하게 웃는 얼굴이었다. 그의 미소엔 어떤 형벌에도 굴하지 않고 신념을 지킨 사람만이 느낄 수 있는 만족감이 담겨 있었다. 당시 그가 서울형사지방법원 항소 제5부에 제출한 200자 원고지 100장 분량의 〈항소이유서〉는 탁월한 논리 전개와 호소성 짙은 문체로, 시대의 명문장으로 지금까지 회자되고 있다.

그 후 유시민은 정치인으로, 작가로 세상에 조금씩 알려지며 타고난 어휘력과 문장력으로 숱한 어록을 만들어내는 시대의 문필가로 자리 잡았다. 지치지 않는 에너지를 품은 완벽한 문장가, 유시민. 대체 무엇이 지금의 유시민을 만들었을까?

"바보가 되지 않으려면 자신이 바보인 걸 알아야 해요. 내가 무엇을 모르는지 아는 순간 앎이 시작되거든요."

유시민 작가는 자신이 모르는 건 '모른다'고 인정할 줄 아는 사람이다. 자신이 부족한 것을 부끄러워하거나 숨기려 하지 않는다. 모르는 것을 인정하고, 아는 것으로 채우기 위해 남들보다 더 많이 노력한다. 평생을 인문학자로 살아온 그가 얼마 전 과학 공부 책《문과 남자의 과학공부》를 낸 것도 과학을 관심 있게 들여다보니 세상에 관해 모르는 것이 너무 많음을 깨달았기 때문이다.

'과학을 들여다보니 인문학은 공중에 매달아놓은 집'처럼 느껴졌다는 그는 과학을 통해 비로소 '인간은 누구인가'라는 질문을 넘어 '인간은 무엇인가'라는 더욱 근본적인 질문을 맞닥뜨리고 있다. 답이 주어지지 않아도 괜찮다. 오히려 그에게는 답이 없는 질문이 지적 흥분을 유발한다. 과학에 대한 '모름'을 인정하고 과학을 공부한 그는 이제 인문학과 철학, 과학을 넘나들며 더 넓은 시야로 지식과 지혜를 유유히 탐구하는 작가가 되었다.

냈다 하면 베스트셀러입니다. 현대사, 글쓰기, 최근에는 과학 공부한 이야기까지 종횡무진인데, 어렸을 때부터 글을 곧잘 쓰셨나 봐요?

그런 소리는 별로 못 들었습니다. 제가 글 잘 쓰는 누이들 틈에서 자라서요. 고등학교 때 제 아래위 누이들이 다 학교 문예부장 하고 그래서 저는 글 쓰는 축에도 못 끼었어요.

이쯤 되면 집안에 글 쓰는 유전자가 있는 것 같은데요. 그럼 언제 '내가 글을 좀 쓰는구나' 하고 아셨어요?

대학에서 민주화 운동 한창 할 때 유인물 만들잖아요. 친구들하고 같이 작업을 해보면 다들 잘 못 쓰더라고요. 그들이 잘 못 쓴다기보다 제가 제일 성실했어요. 다 같이 초안 써오기로 했는데, 가보면 저만 써온 경우가 대부분이었어요. 그래서 주로 제가 쓰게 됐어요. 당시 유인물 만든다는 게 박정희, 전두환 독재정권 타도하자, 너희들 나빠, 이런 거 쓰는 거잖아요. 근데 그렇게만 쓰면 안 되고 우리가 말하고자 하는 내용을 짧은 분량의 유인물에 다 넣되 사람들이 읽을 만하게 써야 돼요. 그러려면 어렵게 쓰면 안 되잖아요. 그때 글 좀 썼던 것 같습니다.

보면 모범생 기질이 좀 있는 것 같아요?

약간의 범생이 기질이 없지는 않은 것 같아요. 제가 한번 하기로 한 거면, 하긴 해야지, 이런 건 있었어요. 그렇다고 아주 성실한 학생은 아니었고요. 저는 별로 두드러지는 학생은 아니었어요. 생각해보면 좀 성격이 소극적이었는데 중학교 2학년 때 이걸 바꿔야겠다고 마음먹었던 기억이 나요.

중학교 때 무슨 일이 있었어요?
어떤 친구가 저를 몹시 괴롭혔는데 요즘 식으로 말하면 지속적 괴롭힘 같은 거였어요. 참다가 이대로는 안 되겠다 싶어서 운동장에서 몸으로 충돌하는 일이 있었어요. 그랬더니 교실에서 그 친구가 나를 잡고 연필깎이 칼로 위협하는 사건까지 일어났어요. 상황이 좀 심각했죠. 선생님이 그 사실을 알고 친구를 다른 반으로 옮겼는데, 저는 그 일을 겪고 이렇게 소극적으로 생활하면 안 될 것 같다는 생각을 했어요. 공부도 좀 더 열심히 하고, 친구들하고도 더 신나게 놀고, 의사 표현도 좀 더 적극적으로 해야겠다, 그런 생각을 했죠. 그때부터 약간 활발하게 학교생활을 했던 것 같아요.

좀 바뀌었다곤 하지만 공부벌레인 건 여전한 것 같아요. 평생 인문학자로 살다가 뒤늦게 과학 공부를 하고 책까지 내셨거든요. 그래도 과학은 좀 뜬금없는 거 같은데요?
2009년이 다윈 탄생 200주년이면서《종의 기원》출간 150주년이 되던 해였어요. 서점에 들렀더니 사방에 과학 책이 쫙 깔려 있는 거예요. 과학 책을 이렇게 열심히 파는데 나도 몇 권은 사 줘야겠다, 이런 생각에 주섬주섬 몇 권 담아온 게 과학 독서의 시작이었던 거죠. 그중에 하나가 미국의 물리학자 리처드 파인먼의 자서전이었어요. 과학에 관한 내용은 조금밖에 없고, 자기 동료들 금고를 몰래 따가지고 놀래킨 얘기, 일본인 주산 마스터와 암산 대결하는 얘기, 술집에서 여자 꼬시는 얘기 이런 게 많았어요. 재밌게 읽었어요. 그런데 그 책에서 파인먼이 인문학자들 보고 "거만한 바보"라고 하는 거예요. 그걸 보고 내가 과학을 알아야겠다, 진짜 과학 공부를 해봐야겠다, 이런 생각을 하게 된 거죠.

인문학자들은 바보들이다? 그것도 거만한 바보라니. 거기에 본인을 투사하셨구나.

파인먼이 어떤 토론회에서 만난 인문학자들 보고 "거만한 바보"라고 한 거예요. 그냥 바보는 괜찮다, 대화도 할 수 있고 도와줄 수도 있고. 그런데 알지도 못하면서 자기가 뭘 잘 안다고 믿고 있는 거만한 바보들은 어떻게 할 수가 없다, 이렇게 말한 거예요. 제가 그 대목을 읽고 처음에는 말이 너무 심하네, 이렇게 생각했는데 다른 과학 책들, 리처드 도킨스의 《이기적 유전자》나 칼 세이건의 《코스모스》를 읽다 보니까 제가 바보가 맞는 거예요. 제가 그 바보 범위에 들어가 있더라고요. 그래서 이거 안 되겠다, 그동안 과학자들이 우리 문과들을 보면서 얼마나 비웃었을까, 이런 생각도 들고 해서 그때부터 짬짬이 과학 책을 읽기 시작했죠.

　읽어보니 맞다고 바로 인정하신 거네요.
바보로만 남으면 괜찮은데 거만한 바보는 몹시 곤란해요. 거만한 바보는 남한테 폐를 끼치거든요. 자기가 모르는지도 모르면서 다 안다고 생각하고 엉뚱한 얘기들을 하니까요. 이런 거만한 바보는 세상을 어지럽게 만들고 남한테 피해를 줘요. 파인먼이 그걸 일깨워준 거죠. 파인먼 책을 읽고 좀 창피했어요.

　꽤 충격을 받으신 것 같은데, 그중에서도 생각을 딱 전환
　시킨 대목 같은 게 있었을까요.
한 유대인 신학자 랍비가 파인먼한테 이렇게 물어봐요. "박사님은 물리학자니까 알고 계실 것 같은데, 전기가 불입니까?" 파인먼이 "그걸 왜 묻습니까?" 하니까 랍비가 이렇게 얘기를 합니다. "《탈무드》에서 주일에는 불을 다루지 말라고 나와 있어요. 일요일에 애들이 텔레비전을 봐도 되는지 안 되는지 판단을 해야 하는데 전기가 불이면 봐선 안 되는 거고, 불이 아니라면 봐도 되거든요. 그래서 여쭤보는 겁니다." 그런데 여기서 "전기가

불입니까?"라고 물으려면 불이 뭔지를 알아야 하는 거잖아요. 그런데 랍비는 불이 뭔지도 몰라요. 불이 뭔지도 모르면서 전기가 불인지 묻는 거예요. 파인먼이 뭐라고 대답을 했는지는 안 적어놨는데 저는 되게 충격이었어요. 나는 이 유대교 랍비와 뭐가 다르지? 사실 저도 불이 뭔지 잘 몰랐어요. 문장을 읽으면서 전기가 불인가, 아닌가 이런 의문이 들더라고요.

**"내가 무엇을 모르는지 알아야 앎이 시작돼요." 어느 한 분야에 대해서 모른다고 해서 불행해지는 건 아니다. 딱히 불편하지 않을 수도 있다. 그런데 지식소매상 유시민은 달랐다. 어떤 분야에서는 자신이 바보인 것을 깨닫고 인정하고, 공부를 시작해서 부족한 부분을 채워나가고, 그러다 보면 행복해진다는 것이 그의 지론이다. 유시민의 과학 공부는 무지를 인정하는 것에서부터 시작됐다.**

소크라테스가 "너 자신을 알라"고 한 말도 스스로가 바보임을 인정하라는 얘기와 통하는 것 같은데.
그러니까 소크라테스가 이렇게 오랫동안 전 인류 문명권에서 높은 평가를 받고 있는 거예요. 소크라테스는 '내가 무엇을 알고, 무엇을 모르는지'에 대해서 늘 생각하는 사람이었어요. 그런데 당시 다른 철학자들은 그러지 않았아요. 자기 영역에서 자

물리학자 리처드 파인먼이 인문학자들 보고
"거만한 바보"라고 한 거예요.
말이 너무 심하네. 이렇게 생각했는데
과학 책을 읽다 보니까 제가 바보가 맞는 거예요.

거만한 바보는 몹시 곤란해요.
자기가 모르면서 다 안다고 생각하고
엉뚱한 얘기들을 하니까요.
세상을 어지럽게 만들고 남한테 피해를 줘요.
파인먼이 그걸 일깨워준 거죠. 좀 창피했어요.

기가 알고 있는 것으로 모든 걸 재단하려는 태도를 갖고 있었죠. 이 점을 소크라테스가 지적한 거예요. 그러니까 '자신이 무지하다는 사실을 모른다는 걸 깨달아야 한다' 그 얘기예요. 소크라테스는 자기가 무엇을 아는지 계속 점검했고 그 과정에서 자기가 무엇을 모르는지 알게 된 거죠.

그런데 나 자신을 알려면 내 성격은 어떤지, 내 기질은 어떤지 이것만 생각해서는 알 수가 없어요. '물질'로서의 나를 생각해봐야 해요. 저도 과학 책을 읽기 전까지 물질로서의 저를 생각해본 적이 없었어요. 진화론 같은 얘기는 들어봤지만 왜 우리는 이런 형태로 존재하게 되었나, 이런 것도 몰랐고요. 우리 몸을 이루는 모든 원자가 어디에서 만들어졌는지 생각해본 적도 없었어요.


소크라테스는 철학이 아니라 과학을 해야 했던 분이네요. 소크라테스의 시대가 기원전 5세기거든요. 천체의 질서에 대해서 고민하던 때였고, 이 세계가 무엇으로 이루어져 있는지에 대해서 사원소론이니 원자론이니 이런 게 나올 때였어요. 그 시대는 과학과 인문학이 분리되지 않고 같이 있을 때예요. 우리가 느끼는 모든 감정과 생각은 뇌에서 이루어진다는 의사들의 교과서도 있을 때고요. 그럴 때인데 소크라테스가 "너 자신을 알라"라고 말했으니 미움받은 거예요. 소크라테스의 법정 발언을 플라톤이 정리한 《소크라테스의 변명》에 나오잖아요. 아폴론 신전에 가서 누가 신탁을 받았는데 그때 질문이 "소크라테스보다 더 현명한 사람이 있느냐"였어요. 신탁의 답이 "없다"로 나오니까 만인이 다 그때부터 소크라테스를 미워했죠. 교만하다 이겁니다.

소크라테스는 신탁의 의미를 해석하려고 정치가도 만나고 시인도 만나고 군인도 만나고 장인도 만나고 다닙니다. 다 만난 다음에 소크라테스는 신탁이 옳다는 결론을 내렸다고 말을 해요. 거기서 자기가 제일 현명하다고. 왜냐, 나는 내가 뭘 모른다는 걸 알고 있는 반면, 내가 만난 그 누구도 자신의 무지를 인식하고 있는 사람은 없기 때문이라는 겁니다. 소크라테스가 왜 이렇게 오랫동안 전 인류 문명권에서 높은 평가를 받는지, 그 이유가 여기에 있습니다. 자신이 무엇을 모르는지 알았고, 그걸 알려고 공부했다는 거죠.

파인먼의 책부터 시작해서 과학이라는 새로운 세상에 눈을 뜬 건데, 그렇다면 인문학과 과학의 차이가 뭘까요?

인문학은 '나는 누구인가'라고 묻고, 과학은 '나는 무엇인가'라고 묻습니다. 저는 사회과학을 포함해서 인간과 사회를 연구하는 학문은 진리를 밝히는 학문이 아니라고 봐요. 그냥 우리 자신을 이해하기 위해서 만든 도구입니다. 인문학, 사회과학은 인

유시민

간이 만든 모든 것에 대해서 그럴 듯한 얘기를 만들어내는 학문이에요. "듣고 보니 그럴듯해." 이러면 되는 거예요. 진리 여부를 판단할 수 있는 객관적 기준이 없어요. 대개 사람들이 많이 받아들이면 인정되는 거고. 그렇지 않고 많은 사람이 배척하면 틀린 이론이 되는 거예요.

그래서 인문학의 가장 큰 문제는 인간을 연구하고, 인간이 만든 사회를 연구하는데 정작 인간이 무엇인지를 모른다는 거예요. 인문학에서는 인간이 무엇인지 묻지 않거든요. 어떤 철학적 정체성을 물어볼 뿐이에요. 물질적 존재로서 인간이 무엇인가를 묻는 게 아니에요. 그래서 과학을 들여다보니까 '인문학은 공중에 매달아놓은 집' 같다는 생각이 들더라고요. 과학은 어떤 대상을 물질로 보고 연구해요. 인간을 연구할 때도 물질적 존재로 보고 연구하고요.

인간을 물질적 존재로서 연구한다? 과학에서는 인간이 뭘까요?

'인간은 유전자가 조합한 생존 기계다.' 이게 진화생물학의 관점이고요, '인간은 세포의 집합이다.' 이게 전통적인 생물학의 대답이에요. 그다음에 물리학으로 더 내려가면 인간은 원자의 집합이에요. 특수하게 배열된 원자의 집합. 일단 일시적으로 모여 있다가 한 100년도 못 지나서 다 흩어지는 존재죠.

인간을 세포의 집합, 원자의 집합 이렇게 물질로만 보면 존엄 같은 게 있을 수가 없지 않습니까?

그게 인문학의 과제예요. 원자의 집합이자 세포의 집합이자 유전자가 만든 생존 기계인 이 인간이 생각을 하는 거예요. 나는 누구지? 난 왜 존재하지? 내 삶은 어떤 의미가 있는 거지? 인문학의 질문은 그때 시작되는 거예요. 그러니까 우리 인문학자들이 묻지 않고 입에 올리지 않는 질문들이 그 밑에 이미 있는 거예요. 그게 있다는 전제를 두고 '나는 누구이며 왜 존재하는 거지'라는 의문을 품는 이 사유의 주체를 철학적 자아라고 하는데 이걸 다루는 게 인문학이거든요. 인문학의 질문은 인문학에서 답을 찾을 수가 있어요. 근데 이 답을 찾을 때 바닥에 놓여 있는 질문들을 모르면 제대로 된 답을 찾을 수 없다는 거예요.

2000년 전 철학자들은 과학적 배경지식이 하나도 없이 세상을 다 아는 것처럼 말을 했고, 사람들도 그들에게 배우고 깨달음을 얻었는데, 인문학자로서 좀 허망하다는 생각이 들 수도 있었겠네요.

이제 가려서 들어야죠. 위대한 철학자나 인문학자들은 현대과학에 비추어 보면 사실이 아닌 것들을 전제로 하거나 부족하고 부정확한 정보를 토대로 하기는 했지만, 추론의 능력을 발휘해서 논리적으로 들을 만한 얘기를 많이 하기도 했거든요. 아리스

유시민

토텔레스의 이론들 중에서 수사학 같은 건 대박이죠. 어떤 말이나 글이 사람들에게 설득력을 가지려면 로고스, 파토스, 에토스 이렇게 세 가지 요소가 있어야 한다고 하잖아요. 기가 막힌 이론이에요. 그건 정말 설득력이 있어요. 근데 천체의 운행에 대해 아리스토텔레스가 한 말은 다 틀렸어요. 그런 것을 가려서 보면 되죠.

**과학 책을 죽 읽고 과학에 대해 알게 되면서 세상을 보는 눈이나 생각이 달라졌나요?**

과학 책을 읽다 보니까 기존에 알고 있던 인문학 이론들이 좀 다르게 보이는 거예요. 종교만 하더라도 그 전에는 제가 이런 식으로 문답을 해왔어요. '신은 존재하는가? 뭐 신이 어딨어. 신이 인간을 창조했는가? 무슨 개뿔, 인간이 신을 창조했지. 인간은 왜 신을 창조했는가? 두려워서 그랬겠지. 종교는 실제로 어떤 역할을 하는가? 종교는 뭐 믿는 사람한테는 진리고 안 믿는 사람한테는 헛소리고 권력 가진 자한테는 쓸모 있는 도구지.' 이게 인문학적 사고방식이에요.

근데 생물학 책을 읽다 보니까, 생물학자들은 이렇게 묻더라고요. '왜 인간 군집에는 종교 행위가 진화하였는가?' 신이 존재하느냐, 신을 믿느냐 이렇게 따지는 게 아니고 모든 인간 군집에는 종교가 있는데 그게 우리 인간 종의 특성이라는 거예요.

종교 행위라는 게 신이 있건 없건 그건 상관없어요. 인간 군집에서 어떤 특정한 행동 양식이 진화했을 때는 그런 행동을 하는 것이 생존에 유리했기 때문일 거라고 봐요. 그러니까 생존하는 데 도움이 되니까 모든 문명권에서 종교 행위를 한 거죠. 문명권마다 형태는 다르겠지요. 생물학자들은 지금까지 제가 종교에 대해서 생각했던 것과는 완전히 다른 각도에서 이걸 물어보고 있었어요.

생물학자들이 그에 대한 답을 준 건 아니에요. 그들도 논쟁 중이에요. 저는 생물학이 답을 못 준다 하더라도, 그 질문을 받은 것만으로도 재미가 있었어요. 그런 면에서 알지 못했던 질문들을 만나거나 또는 이미 알고 있는 주제이지만 다른 측면, 다른 각도에서 비추어 보는 질문들을 많이 발견하는 거죠. 답을 받는 거는 재미가 없어요. 진짜 짜릿한 거는 답이 없는 질문인데, 그 질문이 흥미롭고 처음 보는 질문일 때 지적으로 자극을 받거든요.

**모르는 것에 대해 알고 싶어 하고 지식의 목마름을 해소하는 걸 즐기기 때문에 그는 알지 못했던 질문을 만났을 때 재미를 느끼고 답 없는 질문에 짜릿함을 느낀다. 모름을 인정한 사람이 느낄 수 있는 쾌감이 아닐까.**

방송 진행자, 논객, 작가, 강연. 활동하시는 범위가 넓은데 본업을 뭐로 봐야 하나요?

여러 가지 일을 하는 사람에게 본업이 뭔지 판단하는 기준은 소득 중에서 가장 많은 몫을 차지하는 활동이 어떤 거냐로 보는 게 맞겠죠. 지금까지 한 40년 동안 제 손으로 벌어먹고 살았는데 그 기간 얻었던 총 소득 중에서 제일 큰 게 뭔가 봤더니 압도적으로 인세 수입이었어요. 저는 글 쓰는 사람이에요. 국회의원일 때 한 5년간 세금으로 봉급을 받은 적도 있고, 방송 출연료도 보태서 살기는 했지만, 그건 잠깐씩이고 기본적으로 저의 삶에서는 글을 써서 생긴 책 인세 수입이 압도적이에요. 그래서 다른 일이 없을 때는 본업에 충실하면 되니까 대부분의 시간을 작업실에서 혼자 보내요. 집에서 작업실까지 걸어서 30분 거리예요.

글 쓰는 작가 인생이 40년인데 그래도 유시민의 글 하면 〈항소이유서〉 아닙니까? 원고지 100장 정도 분량을 일필휘지로 썼다고 해서 지금까지도 전설로 남아 있어요.

200자 원고지 100장 정도 분량인데 일필휘지라고 할 게 없는 게, 고치는 게 안 돼요. 그냥 가서 써야 돼요. 〈항소이유서〉는 3부를 써야 해서 먹지를 깔고 안 나오는 볼펜으로 쓰는 거라 교정이나 이런 게 불가능한 상황이었어요. 쓸 말을 며칠 동안 머릿속에서 미리 다 생각하고 옮기기만 한 거예요.

며칠 동안 생각한 것을 다 외워서 쓰는 게 가능합니까?

그렇게 쓴 내용 중에 유명한 문장도 있어요.

할 말이 있으면 그렇게 돼요. 그 유명한 문장이라는 것이 "슬픔도 노여움도 없이 살아가는 자는 조국을 사랑하고 있지 않다" 이 문장인데, 어느 러시아 소설의 발문에서 본 거예요. 어떤 사람이 이 소설을 평한 글에 인용돼 있던 문구였어요. 보는 순간 꽂혔죠. 네크라소프가 어떤 사람인지도 몰랐어요. 나중에 러시아 문학을 전공한 분이 알려줘서 이 사람이 쓴 〈신문 열람실〉이라는 시의 한 구절이라는 걸 알았죠. 알고 보니 차르 체제 러시아 때 황제의 신문 검열관들이 근무하는 열람실 풍경을 묘사한 시더라고요.

이런 문구까지 줄줄 외워서 〈항소이유서〉를 쓰셨는데 얼마나 잘 썼는지 당시 판사들이 돌려서 읽었다는 얘기가 있어요. 이렇게 글을 잘 쓰는 비결은 역시 '책 읽기'인가요?

그것도 한 요소죠. 글을 쓰려면 자기가 느끼는 감정이 뭔지 알아야 해요. 근데 우리는 언어가 없으면 알 수가 없거든요. 내가 느끼는 감정이 무엇인지 알려면 그 감정을 표현하는 단어를 알아야 돼요. 그다음에 내가 어떤 생각을 떠올렸다면 그 생각이 무엇인지 알 수 있게 해주는 문장이 있어야 돼요. 그런데 우리가 일상생활에서 쓰는 단어 수는 몇 개 안 되기 때문에 일상적으로 말하고 살아가는 정도로는 문장을 쓰는 데 필요한 어휘들을 가질 수가 없어요. 그러니까 책을 읽는 거 외에는 다른 방법이 별로 없는 것 같아요.

듣는 것만으로는 잘 안 되죠. 듣는 거는 스쳐가죠. 문자 텍스트가 만들어진 것은 소리로 된 텍스트의 한계를 넘어서기 위한 거예요. 말은 흩어져버리는데 문자는 인쇄돼 있으니까 여러 번 볼 수 있죠, 내 것이 될 때까지. 그러니까 글쓰기를 집 짓는 일에 비유하면 건축 자재, 즉 건자재가 있어야 하는데 그게 어휘거든요. 그래서 집을 짓는 데 필요한 자재를 모으려면 책을 읽는 수밖에 없어요. 제가 볼 때는 그래요. 책은 원래 어릴 때부터 좋아하는 편이었으니까, 심심할 때 제일 좋은 게 책 읽는 거니까요. 독서는 가장 저렴한 엔터테인먼트예요.

그럼 작가님은 주로 어떤 방식으로 독서를 하세요?
제가 많이 받는 질문인데요. 대체로 닥치는 대로 읽었던 것 같아요. 일곱 살에 초등학교 입학하려고 했는데, 여덟 살 돼야 들어갈 수 있다고 하더라고요. 그래서 교장 선생님 앞에서 책도 읽고 그랬는데 안 된다는 거예요. 울면서 집에 왔던 기억이 나요. 그때는 유치원도 없던 때라 너무 심심해서 학교에 가고 싶었거든요. 그래서 아버지가 어린이 신문하고 어린이 잡지를 구독해주셨어요. 저의 책 읽기는 어린이 잡지하고 어린이 신문이었어요. 그리고 두 살 터울 누나들이 읽던 책이 집에 굴러다니고 있어서 아무거나 손에 잡히는 대로 읽었죠.

지금 돌이켜 보면 초등학교 3학년 무렵에 세로쓰기로 된 《서유기》를 읽었던 기억이 나고 《빨강머리 앤》 《소공녀》도 읽었고, 뜻도 잘 모르면서 《제인 에어》도 읽었던 것 같아요. 그러니까 뭘 골라서 읽었다, 이런 게 없어요. 어머니가 고등학생들 하숙을 쳤는데 고등학생 형들이 만화책 빌려 오라고 심부름 시키면 만화책 빌리러 가서 제가 읽고 싶은 것도 빌려 오고 스포츠만화, 무협지 같은 거 엄청 읽었어요. 중학생 때는 학교에 꽤 큰 도서관이 있어서 추리소설을 몇백 권은 읽었던 것 같아요. 다른 거 하나도 안 읽고 추리소설만 읽었어요. 인문교양서들은 대부분 대학 들어온 후에 읽었고요. 대학 가서는 일본어판 책을 꽤 많이 읽었는데, 그때 일본어를 배웠죠.

저는 무슨 추천 도서 리스트 이런 거 별로 믿지를 않아요. 보여주기식 독서는 필요 없다고 보고요. 사람마다 취향이 다르기 때문에 자기가 재미있는 책을 읽으면 돼요. 독서 지도는 왕도가 없어요. 그냥 본인이 읽고 싶은 책을 읽으면 돼요. 만화도 괜찮고요. 그런데 저도 못 읽는 책은 있어요. 그런 건 안 읽어도 된다고 봐요.

유시민 작가가 못 읽는 책이 있다고요?

문학 작품 중에도 카프카 책은 잘 못 읽어요. 카프카의 《변신》 같은 거 읽기는 했는데 너무 끔찍해서 굳이 뭐하러 이런 책을 읽나 싶은 생각이고 《성》 이런 작품은 완독에 세 번 실패했어요. 번역이 잘못돼서 그런가 싶어서 독일어 원서로도 도전해봤는데 읽을 수가 없더라고요. 《잃어버린 시간을 찾아서》 《호밀밭의 파수꾼》 이런 책도 못 읽어요. 유명한 세계문학전집에 들어 있는 소설이고 좋아하는 사람도 많은데 저는 못 읽어요. 지겨워서. 담임선생님이 감기 걸렸는데 거기 가서 이야기 나누고 나오는 데 열 페이지 넘어가고, 어떤 등장인물이 잠자리에 들러 침대까지 가는데 서너 페이지 넘어가는 이런 소설은 못 읽어요. 헤겔, 칸트 책도 못 읽어요. 니체도 못 읽어요. 니체 좋다는 사람 보면 이해가 안 돼요.


대작가 유시민이 못 읽는 책도 있다고 하니까 용기가 생기는데요?

그러니까 독서를 함부로 강요하면 안 돼요. 자기가 흥미롭게 읽을 수 있는 책이 있어요. 자기하고 궁합이 맞는 책은 장르를 불문하고 뭐든지 괜찮다고 생각해요. 저도 아이들한테 괜찮은 책이다 싶으면 한번 권해는 보는데 싫으면 말라고 해요.

작업실에서 책을 읽고 글을 쓰면서 하루의 대부분을 보내고 계신데, 지금이 좋으신가봐요. 과거에 정치인으로 활동할 때 보면 눈에 독기도 서리고 화난 사람 같았거든요. 그런데 지금은 표정도 바뀌고 뭔가 달라졌어요. 새로운 공부를 해서 그런 걸까요?

정치 쪽에서 주로 시끄러웠던 때가 2002년부터 2008년까지였어요. 그러니까 노무현 대통령이 등장해서 퇴임하실 때까지입니다. 2008년 5월이 국회의원 임기가 끝난 시점인데 노무현 대통령이 돌아가시지 않았으면 아마 제가 다시 정치로 들어오지는 않았을 거예요. 사실상 정치를 그만둔 상태였기 때문에 2009년 초부터 과학 책을 읽기 시작한 거거든요.

생각해보면 과학 책을 읽기 시작했다고 금방 세계관의 변화가 온 건 아닌데요. 그 전에는 인문학만 공부한 사람으로서 정치를 할 때는 확신하는 것도 꽤 많았고 옳고 그름에 대한 잣대도 굉장히 분명한 면이 있었어요. 그러다 보니까 옳지 않음이 명백한 어떤 행위를 하는 사람들에 대한 감정적인 분노 이런 것들이 컸던 것 같아요. 근데 점점 시간이 가면서 7~8년 이상 이런 책을 죽 읽다 보니까 내가 옳다고 생각한 것이 옳다는 증거가 있나, 정치는 사람의 일을 다루는 건데 객관적 진리와 확실한 오류를 구분하는 확실한 기준이 있나, 이런 생각을 많이 했죠.

과학을 공부해보니 어떤 근거와 기준 없이 옳고 그름을 판단했던 건 아닌가 생각하셨다는 거죠? 새로운 공부를 하면서 사람에 대한 이해의 폭이 넓어졌다고 볼 수 있네요.

이해하게 됐다고 표현할 수도 있고, 과도한 기대를 버린 것일 수도 있죠. 인간에 대해서 그 전까지는 잘 몰랐거나 또는 인정하고 싶지 않았던 요소들 중에 이런 것이 있었어요.

생물학을 연구한 윤리학자들이 하는 얘기를 들어보면 우리가 가지고 있는 행위 양식들 중에는 만들어진 지 오래되지 않았고 쉽게 바뀌는 게 있대요. 정부 형태 같은 것들이 되게 쉽게 바뀌는 거래요. 결혼 제도 같은 것들은 바꾸기가 그것보다 좀 더 힘들고요. 더 오래됐고 제일 바꾸기 어려운 게 사회적 서열을 만드는 거라고 하더라고요. 서열 만드는 행위 자체를 깨기는 어렵다는 거예요. 그게 가장 뿌리 깊은 인간 본성의 한 요소라고요. 그러니까 '완전한 평등' 이런 건 좀 어렵겠구나, '사회적 위기의 완전한 타파' 이것도 안 되겠구나 싶은 거죠.

위기와 서열을 만들더라도 우리가 가지고 있는 '문명적' 기준에 따라야 할 텐데, 그때도 문명적이라는 말에 따옴표를 쳐야 돼요. 문명적 기준이라는 표현을 많이 쓰는데 그 기준이 무엇인지 명확하게 규정하는 일도 쉽지 않아요. 각자가 자기 것이 문명적이라고 주장하니까요. 인문학에서는 객관적 진리가 없어요.

평생 인문학자로 공부한 입장에서 보면 인문학이 객관적
이지 않다는 거네요?

인문학으로는 완전 이상적인 사회, 그건 세울 수 없다는 거예
요. 인문학의 영역에서 이상적인 사회에 대한 상상이나 어떤 비
전 같은 것들이 많이 나왔는데, 그거 안 된다는 거예요. 그런 결
론으로 귀착되더라고요. 그리고 아무리 좋은 취지에서 만든 제
도라 할지라도 만들어서 내놓으면 반드시 이를 악용해서 개인
적 이익을 취하는 사람들이 생길 수밖에 없다. 그러니까 인정하
기 싫지만 인정할 수밖에 없는, 동물로서의 인간에 관한 진실이
분명 있다. 이런 것들이 생물학에 꽤 많아요.

저는 이런 것을 무시한 채 자기들이 생각하는 이상 사회의 청사
진에 따라서 사람의 본성을 재단하고 바꾸려 들고 개조하려고
해서 더 큰 비극이 초래됐다고 봅니다. 저는 사회주의 실험이
실패한 것은 생물학적으로 해명 가능하다고 보거든요.

**어떤 주장에 대해서 찬성하는 사람이 많다 적다를 나눌 수
는 있지만, 찬성하는 사람이 많다고 해서 그 주장이 진리라
고 말하면 안 된다는 것. 어떤 의견에 대해 공감하는 사람이
적다고 해서 그것이 반드시 틀렸다고 하면 안 된다는 것. 과
학 공부를 한 유시민의 깨달음이다.**

**인간 사회에서는 영원한 것도 완벽히 안정적인 것도 없다.**

전 세계 역사를 봐도 어떤 문명이 일직선으로 발전한 적은 없었다. 과학적 관점으로 보면 그 어떤 위대한 문명도 유전이라는 생물학적 수단으로는 후손들에게 아무것도 물려주지 못했다. 그렇기 때문에 사회적 규칙, 교육, 제도가 중요하다. 이를 통해서 학습이 이뤄져야 사회가 발전할 수 있다고 유시민은 강조했다. 대학 시절 내내 운동권의 중심에서 활동했고 감옥살이도 하며 이상적인 사회를 꿈꿨던 유시민은 세월에 농익으면서 현실에 발을 디디게 됐다. 과학 공부를 하면서 조금 달라진 것 같기도 하다.

유시민 작가는 이제 세상과 어느 정도 타협을 했다, 이렇게 볼 수 있을까요?

보기에 따라서는 좋아진 게 아닐 수도 있어요. 예를 들어 어떤 청사진에 따라서 사회를 인위적으로 개조하려는 거는 실패할 가능성이 매우 높다고 저는 얘기하죠. 그런데 실제 인간 사회가 더 좋은 쪽으로 움직여온 데에는 그런 시도를 한 사람들의 실패에 빚을 진 게 되게 많아요. 그러니까 아주 극단적으로 순수한 생각을 하는 사람들이 자기 이상을 가지고 부딪쳤을 때 그 이상의 몇 퍼센트라도 이루어지면서 사회가 나아진 거예요. 제가 지금 얘기하는 것처럼 '세상은 그런 게 아니야, 인간은 그런 존재가 아니야, 제일 바람직한 거는 이런 거야'라는 식의 생각으로 세상이 좋아진 건 거의 없어요.

지금 제가 보이고 있는 이런 태도는 그냥 세상과 불화하는 게 너무 힘들기 때문에 일정 부분 숙이고 들어가는 거예요. 이제 그런 생각을 해요. 한 인간이 인생에서 쓸 수 있는 에너지의 총량이 있는 것 같다. 기운이 떨어지는 거죠. 그래서 에너지가 더 많은 사람이 부딪쳐주기를 바라는 건지도 몰라요.

그 말씀은 정치를 그만두실 때 에너지가 다 떨어졌다는 말로 들리기도 해요.

너무 힘들었어요. 이거 내가 오래 할 수 있는 일이 아니구나, 그런 생각이 들었어요. 너무 비굴해지더라고요. 정치에서 내 뜻을 조금이라도 이루려면 대중 민주주의에서는 50.1퍼센트의 찬성을 받아야 하잖아요. 근데 이 50.1퍼센트의 찬성을 받기 위해서는 내가 가진 걸 다 버려야 돼요. 그러니까 노무현 대통령이나 김대중 대통령 이런 분들은 그걸 하신 거예요. 저는 못하겠더라고요. 내가 이러려고 세상에 왔나. 내가 무슨 대통령 하고 싶은 사람도 아니고 이렇게까지 비굴함을 견디면서 이걸 할 수는 없다 싶었어요. 그릇이 작은 거예요. 그런 걸 다 견디면서 자기가 뜻한 바를 이룰 때까지 꾹꾹 참으면서 가진 모든 것을 바칠 수 있는 사람이라야 정치를 오래 할 수 있는 거예요.

유시민

사람들이 유시민에 대해 오해하는 게 있다면 무얼까요. 정말 억울하다, 나 그런 사람 아닌데 왜 나를 그렇게 볼까 하는 점이 있다면요.

그런 거 없지는 않은데 굳이 말하면 뭐해, 그렇게 생각하죠. 어떻게 보든 무슨 상관이에요. '나 이런 사람이에요'라고 말하고 싶지 않아요. 그냥 나는 나대로 살고, 나를 보고 욕할 사람은 욕을 하고, 좋아할 사람은 좋아하고 그런 거지. 그냥 나는 나대로 내가 옳다고 생각하는 거, 내가 원하는 일을 내가 옳다고 믿는 방식으로 그냥 하면서 사는 거죠. 남들이 나에 대해서 좋게 생각하든 나쁘게 생각하든 그 사람 문제지, 내 문제가 아니라고 생각해요.

유시민 작가를 처음 만난 건 노무현 대통령 시절 연설비서관으로 재직할 때다. 당시 보건복지부 장관이었던 그와 업무차 몇 번 통화한 적이 있었는데, 그때마다 그는 무엇을 부탁해도 성실하게 응대해줬지만, 내겐 그저 '똑 부러지고, 옳은 소리 잘하는 정치인' 그 모습 그대로였다. 그러다 노무현재단 일을 도우며 가끔씩 만나곤 하는데, 그럴 때마다 그는 유머와 덕담을 섞어가며 사람들을 챙기는 모습으로 인간미까지 느끼게 한다.

만나면 만날수록 유시민은 나에게 너무 큰 사람으로 다가 온다. 닮고 싶지만 도저히 잡히지 않는 사람, 나를 주눅 들게 하는 사람 말이다. 하지만 그와 인터뷰를 끝내고 위안을 얻은 것이 있다. 그가 결코 타고난 천재가 아니라는 사실이다. 그도 부족한 부분이 있고, 그것을 인정하고 채우기 위해 꾸준히 노력한다는 것. '내가 반드시 맞다'는 고집을 버리고 주변의 평가를 받아들이기 위해 애쓰고 있다는 것. 이것이 그가 냉철한 지성으로 시대를 앞서가는 비결이자 날마다 자가발전 하는 원동력이 아닐까.

유현준

# 불안과 결핍을 딛고
# 만들어낸 소통의 공간

건축가 유현준을 처음 봤을 때 낯설지 않았다. 방송과 유튜브, 신문과 잡지 등에서 그를 수없이 봐왔기 때문이다. 요즘 가장 핫한 건축가를 꼽으라면 첫손에 드는 그는 연세대학교를 거쳐 하버드대학교를 졸업한 교수에 베스트셀러 작가, 구독자 100만의 유튜버, 설계사무소 대표 등 누가 봐도 부족할 것 없는 화려한 이력을 자랑한다.

"혼자 너무 잘나가는 거 아니에요?" 만나자마자 건넨 질문에 "지금은 운때가 맞아서 그렇게 보이는 것 뿐"이라는 의외의 답이 돌아왔다.

지금의 그를 있게 한 건 아버지의 눈물이었다. 경제신문 기자였던 아버지는 좋지 않은 학벌로 인해 늘 승진에서 밀렸고 그때마다 소리 없이 눈물을 삼켰다. 아버지의 한을 풀어드리겠단 생각에 유현준은 악착같이 공부에 매달렸지만 아버지가 원하는 판검사가 될 수는 없었다. 열등감에 사로잡혀 늘 자신의 재능을 의심하며 자기 검열을 하던 그는 건축학과를 진학하면서부터 조금씩 달라지기 시작했다.

MIT와 하버드대학교에서 석사 학위를 받고 우등으로 졸업한 뒤에도 국내 건축계에서 유현준의 존재감은 미미했다. 뜻대로 되는 일이 없었다. 설계사무소를 차렸지만 일감은 들어오지 않았고 매일매일 돈이 절실했다. 건축설계로는 도저히 먹고살 수 없을 때쯤 우연히 한 신문에서 건축 관련 글을 써달라는 요청을 받았다. 돈이 궁해서 절박한 심정으로 글을 썼고, 10여 년 무명 생활의 한을 글로 토해내며 주목받기 시작했다. 그의 칼럼을 본 출판사에서 연락이 왔고 2015년에 출간한 첫 책《도시는 무엇으로 사는가》가 베스트셀러에 오르면서 방송 출연으로 이어졌다.

그렇게 유현준은 기회를 잡았다. 건축설계만을 고집하지 않고 돈을 벌기 위해 글을 쓴 자신의 선택을 그는 자랑스럽게 생각한다. 자신에게 드리워진 그늘을 조금씩 걷어내며 지금의 자신을 만들었다. 그는 지금도 자신의 열등감을 굳이 감추려 하지 않는다. 그러한 감정이 지금의 유현준을 만들었고, 앞으로도 살아갈 동력이 되리라 믿기 때문이다.

너무 많은 일을 하시는데, 어떻게 그렇게 하는 일마다 다 잘되세요?

결국 핵심은 다 건축에 대한 것들이에요. 그게 표현되는 매체만 좀 다를 뿐이고요. 건축 책을 내고 방송을 하고 그런 것들이 내는 시너지 효과도 많은 것 같습니다. 그걸로 학생들을 가르치고요. 그러면서 아이디어가 점점 발전하면 건축설계에 적용해보기도 하고요.

아무튼 지금은 운때가 좀 맞아서 되는 것 같고요. 옛날엔 진짜 안됐어요. 미국에서 공부하고 일하다가 한국에 온 게 2005년도인데 제가 쓴 책들이 팔리고 주목받은 것이 2018년쯤이니까 10여 년 정도는 무명 시절을 보낸 거죠. 뭘 해도 잘 안되던 시절이 있었어요.


2015년에 낸 책《도시는 무엇으로 사는가》로 유현준 건축가가 알려졌다고 보는데요, 원래 글 좀 쓰셨습니까?

원래 그림을 그리는 사람이라서 글쓰기는 진짜 싫어했어요. 일기 쓰는 것조차 되게 싫어했고요. 글을 잘 쓴다는 의미는 표현력이 좋다는 건데, 저는 뭔가를 화려하게 묘사하는 거랑 잘 안 맞았어요. 근데 제 생각이 좀 갖춰진 다음에 표현을 해봤더니 글쓰기가 좀 쉬워진 것 같아요. 그게 아마 한 40대 중반부터일 거예요.

글 쓰는 머리가 마흔 넘어서 트이기 시작한 경우도 있네
요. 그런데 기억력도 진짜 좋으시던데요. 뭐든 질문하면
줄줄 막힘없이 답변하고요.

저는 관심 있는 것만 기억하고요, 사람 이름은 진짜 못 외웁니
다. 건축과 관련된 것들은 머릿속에 잘 남는 편이에요. 여러 종
류의 책을 읽어도 구심점은 항상 건축이었습니다. 건축과 관련
없는 다른 책을 읽는 이유도 건축설계 디자인을 위한 어떤 생각
의 근거를 찾기 위해서거든요. 그러다 보니까 그런 내용들은 다
기억이 납니다. 남들이 100권의 책을 읽어도 본인 일에 적용하
는 게 10권밖에 안 된다면 저는 100권 읽으면 한 90권은 쓰는 것
같아요.

독서 가성비가 굉장히 높은데요? 안 써먹으면 잊어버리게
되는데 읽은 것들을 죄다 건축설계에 활용하니까 기억이
더 잘 날 수밖에 없겠어요.

그렇죠. 책을 읽는 이유는 딴 게 아니고 저도 생각이 깊고 자기
만의 세계가 있는 건축가가 되고 싶어서인데, 그러기 위해서는
건축가들이 쓴 책을 읽으면 안 된다고 생각했어요. 그 사람 아
류밖에 안 되니까요. 그래서 제가 존경하는 건축가가 읽었을 법
한, 좀 더 원전에 가까운 책들을 봐야겠다고 생각하고 그런 책
을 읽은 거죠.

원래 이렇게 말씀을 잘하세요?

제가 말하는 걸 좋아하긴 합니다. 건축과 학생은 교수와 말싸움을 해야 하는데, 왜 이렇게 설계했는지 그 논리를 설명해야 하거든요. 제가 책을 읽은 이유도 교수님한테 멋지게 대답을 하려면 내가 이런 책 봤는데 하면서 그 근거를 대기 위해서였어요. 건축설계를 하면 저의 작품이나 디자인의 의도 같은 걸 말로 설명해야 하거든요. 말을 계속 많이 하다 보니까 더 잘하게 된 것 같아요.

머리부터 발끝까지 오로지 건축만 생각하고 건축으로만 채워져 있는 천생 건축가신데 어릴 때부터 꿈이었어요?

아닙니다. 일단 아버지는 제가 판검사가 되길 바라셨는데요, 저는 외우는 걸 싫어했어요. 고시 공부가 안 맞았어요. 그래서 문과에 안 가고 이과에 갔는데 제가 수학도 별로 안 좋아해요. 일단 시간에 쫓기면서 문제를 풀어야 하는 게 제일 힘들었어요. 그림 그리는 걸 되게 좋아했고 물리, 지구과학, 지리까지 이렇게 네 과목만 좋아했어요. 고등학교 3학년 2학기 때 진로를 정해야 하는데 그나마 건축학과가 맞다고 생각한 거죠. 수학 싫어하니까 공대는 못 가겠고, 외우는 거 싫어하니까 의과대학도 안 맞았고요. 남은 게 건축학과였어요. 건축학과가 문과와 이과, 예체능 그 중간 어디쯤에 있거든요.

그림도 그리고 공간 연구를 하는 학문이라고 보면 건축이 딱 적성에 맞는 것 같네요. 그래서 공부를 더 하려고 유학도 가셨고요. 그것도 MIT와 하버드대학교, 쟁쟁한 학교를 두 군데나 졸업하셨어요.

제가 좀 욕심이 과한 것도 있고요, 개인적인 열등감을 극복하기 위한 것도 있었어요. 저한테는 좀 트라우마가 있어요. 아버지가 되게 성실하게 사시고 사회적으로 많은 성취를 이루신 분이기도 한데 학벌이 별로 안 좋으세요. 그러니까 매번 승진에서 누락되는 거예요. 아버지가 승진 안 되고 화장실에서 우는 걸 봤어요. 맨날 모 대학교 출신들한테 밀린다면서 가족들한테 보이지는 않았지만 술 드시고 와서 화장실에서 수도꼭지 물 틀어놓고 우시더라고요. 그걸 보고 무서움을 느꼈던 것 같아요. 어렸을 때 겪은 일 중에서 가장 쇼킹한 경험이었죠. 이걸 내가 극복해야겠다, 부모님의 한도 좀 풀어드려야겠다, 이런 생각이 들었어요.

좋은 대학 못 나왔다고 승진에 누락되고 울었던 아버지 모습이 충격적이었다?

그 모습을 보고 삶에 대한 약간의 두려움이 생겼던 것 같아요. 아버지의 전철을 밟으면 어쩌나 하는 두려움도 좀 있었고, 한편으로는 그게 오히려 저를 좀 더 노력하게 만든 동력이 되기도

했던 것 같고요. 또 하나는 불안해서 좋은 대학에 가려고 한 것
도 있었던 것 같아요.

그런 불안이 좋은 대학에 가는 데 어떤 심리적인 동력이
된 거라고 볼 수도 있겠어요.

건축설계라는 게 재능이 있는 사람이 해야 하는 일이라고 생각
했어요. 그런데 제가 재능이 있는지 없는지를 모르는 거죠. 그
확인을 받고 싶었어요. 건축을 계속할 만큼 공인된 재능이 있는
사람인지 검증해보고 싶었어요. 20대에 할 수 있는 일은 좋은
대학원에 지원하고 공모전에 나가는 것이었어요. 그래서 공모
전에 되게 많이 나갔어요. 나가서 입상하면 용기를 얻고 떨어지
면 좀 의기소침하고 그랬죠.

지금 보면 자신감, 자존감으로 똘똘 뭉쳐 보이는데 과거
의 유현준은 전혀 그렇지 않았다니 놀랍네요. 그걸 극복
하려고 MIT도 가고 하버드대학교에도 간 거예요?

자존감이 높지 않았어요. 둘 다 좋은 학교인데, MIT 갔을 때는
약간 건축에 회의를 느낄 때였어요. MIT에 처음 갔을 때 〈모래
시계〉 드라마를 보고서 건축가가 되게 하찮은 직업인 것 같다
는 생각을 했어요. 거기에 검사나 정치인, 기업인들 나오잖아
요. 그들이 정말 우리 사회에 중요한 사람들이고, 건축가는 뭐

건물 예쁘게 짓는다고 해서 세상이 바뀌는 것도 아닌데 별 볼일 없는 사람 아닌가, 그런 생각이 드는 거예요. 대학은 좋은 데를 나왔고 설계는 재미있는데 뭘 더 어떻게 해야 하나 고민하다가 비자 문제 때문에 일단 설계사무소에서 일을 하게 됐어요. 그때 일하다가 다시 건축설계 공부를 제대로 해보자 결심하고 하버드에 지원한 거예요.

그런데 하버드대학교에서 성적이 굉장히 좋았다고요? 거기 꽤 힘들다고 하던데 공부 선수네요, 선수.
그때는 제가 어느 정도 경력도 있었고 경험도 쌓였으니까 아무래도 남들보다는 잘할 수 있었던 것 같아요. 그런데다 저는 약간 경쟁하는 것에 스트레스를 받으면서도 그걸 또 즐기는 편입니다. 그게 솔직한 제 본모습이에요. 왜냐하면 저는 욕심이 많은 사람인데 제 자질에 대해 열등감이 컸거든요. 그런 제 모습이 싫었어요. 자라면서 늘 형과 비교가 됐고요. 형은 되게 선하고 주변에 친구들도 많고 별로 욕심도 없는데 공부도 잘했어요. 반면에 저는 뭔가 항상 열심히 해야 성과가 있는 거예요. 집에서는 큰애는 착하고 작은애는 욕심 많고 그런 이미지였어요. 그래서 제 스스로 그러지 말아야지 하면서 계속 억누르며 살았던 것 같아요.

유현준

어린 시절 이야기에 유현준은 눈물을 글썽였다. 그는 아들 둘인 집에서 모범생이었던 형과 늘 비교 대상이었던 동생이었다. 겉보기에는 커다란 눈망울에 빙긋 웃는 미소가 해맑은 어린 왕자 같았지만, 그는 욕심 많고 승부욕 강하고 열등감 가득한 둘째이기도 했다. 뭘 하지 않아도 칭찬받는 형과 달리 둘째 유현준은 남들에게 인정받고 싶어서 무엇이든 악착같이 매달렸다. 공부도 그래서 곧잘 했던 것이다. 성장과정에서 자신의 감정을 어쩌지 못해 끙끙 앓았던 유현준은 건축을 만나면서부터 달라졌다.

나를 억누르고 살아왔는데 건축을 만나면서 억눌렀던 감정을 확 터트리신 건가요?

건축설계를 하면서 정말 숨통이 트인다는 기분을 느꼈어요. 제가 약간 관종 끼도 있는데 건축설계가 그걸 한 방에 해소해주더라고요. 건축설계는 내 생각을 다른 사람들한테 보여주는 거예요. 그런데 사람들이 그걸 듣고 박수 쳐주고 칭찬해주는 거예요. 제 존재를 인정받는 거죠. 더 잘하고 싶어졌어요. 전 세계에서 제일 잘하는 사람들이 있는 곳에 가서 내가 어느 정도인지 확인해보고 한번 경쟁해보고 싶다, 이런 생각도 하게 된 거죠. 이런 마음으로 입학해서인지 하버드에서 굉장히 재밌게 공부했습니다.

MIT, 하버드 두 곳에서 석사를 받은 건축가라면 검증이
됐으니 여기저기서 오라고 했겠어요?

그렇지 않았어요. 졸업하고 나서도 우여곡절이 많았죠. 우등으
로 졸업하고 내가 원하는 곳이라면 어디든지 갈 수 있을 거라고
생각했는데, 그때 미국에서 이라크 전쟁이 터지기 직전이라서
사람을 뽑는 설계사무소가 없더라고요. 이력서를 500통 가까이
보낸 것 같아요. 기회가 없어서 몇 달 동안 실업자 생활을 했어요.

이력서를 그렇게나 많이 보냈는데. 하버드 출신으로서 더
비참했겠어요.

그때가 제일 우울했던 것 같아요. 특히나 제가 마음이 급했던
게 결혼도 하고 아이도 있는데 비자 만료 시기가 다가왔다는 거
예요. 미국에서 한 달 안에 직장을 못 구하면 짐 싸들고 한국으
로 쫓겨날 상황이었어요. 외국인 노동자였던 거죠. 갈림길에 섰
는데 비자 만료되기 사나흘 전에 겨우 취업이 됐어요. 그래서
계속 머물게 됐죠.

그런데 극적으로 취업한 곳이 세계적인 건축가 리처드 마
이어의 사무실이었다고요? '건축계 노벨상'을 받았다는
그분이잖아요.

그렇죠. 리처드 마이어가 1934년생이에요. 1984년에 프리츠커

건축설계를 하면서 정말 숨통이 트인다는
기분을 느꼈어요.
제가 약간 관종 끼도 있는데
건축설계가 그걸 한 방에 해소해주더라고요.
건축설계는 내 생각을 다른 사람들한테 보여주는 것이고,
사람들은 그걸 듣고 박수 쳐주고 칭찬해주는 거예요.
제 존재를 인정받는 거죠.

상을 받으셨어요. 건축계에서는 대단한 분이죠. 그분 밑에서 2년 정도 일했습니다.

그렇게 쟁쟁한 분 아래에서 일했으면 중요한 일은 못 하셨을 것 같은데. 워낙 인상이 좋고 열심히 하셨을 테니 인정받으셨을 거 같기도 하고요.

인정받는 면도 있었어요. 처음에는 밑에서 허드렛일하다가 조그마한 프로젝트가 있을 때는 일대일로 같이 일한 것들도 좀 있었는데, 나름 예쁨받는 직원이었어요. 일단 손이 빠르고 빠릿빠릿하고 열심히 하는 면이 그분의 눈에 들어온 거죠. 남들보다 조금 더 노력해야 했어요.

리처드 마이어가 건축계에서 대단한 분이면 좀 더 같이 일하지 왜 2년 만에 그만두셨어요?

미국에 계속 있어봤자 제가 건축주를 만날 가능성은 없거든요. 리처드 마이어 밑에서 일해봐야 그늘진 데서 일하는 사람밖에 안 되겠다 싶었어요. 제가 꿈꾸는 것은 제 생각을 표현하는 건축가가 되는 거였거든요. 그래서 한국에 빨리 들어가야겠다고 생각한 거죠.

유현준

그런 포부를 안고 귀국을 하셨는데 기대한 대로 건축주를
좀 만났습니까?

한국에 왔는데 미국과 별반 다를 바 없었어요. 아무도 저에게
일을 안 주더라고요. 그때 진짜 한이 많았어요. '왜 사람들이 나
한테는 일을 안 줄까?' 그런데 생각해보니까 우리 사회는 자기
가 준비하고 노력한 것과 사회에서 기회를 주는 것이 항상 일치
하지 않는 것 같아요. 그런 현실을 받아들여야 하는 거죠. 그래
도 생활비를 벌어야 하니까 한국 사회에서 연착륙할 수 있는 가
장 좋은 방법은 학교로 일단 가는 거다, 학교의 직함이 있다면
어느 정도 공인으로 인증이 되는 거니까, 그러면 내가 사무실을
차려도 일거리를 좀 주지 않을까? 이런 생각으로 학교 문을 두
드렸습니다.

근데 다행히 천운이 따른 게, 제가 홍익대학교에 들어올 때 처
음으로 대학 측에서 외부에 설계사무소를 하면서 교수직을 겸
임할 수 있게끔 자리를 만들어줬어요. 당시 홍익대학교 이사장
님이 생각이 트인 분이었거든요. 산업디자인과하고 건축설계
학과에서 가르치는 교수는 반드시 외부에서 일을 계속해야 한
다, 현장의 감이 떨어져서는 안 된다, 그런 생각이셨던 거죠. 그
래서 제가 국내 1호 케이스로 교수와 설계사무소를 겸업할 수
있게 됐어요.

> 2005년에 귀국해서 건축주는 못 만나고, 생계형 교수가
> 되신 거네요. 그 뒤로 일이 좀 풀렸어요?

아니에요. 일감이 없어서 맨날 대출 받아서 직원들 월급 주고 그랬습니다. 그런데 그때 누가 저한테 신문에 칼럼을 써달라고 하는 거예요. 저는 글 쓰는 거 싫어하는 사람이었잖아요. 돈을 벌어야 한다는 절박함이 글을 쓰게 했어요. 솔직히 돈 때문에, 원고료 받으려고요. 당시에 15만 원 정도 받았어요. 처음에 글을 쓴 곳은 한국건설기술연구원이었던 것 같고, 저를 좀 키웠다고 할 만한 건 《경향신문》 칼럼이었어요. 당시 진중권 선생님이 쓰던 한 페이지짜리 연재가 끝나면서 칼럼을 운영하는 분이 어떤 건축가한테 써달라고 했는데, 이 분이 자기가 혼자 매주 쓰기는 어려우니 자기 말고 세 명을 더해서 네 명이 한 달에 한 번 쓰자, 그렇게 해서 팀을 짜게 된 거예요.

거기에 제가 우연히 들어가게 됐는데, 다른 분들이 준비가 안 됐다고 해서 제가 1번 타자로 글을 썼어요. 그런데 또 다음 분이 준비가 안 돼서 두 번째 글도 제가 쓰게 됐고요. 그렇게 네 번인가 연속으로 글을 쓰게 됐죠. 사실 건축설계 일도 없고 시간은 많고 할 말은 머릿속에 가득했던 때였어요. 그래서 좀 쉽게 4주 연속 글을 썼어요. 그런데 그걸 보고 《매일경제》에서 연락이 온 거예요. 고정 칼럼을 써달라고요. 그래서 몇 달 동안 칼럼을 썼는데 그 내용을 보고 출판사에서 연락이 왔죠.

그렇게 해서 2015년에 나온 책이 《도시는 무엇으로 사는
가》인데, 그 책이 대박 났잖아요.

그때부터 제가 글 쓰는 건축가가 된 거예요. 그 책 덕분에 KBS
〈명견만리〉에 출연했는데 그게 첫 방송 출연이었어요. 그 이후
에 다큐멘터리 〈걷고 싶은 거리〉도 제작됐고요. 그다음에 tvN
〈어쩌다 어른〉에 출연하면서 쭉 이어진 거죠.

"인생이라는 게 차선이 모여서 최선이 되더라고요." 유현
준의 말이다. 미국 유학 생활을 마치고 한국에 돌아와서 뜻
대로 되는 일이 없었다. 열고 싶은 문은 계속 닫혀 있었고,
원하는 길을 가보면 막다른 골목이었다. 무언가 잘못하고
있다는 불안감에 휩싸였고, 화가 치밀고 분노가 쌓였다. 대
안을 찾아야 했다. 그런데 차선이라고 생각하고 방향을 조
금 틀어 다른 길로 갔더니 가고 싶은 길과 이어져 있었다.
그 길을 따라가다 보니 새로운 일과 새로운 사람들이 기다
리고 있었다. 차선인 줄 알고 선택한, 열려 있던 길이 최선
이었던 것이다.

유현준은 돈을 벌기 위해 글을 쓴 자신을 칭찬한다고 했다.
건축설계만 고집하지 않고 세상과 타협해서 글을 썼던 것이
'인문 건축가'라는 생각지도 않은 타이틀을 만들어주었다.

건축 철학이 분명한 것 같아요. 특히 강조하시는 것이 소통이 잘되는 공간, 관계를 증진시키는 공간인데요, 어떤 의미인가요?

넓은 의미에서 인간을 중심에 두는 거라고 보면 됩니다. 우리가 만드는 건축 공간이 다 사람들의 관계를 조종합니다. 창문은 사람을 소통하게 하고, 벽은 사람을 단절시키고, 계단은 다른 높이의 공간을 연결합니다. 문도 연결하죠. 창문과 문은 좀 달라요. 창문은 시각적으로만 연결되는데 문은 내 몸이 통과할 수 있거든요. 그러니까 조금 더 적극적인 연결은 문이 만들어 줍니다. 창문은 시각적으로만 연결시켜주고 몸은 통과하지 못하기 때문에 나의 개인적인 공간을 지켜주면서 관계를 맺어주는 거죠.

건축이 사람 사이에 관계를 맺어주는 역할을 하는군요. 그렇다면 건축으로 어떤 관계를 만드는 게 좋을까요?

사람들 사는 걸 보면 갈등이 난무하잖아요. 계층 간의 갈등, 생각이 다른 사람들끼리의 갈등, 그 외 여러 갈등의 연속인데 건축 공간을 잘 조정하면 이런 갈등의 정도를 낮출 수 있겠다는 생각을 했어요. 사람 사이를 좀 더 화목하게 만드는 공간 구조를 설계할 수 있겠다, 그런 생각을 하게 된 거죠.

유현준

그렇다면 갈등을 완화할 수 있는 건축이란 무엇인가요?

공통으로 머물 수 있는 공간이 많아져야 합니다. 가장 손쉽게 그런 장소를 만들 수 있는 방법이 벤치를 놓는 거예요. 누구나 앉을 수 있으니까요. 그런데 우리나라에는 벤치가 거의 없어요. 커피숍이 많습니다. 뉴욕에는 브로드웨이 950미터 정도 거리에 벤치가 170개 있거든요. 신사동 가로수길에 가면 3개밖에 없습니다. 노숙자들이 모인다고 있던 것도 없애고 있어요.

그런데 커피숍밖에 앉을 데가 없으면 돈 많은 사람들은 비싼 커피숍에 가고 돈 없는 사람들은 저가 커피숍을 가게 되잖아요. 소득에 따라서 가는 공간이 나뉘는 사회가 되는 거예요. 자연히 공통의 추억은 없어지고 서로를 이해하기 어려워지는 거죠. 그래서 공짜로 갈 수 있는 도서관이나 공원, 벤치 이런 것들이 가까운 거리에 있어야 합니다.

우리가 공원이 없는 건 아니거든요. 서울은 전체 면적의 30퍼센트 후반대가 녹지예요. 다만 그 공원이 멀리 있다는 게 문제입니다. 공원 벤치는 걸어서 10분 이내에 있어야 하거든요. 그러니까 1만 평짜리 공원 하나 만드는 것보다는 1000평짜리 공원 10곳을 만드는 게 낫습니다. 100만 권 들어가는 도서관 하나 만드는 것보다는 1만 권 있는 도서관 100곳을 만드는 게 훨씬 좋은 거고요. 이런 것들이 공간을 통해서 사람들 간의 관계를 화목하게 만들고 사회를 더 지속 가능하게 만드는 방법이겠죠.

공간의 역할이 굉장히 크다고 느껴지네요. 갈등을 줄일 수 있고 소통도 원활하게 만들어주니까요.

공간이라는 게 사람의 생각에 영향을 미쳐요. 학교만 해도 획일화된 똑같은 모양의 공간인데 거기서 12년을 보내잖아요. 그런 곳에서 자라면 나중에 나이가 들어도 판상형 아파트가 제일 편해져요. 사람의 생각은 여러 가지 교육으로 바꿀 수도 있겠지만 하드웨어인 건축 공간을 통해서 변화되기도 해요. 그런데 현실은 19세기 모양 그대로인 교실에서 학생들에게 21세기에 맞는 도전 의식과 꿈을 가지라고 얘기한다는 겁니다.

걷고 싶은 거리에 대한 얘기도 많이 하셨어요. 서울만 해도 예전보다는 걷기 편하게 좀 바뀌지 않았습니까?

도시가 더 좋아지려면 사람들이 더 많이 걸어야 합니다. 많이 걸을수록 교통량도 줄어들고, 그러면 차선 숫자를 줄이고 인도를 더 넓히거나 공원을 만들 수도 있습니다. 과거에 비해서는 걸을 수 있는 공간이 많아지긴 했는데요, 여전히 서구의 성공적인 많은 도시에 비하면 자동차 중심적이에요.

사람들이 어떻게 하면 더 걷고 싶어지나 연구해본 적이 있어요. 100미터를 걷는 동안에 가게 입구의 수가 30개 이상이면 사람들이 걸어요. 가게 입구가 많을수록 좋습니다. 텔레비전 채널 다양한 거랑 비슷해요. 방송이 재미없어도 채널을 돌리면 볼 게 생기잖아요. 100미터를 걷는 동안에 홍대 앞은 4.5초당 한 번 채널이 바뀌는 텔레비전이라면, 테헤란로는 11초당 한 번 채널이 바뀌는 텔레비전이에요. 테헤란로는 사무실이 더 많으니까요. 우리가 보통 걷고 싶은 거리라고 생각하는 곳들은 대부분 다 필지가 작은 구도심에 있습니다. 그런데 요즘에 재건축된 곳을 보면 4~5층짜리 상가 안에 가게가 100곳쯤 들어가 있어요. 그런 곳은 거리가 없어지는 거죠. 더 안 걷게 되고 옆 동네와의 단절도 커지고요.

> 우리가 의식하지 못하고 집에서, 거리에서 행동하는 것들이 건축의 눈으로 보니까 좀 더 분명하게 이해가 되고 재밌습니다. 마지막으로 유현준만의 건축 철학을 쉽게 설명해주신다면요?

한마디로 요약해본다면 '건축은 관계를 디자인하는 것'이라고 할 수 있습니다. '좋은 건축은 관계를 화목하게 만든다.' 저는 그렇게 정의를 내려요. 그래서 사용자들과 거리에 있는 사람들 사이를 더 화목하게 만들 수 있는 방법을 찾고 있어요.
이런 생각을 하는 가장 큰 이유는 저의 성장기하고도 조금은 연결이 되어 있습니다. 저희 집은 되게 화목한데 한 가지, 고부 갈등이 좀 있었거든요. 홀어머니 밑에서 자란 큰아들이었던 저희 아버지와 어머니, 할머니가 같이 살면서 긴장감이 있었어요.

그런 사이를 화목하게 하는 방법은 제가 상을 받아오거나 좋은 성적표를 받아오는 거였어요. 그럴 때면 온 가족이 같이 기뻐하는 거예요. 내가 무슨 역할을 해야만 갈등이 해소될 수 있겠구나, 이런 생각을 어렸을 때부터 했어요. 그래서 건축을 할 때도 그런 생각이 깔려 있는 것 같습니다. '내가 어떻게 하면 싸우고 다투는 사람들의 갈등 지수를 낮출 수 있을까?' 이런 생각을 많이 했고요, 건축가이기 때문에 건축 공간으로 해법을 찾고 싶은 거예요.

건축가 유현준은 프로필만 보면 모든 게 완벽하다. 빈틈이 보이지 않는다. 그러나 그에게도 아픔은 있었다. 보이는 것만으로는 비단길만 걸었을 것 같지만, 무언가를 하려고 할 때마다 벽에 부딪히고 스스로 한계를 느껴 절망한 적도 한두 번이 아니다. 그럼에도 건축을 포기하지 않고 버텨낸 것은 공간을 제대로 디자인하는 건축가가 되고 싶었기 때문이다. 이제 그의 모든 승부욕과 열망은 공간을 통해 서로 소통하고 행복해지는 사회를 만드는 일로 향하고 있다. 우리 주위의 그늘과 단절을 포착해 연결하는 건축, 그러한 건축으로 이루어진 사회. 그곳이 바로 유현준이 오래도록 품어왔던 열망의 도착지가 아닐까.

유현준

정지아

이웃의 따스한 침범이 준
해방이라는 선물

"누군가 나를 침범하는 것은 매우 피곤한 일이지만, 그 침범이 나의 고독과 우울까지도 삼켜버렸어요. 고독과 우울이 있던 자리는 여유로 채워졌지요. 그 여유로움으로 아버지 이야기를 경쾌하게 쓸 수 있었어요."

빨치산이었던 아버지의 장례식을 배경으로 한 소설《아버지의 해방일지》가 결코 무겁거나 심각하지 않게, 이데올로기에서 벗어나 경쾌한 필치로 쓰인 이유는 바로 이웃들의 침범 때문이었다. 베를린장벽이 무너지면서 자유가 찾아왔듯, 고향 구례의 이웃들은 서울 사람 정지아가 세워놓은 벽을 허물어뜨렸고, 정지아는 유쾌하면서도 재기발랄하게 글을 쓸 수 있는 자유를 얻었다.

작가 정지아는 두 가지 트라우마를 안고 살았다. 부모님이 빨치산 출신이라는 이유로 자신의 미래가 꽁꽁 묶였고, 부모님의 삶을 기록한 책《빨치산의 딸》을 1990년에 출간했는데 판매 금지 조치를 당했다. 사춘기 시절 '빨갱이의 딸'이라고 불리는 것이 싫어서 고향 구례를 떠나 서울로 이사했다. 하지만 일단 한번 생긴 낙인은 계속 따라다녔고, 그의 미래도 그 속에 저당잡혀야 했다. 부모가 빨치산이라는 이유로 할 수 있는 것이 없었다. 그는 그런 시대를 살았다. 미움도 원망도 크고 깊었을 것이다. 그러던 2008년 어느 날, 아버지가 돌아가시고 홀로 남겨진 어머니를 돌보기 위해 서울살이를 청산하고 35년 만에 고향으로 돌아온 뒤 정지아는 또 다른 세계를 만났다.

이웃들은 정지아가 자신의 세계를 방해받기 싫어 세워둔 바리케이트를 무시로 넘나들며 그의 삶에 파고들었다. 참견과 간섭이 당황스럽고 불편해 싫은 내색도 했지만 그들은 아랑곳하지 않았다. 이웃들의 꾸준한 참견과 간섭이 새로운 구례를 경험하게 했고, 생각과 태도를 바꿔놓았다. 그동안 그를 싸고돌던 고독과 우울, 외로움은 옅어지고 그의 삶은 점점 유쾌함으로 채워졌다. 이웃들 덕분에 '빨치산의 딸'에서 비로소 자유로워졌다.

그런 의미에서 《아버지의 해방일지》는 곧 '정지아의 해방일지'이기도 하다. 나를 알아주고 찾아주는 이웃들 덕분에 절대 고독과 외로움에서 벗어났고, 남부군 사령관의 최측근 비서였던, 어느덧 아흔여덟 살이 된 어머니 역시 이웃들 덕에 나날이 해맑아지고 있다. 정지아의 소설 《아버지의 해방일지》가 탄생한 배경에는 이렇듯 그의 집 문턱이 닿도록 드나들었던 이웃이 있었다. '해리포터' 시리즈에서 집 요정 도비가 해리포터로 인해 자유를 찾으면서 외쳤던 말처럼 정지아, 이제 그는 자유다!

> 빨치산 아버지 얘기가 지금 왜 이렇게 뜨거운 관심을 받는
> 걸까요?《아버지의 해방일지》가 왜 이렇게 많이 팔렸다고
> 생각하세요?

제 주변에 글 쓰는 친구들이 많은데, "환갑 코앞에 두고 뜨는 거 첨 봐" 하면서 깔깔거리고 웃었어요. 축하해주면서 자기들한테도 희망이 생겼다고 하더라고요.

정확히는 잘 모르겠지만 아버지라는 코드 때문인 것 같아요. 누구에게나 아버지는 있을 것인데, 아버지를 다 이해하는 자식이란 없지 않겠습니까? 아버지는 좀 멀잖아요. 50~60대가 되면 꼰대라고 하고, 우리 아버지는 왜 저래, 이러는 젊은 친구들도 굉장히 많고요. 그런 아버지를 이해해가는 이야기이고, 우리들의 아버지를 돌아보게 만드는 계기가 좀 되지 않았을까 싶어요. 집집마다 아버지에 대한 사연은 다르지만 아버지를 잘 몰랐다는 사실은 누구나 비슷하니 화자에게 감정이 이입돼서 읽은 분들이 많았다고 생각합니다.

> 그런데 책 표지나 어디에도 빨치산 분위기가 안 나는 게,
> 좀 사기성이 있어요?(웃음)

표지에 대해 제가 했던 말은 딱 한 가지였어요. 아무도 빨치산 이야기인 줄 모르게 하자. 읽지도 않고 무거워, 재미없어, 이러실까 봐. 어떻게든 책을 펴고 조금 읽어만 주시면 계속 읽을 수

있지 않을까 싶었어요. 책 나오고 나서 어떤 분들은 웃으면서 "21세기에 빨치산, 빨갱이 얘기가 이렇게 여기저기서 나올 줄은 상상도 못 했다" 이러시는데 그런 거 보면 우리 사회가 이전에 비해 훨씬 성숙해졌다 싶어요. 그러니까 옛날에는 빨갱이, 빨치산 하면 무섭게만 생각했다면 요즘 20~30대는 그게 뭔데? 그냥 그래요. 어떤 20대 독자가 "나는 빨치산이 지리산 옆에 있는 산인 줄" 이렇게 써 놓으셨더라고요. 그 밑에 또 어떤 독자는 "빨치산, 누가 봐도 한국말 같지 않냐" "야, 그게 불어래" 이런 사람도 있고.

프랑스어 파르티잔partisan에서 온 말이 맞죠. 정규 부대에 속하지 않은 무장 전사를 의미하는데 우리는 '빨치산'이라고 부른 거고요. 세대 차이가 확 느껴집니다. 근데 빨치산 자체를 모르니까 선입견도 없겠어요?

그런 것 같아요. 우리 어릴 때는 '빨갱이에 대해 왜 써' 이랬다면 요즘은 '빨치산이 뭔데?' 이러면서 아무 사심 없이, 장벽 없이 들어와서 책을 읽는 거예요. 우리 역사가 이랬구나, 역사 공부를 왜 해야 하는지 알겠다, 이런 리뷰도 많이 봤어요. 뭐랄까, 돌에도 묵은때가 끼지 않습니까? 그걸 싹 벗겨내고 그냥 돌멩이로만 봐주는 것 같아요. 민주화된 이후에 태어난 세대가 지닌 자유분방한 힘이 아닌가, 라는 생각이 들기도 하고요.

지금 20~30대가 꼰대라며 공격하는 50~60대들 중에는 잘못 살고 있는 사람들도 많을 수 있지만, 이 사람들도 젊었던 한때는 어쨌건 정의를 위해서 자기의 무언가를 걸고 싸웠고 민주주의를 얻어내지 않았습니까. 그런 5060 세대들은 향수 때문에 이 책을 읽으시는 것 같아요. 꼰대라고 불리는 아버지 세대가 만든 자유와 민주주의의 토대 위에서 자라난 20~30대는 편견이 없어서 이 책을 그냥 편하게 받아들이는 것 같고요. 그래서 저는 젊은 세대분들의 덕을 보고 있다, 이렇게도 생각하고 있습니다.

그래도 말씀하신 대로 과거에는 분명 빨치산에 대한 선입견이 있었어요. 빨치산의 가족으로 살면서 실제로 고생도 하셨고요. 그런데도 아버지 이야기로 소설을 썼으니, 뭔가 이유가 있을 거 같아요.

사실 쓸 때 고민이 많았습니다. 안 팔릴 것 같았거든요. 이데올로기, 빨치산이었던 한 남자의 이야기, 이 자체가 너무 무겁잖아요. 그래도 누군가가 써야 하는 이야기라고 생각했어요. 우리 역사니까요. 좌가 옳고 우가 옳고 이런 얘기가 아니라 내 부모 시대의 이야기이고, 이 시대 사람들이 어떻게 살아와서 오늘이 가능했는지 얘기하고 싶었어요. 아버지는 2008년에 돌아가셨는데 소설을 쓴 건 2022년이었어요.

14년이 걸린 건데, 꽤 오랫동안 고민하셨다는 거네요.

처음에는 자꾸 무겁게 써지더라고요. 그럼 누가 읽겠나 싶어서 계속 미뤘고, 이렇게 썼다가 엎고 저렇게 썼다가 엎고 그러다가 2022년이 되어서야 이제 해학적으로 경쾌하게 유쾌하게 쓸 수 있겠다 싶었어요. 제가 구례로 내려온 지 13년 차 됐거든요. 시골에서 살다 보니까 시골 아줌마 마인드가 되기도 했고요, 시골살이가 서울살이와 굉장히 달라요. 서울에서는 남들이 내 영역을 침범하지 않도록 나의 벽을 세워놓고 살잖아요. 그러면서 한편으로는 외롭고, 타인을 그리워하고요. 그렇다고 타인이 내 벽 안으로 확 들어오는 것을 선뜻 내켜 하지도 않아요. 그래서 나와 타인의 벽 사이에서 고독을 즐기기도 하고, 힘들어하며 삽니다. 저도 그랬고요. 그런데 시골에 내려왔더니 그 벽이, 사람과 사람 사이의 거리가 없는 거예요. 이웃들이 저희 집에 "어이 있는가?" 하고 들어오세요. 제가 문을 열까 말까 하는 사이에 이미 들어와 계세요.

**정지아는 그들이 어색하고 불편했다. 어떻게든 못 들어오게 하고 싶어서 들어오려는 이웃들을 마중하는 척하며 문 앞에 선 상태로 말하려고도 했다. 그런 그의 불편함을 아는지 모르는지 이웃의 침범은 계속됐다. 그런데 그 침범이 정지아를 고독에서, 우울에서 탈출시켰다.**

이웃들이 연락도 없이 오셔서 문을 밀고 그냥 막 들어오신 거네요.

아버지와 어머니의 사람들이 계속 찾아오시더라고요. 그런데 그분들을 통해서 아버지에 대해서 알게 된 것도 있어요. 아버지가 살아계실 때 구례의 마을 사람들에게 어떤 영향을 끼쳤는지를 정확하게 알게 됐어요. 사실 저희 부모님은 아무것도 가진 게 없잖아요. 돈도 없고 빨갱이라고 낙인찍힌 사람들이고. 그러니까 누가 그렇게 옆에서 잘 챙기려고 하겠습니까? 저희 어머니도 아흔 살 넘어가면서 인지 능력이 조금씩 떨어지시는데, 그런 분을 누가 찾아오겠어요. 근데 이웃들은 매번 찾아오시는 거예요. 정말 최선을 다해서 우리 엄마가 좋아하는 반찬, 우리 엄마 따뜻하게 입을 옷, 노인네 안 미끄러지는 양말까지 챙겨주세요. 딸인 저도 미처 신경 쓰지 못하는 부분까지 다 챙겨주시는 거예요.

그렇게까지 살갑게 챙겨주시는 걸 보면 부모님이 어떻게 살아왔는지 알겠네요.

어릴 때부터 뭘 많이 베풀고 사셔서 마음을 나누며 산다는 걸 몰랐던 것은 아닌데 어떻게 저런 마음까지 주고받으며 살 수 있을까, 하는 생각은 들더라고요.

서울 깍쟁이가 깜짝 놀라셨겠는데요.

처음에는 불편했어요. 왜 이렇게 자꾸 훅 들어오나, 하나 받으면 하나 돌려줘야 하는데. 서울 사람들 마음은 그렇잖아요. 20만 원 짜리 상품권 받으면 그다음에는 21만 원어치로 돌려주면서 깔끔하게 정산하며 살잖아요. 그런데 구례에서는 돌려줄 수도 없는, 정성만 가득한 음식을 주는 거예요. 이런 건 돈으로 환산이 안 되잖아요. 이런 질긴 마음들을 지켜보면서 그분들이 서로 외롭지 않겠구나 싶었고, 이런 마음들이 다른 사람의 삶에 어떤 영향을 미치는지 알게 됐어요.《아버지의 해방일지》에 등장하는 떡집 언니가 대표적인 인물이에요. 떡집 언니는 100퍼센트 실존 인물 그대로입니다. 너무 아름다워서 나쁘게 쓸 게 하나도 없었거든요.

구례에 정이 듬뿍 들었겠네요.

구례는 제가 떠나기 전이나 지금이나 똑같을 거예요. 다만 나이가 들면서 전에 안 보였던 것들이 보이고, 몰랐던 것을 알게 된 거죠. 마음을 나누며 산다고 해서 인간의 절대 고독이나 외로움까지 모두 해소된다고는 볼 수 없지만, 적어도 사람이 망가지거나 극단적인 선택을 하거나 하는 심각한 일은 이 삶 속에 존재하진 않을 것 같아요. 이렇게 수시로 사람 마음에 들락거리니까요.

돈도 없고 빨갱이라고 낙인찍힌 사람들인데,
이웃들은 매번 찾아오시는 거예요.
정말 최선을 다해서 챙겨주세요.
이런 질긴 마음들을 지켜보면서 그분들이
서로 외롭지 않겠구나 싶었어요.

적어도 사람이 망가지거나
극단적인 선택을 하거나 하는 심각한 일은
이 삶 속에 존재하진 않을 것 같아요.
이렇게 수시로 사람 마음에
들락거리니까요.

그런 이웃들 덕분에 아버지에 대해 몰랐던 것도 많이 알게
됐겠어요. 《아버지의 해방일지》가 아버지를 알아가는 과
정이라고도 했는데, 실제로 아버지는 어떤 분이셨나요?
우리 아버지는 넓은 사람, 모든 사람을 똑같이 사랑하는 사람이
셨어요. 이건 저와 아버지가 좀 달라요. 저는 코 흘리고 있는 애
들보다는 예쁘고 깔끔한 아이가 더 좋은 사람인데, 저희 아버지
는 코 찔찔 흘리는 애들부터 끌어안고 코 닦아주세요. 어릴 때
저는 그게 되게 더럽게 보였는데 아빠에게는 가장 힘든 사람이
1번이었죠.

천생 사회주의자셨네요. 자상한 사회주의자.
공평성이라는 걸 성격으로 좀 타고난 분이세요.

《아버지의 해방일지》에 보면 처음 보는 방물장수를 앞뒤
안 보고 집에 데려와서 재웠어요. 이것도 실제 있었던 일
인가요?
사실이에요. 동네에 차가 안 다녀서 걸으면 읍내까지 두 시간
걸리거든요. 어느 겨울날 방물장수가 왔는데 너무 늦어서 못 간
다면서 당산나무 밑에서 코를 빼고 앉아 있으니까 아버지가 우
리 집 가서 자라고 한 거예요. 생전 모르는 사람을. 그러니까 엄
마는 밥은 당연히 차려주지만 잠은 아랫집 가서 자라고 했어요.

아랫집에 방 많으니까요. 그때 우리 집은 방이 2개밖에 없었거든요. 그랬더니 아버지가 방이 왜 없느냐고 지아랑 자면 되지 이러시는 거예요. 엄마가 아니, 처음 보는 사람을 어떻게 딸이랑 같은 방에서 재우느냐고, 벼룩이라도 있으면 어쩔 거냐고 팔짝팔짝 뛰셨죠. 그랬더니 아버지는 당신이 목숨을 걸고 지키려 했던 민중이 바로 저 사람이라고 하셨어요.

결국에 어떻게 됐어요?
제 방에서 저랑 같이 잤고요, 책에 그대로 썼지만 "아버지의 민중이 나에게 남기고 떠난 것은 벼룩이었다"로 끝났습니다.

그런 웃음 포인트가 이 소설의 재미예요. 시작부터 유머 코드가 있는데 이렇게 시작합니다. "아버지가 죽었다. 전봇대에 머리를 박고. 평생을 정색하고 살아온 아버지가 전봇대에 머리를 박고 진지 일색의 삶을 마감한 것이다." 왜 이런 설정을 했어요? 이거 좀 웃기잖아요.
장례식 얘기로 쓰려고는 했는데 너무 무겁더라고요. 아버지가 돌아가시기 전에 병원에 계셨고 의식을 잃은 채로 누워 계시기도 했어요. 그걸 지켜보면서 마음이 복잡했거든요. 그런 심정을 소설에 쓰려고 했는데 너무 무거운 거예요. 그래서 전봇대라는 장치를 넣었어요. 요즘에 휴대폰이고 뭐고 다 전기 아닙니까. 전기로 세상과 소통을 하는 것인데요, 저희 아버지는 평생 세상과 소통을 꿈꿨지만 세상의 금기인 이데올로기에 갇혀 사셨기 때문에 제대로 된 방식의 소통을 하기가 굉장히 어려웠던 분이세요. 그래서 전봇대에 머리를 박아서라도 소통을 하고 싶어 했던 한 남자의 우직한 삶을 표현하는 것이기도 하고, 세상과의 어긋남을 약간 해학적으로 보여줄 수 있지 않을까 싶기도 했어요.

소설에서는 주인공인 딸이 아버지에게 반감도 있던데, 실제로 아버님이랑 사이는 어땠어요?

사이가 엄청 좋았어요. 아버지는 감옥에 계셨으니까요. 감옥에 있는 사람을 뭐 어떻게 미워하겠습니까? 저에게 아버지는 늘 그립지만 말할 수 없는 사람이었어요. 아버지한테 반항을 하거나 이럴 기회는 전혀 없었습니다. 아버지의 부재로 인한 고통이나 아버지가 빨치산이라서 겪은 정신적 고통과 가난의 고통 같은 것들은 어머니가 다 겪어내셨죠.

고생은 어머니가 하시고 아버지는 다 퍼주는 스타일이신 거 같은데.

아버지는 사회주의 평등 개념을 탑재하고 태어나신 분 같아요. 사실 인간이라는 존재가 내가 아끼는 사람, 좋아하는 사람에 애

정지아

정이 있기 때문에 누구에게나 똑같이 못하거든요. 그런데 아버지는 비차별적으로 베푸셨어요. 그래서 엄마가 좀 힘들어하시기도 했고.

어머니가 아버지의 공평성 때문에 힘들어하셨다?

감에 대한 일화가 있는데요. 저희가 가난해서 사람들한테 뭘 줄게 없잖아요. 근데 구례는 감이 유명하거든요. 감을 따다가 말릴 때 무던한 분들은 그냥 실에 꿰어서 죽 처마에 매달아놔요. 그러면 쉽거든요. 빨리 마르고. 근데 엄마는 실이 감을 관통하면 맛이 없다고 일일이 전부 다 깎아서 채반에 얹어요. 그래서 통째로 엎어놓고 썩지 말라고 하루에 열댓 번씩 그걸 다 뒤집어줘요. 엄마가 허리 아파서 미친다고 하면서도 참고 말리고 그러셨어요.

그렇게 곶감을 만들어서 먹을 만하게 익으면 아버지는 아무한테나 "이거 하나 먹어보세요" 그러는 거예요. 엄마 곶감은 맛있기로 유명했거든요. 엄마 곶감 먹어본 사람이 "아따 뭐가 이렇게 맛나다요" 하면 "또 묵어. 저기 많네" 그러시는 거예요. 인심은 아빠가 다 쓰시는 거죠. 이제 엄마는 옆에서 아빠 허벅지 꼬집고. 근데 저는 그런 아빠가 참 좋았어요. 신기하고 아름답고 그랬어요.

그런 자상한 아버지가 다른 아버지와 뭔가 다르다는 것을
언제 알게 됐어요?

제가 초등학교 2학년 여덟 살 때 아버지가 감옥 가셔서 중학교
3학년 때 출소하셨으니까 7년 옥살이 하셨어요. 저는 초등학
교 5학년 때 구례에서 서울로 전학 갔고요. 4학년 때 아버지가
빨치산이라는 걸 알게 됐는데 그 전까지는 전혀 몰랐어요. 제
가 반공 글짓기의 대가라서 대회에 나가기만 하면 장원 받았
거든요.

몰랐다고요? 구례면 아버지, 어머니 활동 무대였는데 아
버지가 빨치산이라고 아무도 말해주지 않은 거예요?

아버지가 소위 빨갱이라는 것은 온 동네가 다 알았지만, 동네
어른들 아무도 저에게 말해주지 않았어요. 아버지가 크게 인심
을 잃지는 않으셨던 것 같아요. 근데 초등학교 4학년 때 한 친구
가 저랑 좀 싸우다가 "빨갱이 딸년이!" 이렇게 얘기를 하는 거예
요. 제가 빨갱이의 딸인 걸 아는 이 동네가 너무 싫었어요. 제가
빨갱이의 딸인지 모르는 동네 가서 살고 싶었어요. 그래서 엄마
한테 여기를 떠나자고, 서울로 가자고 했던 거죠.

빨치산으로서 아버지는 어떤 활동을 하셨던 거예요?

아버지는 철도원이셨고 철도 노조원이면서 남로당에 가입해서

당원으로 활동하셨어요. 그러다 1948년 5월 12일 남한만의 단독정부 수립 때 여순 사건이 일어납니다. 좌파들은 전부 다 단독정부에 반대했고, 미 군정과 이승만 정권은 단독정부를 수립하려고 했죠. 그때 아버지가 반대 유인물 뿌리고 다니다가 수배를 받고 비합법 활동을 하게 되셨어요. 그러니까 많은 분이 알고 계시겠지만, 해방 후부터 얼마까지는 사회주의와 공산주의가 합법적인 정당 중의 하나였어요. 그런데 남한만의 단독정부 수립을 두고 견해가 갈라지면서 사회주의가 불법화되기 시작했던 거예요.

아버지는 여순 사건 이후로 지리산으로 들어가신 건가요?
산으로 들어갈 수밖에 없었습니다. 그 뒤로 계속 산에서 생활을 하셨고요. 그래서 여순 사건 이후에 산에 들어가셨던 분들을 '구빨치산'이라고 합니다. 이분들 중에 살아계신 분이 정말 몇 명 안 됩니다. 99퍼센트는 돌아가셨어요. 제 부모님 두 분은 매우 드문 구빨치산이셨죠. 북으로 못 넘어간 사람들이 산으로 들어간 경우를 '신빨치산'이라고 합니다.

어머니도 빨치산 활동을 하셨다고요?
엄마는 남부군에 계셨어요. 남부군은 이현상 사령관의 14연대가 주축이 되어서 만들어진, 당 조직이 아니라 전투 조직입니다.

1948년 10월 19일 여수에 주둔 중이던 14연대 장병들에게 제주도에 출동해서 4·3사건를 진압하라고 했는데, 14연대가 제주도 파병을 거부했어요. 그래서 일어난 사건이 '여순반란사건(여순 사건)'이에요.

14연대 사람들은 사회주의자가 아니었어요. 그중 극히 일부가 사회주의자였죠. 인근에 있는 구례, 순천, 곡성 사람들이 대다수인 부대예요. 그 시절엔 너무 가난하니까 밥숟가락 하나 덜려고 14연대에 지원한 분들이 많았다고 해요. 엄마는 1954년에 잡혀서 7년형을 받으셨어요. 이현상 사령관의 비서 같은 역할을 맡고 계셨는데 휴전하기 전에 잡혔으면 거의 즉결처분으로 사형당할 수 있었죠.

《남부군》소설에서도 봤던 이현상 사령관의 측근이셨다니, 어머님도 보통 분이 아니시네요. 그런 부모님인데, 집에서는 어떠셨어요? 무남독녀 외동딸이었으니 예쁨도 많이 받았을 거 같은데.

엄마가 많이 칭찬해주셨어요. 엄마가 마흔 살에 저를 낳고 몸이 많이 허약해지셨어요. 그래서 몸으로 놀아주질 못하니까 말 잇기 놀이를 했거든요. 그때 어휘력이 많이 늘었던 것 같아요. 아이들은 말 배울 때 독특한 표현들을 한번씩 하잖아요. 보통은 그냥 지나치는데 엄마는 칭찬을 많이 해주셨어요.

정지아

글솜씨는 누굴 닮으신 거예요?

엄마 같아요. 작가가 꿈이었대요. 부모님 두 분 다 초등학교 졸업이 전부인데요, 제가 대학 다닐 때 엄마가 시 쓰는 것 좀 가르쳐달라고 했거든요. 그때 제가 환갑 지나서 뭔 시를 쓰냐고 했던 게 요즘 들어 가장 후회가 돼요. 나중에 보니 엄마한테 이런저런 문구들을 끄적끄적 해놓은 노트가 있더라고요. 낙서도 있고요.

감성이 풍부하셨나 봐요. 엄마가 쓴 말 중에 기억나는 게 있다면요?

"낙엽이 쓸려가는 장면을 보고 왜 눈물이 나는지 모르겠다. 부뚜막에서 눈물을 훔쳤다." 이런 게 있고요. 제가 세 살 때쯤 징검다리를 건널 때 했던 말이라고 써둔 것도 있어요. 징검다리 건너다 보면 돌 옆으로 물거품이 일잖아요. 그걸 보고 제가 웃으면서 이렇게 말했대요. "엄마, 물이 돌을 간지박 맥애(간지럽혀)"라고요.

와, 신동인데. 그 장면을 보고 간지럽힌다고. 어머님이 예뻐하셨던 만큼 기대도 컸을 거 같아요.

기대가 엄청 컸어요. 근데 저는 중학교 2학년 때부터 공부를 안 했어요. 연좌제가 있다는 걸 그때 알았거든요. 빨치산 출신의 딸인 저는 세상이 거부하는 존재인 거죠. 미래는 아무도 모르는 건데 제 미래에는 못 들어가는 영역이 이미 있다는 것 자체가 굉장히 기분이 나빴어요. 집은 가난하고, 부모님도 세상도 싫었어요.

**"남들에게는 360도 열려 있는 길을 너는 180도만 된다는 것 자체가 세상에서 제 존재를 부정당하는 느낌이었어요."** 빨치산 출신인 부모에게서 태어났을 뿐인데, 사회는 정지아의 삶에 족쇄를 채웠다. 이것도 안 되고 저것도 안 되는 인생을 살아야 했다. 반공 글짓기 대회가 열리던 시절이니 아버지가 어떤 사람인지 친구에게 말할 수 없는 현실에 더욱 화가 났다.
아버지에 대해 말하지 않았으니 거짓말을 한 건 아니었지만 뭔가를 속이는 것 같은 기분에 친구들과 가깝게 지낼 수는 없었다. 학창 시절 내내 진짜 친구가 없다고 느꼈던 정지아에게 위로가 되어준 건 단 하나, 문학이었다.

학창 시절 내내 고민이 깊었을 텐데 그 상황을 어떻게 돌파하셨어요?
책 읽었어요. 공부는 하기 싫고 그 고민을 누구에게도 말할 수 없다는 것 때문에 책 속에서 위로받고 혼자서 글을 쓰면서 문학

정지아

과 가까워진 거 같아요. 동네 서점 아저씨랑 친해졌는데 아저씨가 마침 연애 중이어서 저한테 서점을 맡겨놓고 데이트 나가시곤 했어요. 그래서 학교 끝나면 서점 가서 오만 책을 다 읽었어요. 성인 잡지 《선데이 서울》부터 괴테의 《파우스트》까지 뭔지도 모르고 그냥 마구잡이로 읽었죠. 그러다가 나처럼 답답한 사람이 주인공인 《데미안》 같은 책들을 만나게 됐죠. 정말 알을 깨고 나가고 싶은데 이 세계가 나를 가두고 있는 것 같았고, 그런 마음을 유일하게 문학에서 위로받은 것 같아요.

그래도 삐뚤어지진 않았어요. 당시 학생들에게 금지됐던 영화도 보러 가고 남자애들이랑도 어울리고 하려면 돈이 있어야 하니까. 남자애들이 저를 별로 안 좋아하기도 했고요. 그래서 그냥 책만 열심히 읽었고요, 공부만 안 했어요. 내가 진짜로 고민하는 것을 엄마, 아빠가 알게 되면 괴로우실 테니까 당연히 말을 안 했고요.

어떻게 보면 연좌제 덕분에 문학과 친해지게 됐고 작가가
된 거네요?

제가 우스갯소리로 연좌제 덕분에 한국 문학의 전성기가 열렸다는 말을 해요. 1970년대가 한국문학의 전성기라고 하는데 그때 작가들이 다 좌파의 자식들입니다. 이문구 선생님, 김원일 선생님, 조정래 선생님 모두 다요.

빨치산의 딸이라는 사실 때문에 학창 시절 내내 고뇌가 깊었는데, 스물다섯 살에 《빨치산의 딸》을 발표했어요. 이 책 쓰고 잡혀가셨다면서요?

해방 전후의 사회주의 활동이 전혀 드러나 있지 않던 시절이잖아요. 옳든 그르든 간에 모든 역사는 기록되어야 한다는 생각으로 부모님께 구술로 받아 적은 것들을 정리하고 약간의 묘사 정도를 한 거죠. 냉정하고 객관적인 평가는 후대의 몫인 것이고 어쨌든 기록되어야 한다는 생각이었어요. 그 책을 쓰면서 부모님의 삶을 자양분으로 삼을 수 있었고요. 그런데 출간되고 한 달 만에 국가보안법 위반으로 책이 판매금지당했어요.

얼마 전에 판매금지가 풀려서 다시 팔리고 있던데 《빨치산의 딸》도 《아버지의 해방일지》의 후광을 보고 있는 것 같아요. 아버지가 《빨치산의 딸》은 보셨죠? 뭐라고 하시던가요?

아버지는 저한테 한 번도 제 소설에 관해서, 제 책에 관해서 말씀을 하신 적이 없으신데 《빨치산의 딸》을 보고는 한참 있다가 읽을 만하게는 썼다고 말씀은 하셨어요. 나중에 엄마 얘기 들으니까 제가 박사 학위 받고 책 출간하고 어디서 상을 받아오면 그렇게 술을 쏘고 다니셨다고 하더라고요. 제가 그냥 자랑스럽긴 하셨나 봐요.

아버지가 살아계셨으면 얼마나 좋았을까 싶기도 하네요. 하늘에서 흐뭇하게 지켜보시겠죠?

아마 유물론자라서 하늘에 계실 것 같진 않아요. 화장을 했거든 요. 실제로 저희 아버지는 아무 데나 뿌리라고 했는데, 그럴 수 는 없었어요.

《아버지의 해방일지》가 너무 잘돼서 다음 작품이 부담스 럽겠어요?

부담은 버리기로 했습니다. 한 번 떴으면 됐지. 또 안 떠도 되고 요. 제가 쓰던 대로 쓰려고 합니다. 제가 좋아서, 행복한 일을 해 서 어제의 저보다 오늘의 제가 나아지는 것, 이게 제일 저를 즐 겁게 하는 것 같아요. 독자분들이 알아주시면 더 좋지만 그렇지 않더라도 제가 제 소설에서 부족하다고 느꼈던 부분들을 하나 쯤 넘어설 수 있다면 그것으로도 충분할 것 같습니다.

**묵묵히 자기 길을 걷다 보면 누구에게나 자신의 시간이 온 다고 했다. 시대와 상황이 변하기 때문이다. 이 말을 정지 아 작가는 자신의 삶을 통해 입증했다. 어린 시절부터 부모 가 빨치산 출신이라는 주홍글씨를 가슴에 새기고 살았지만, 언젠가는 봄볕 같은 날들이 기다리고 있을 것이라 믿고 더 디더라도 한 발짝씩 자신의 길을 걸어왔고, 이제 자신의 날**

을 열어가고 있다. 정지아 작가는 전혀 심각하지 않다. 그의 글이 그렇듯, 유머러스하고 소탈하며 인간적인 매력이 넘친다. 글과 삶과 사람이 다르지 않다.

표창원

# 정의로운 셜록 홈스를 꿈꾸는 자유 시민

"누군가를 비판하거나, 부당한 일에 맞서기 위해서는 제게 잘 못이나 흠이 있으면 안 됩니다. 작은 흠이라도 발견되는 순간 더 크게 손가락질당하게 되니까요. 그래서 자기 관리를 더 철저히 했습니다."

'한국의 셜록 홈스' 표창원은 국내 1세대 프로파일러다. 경찰대학을 나와 범죄심리학을 공부해 프로파일러가 됐다. 정계에 입문해 국회의원으로 활발하게 정치 활동도 이어갔지만, 재선 도전을 포기하면서 은퇴했다. 여러 매체의 방송을 진행했으며 20권이 넘는 책을 집필하기도 했다.

끊임없이 도전해 뭔가를 이뤄내고 있는 표창원. 욕심이 많아서가 아니다. 그는 경찰 간부로 승진하는 것에 크게 관심이 없어 경위로 경찰 생활을 끝냈다. 경찰대학에서 학생들을 가르칠 때도 정교수 임용을 코앞에 두고 관뒀다. 꼭 하고 싶은 일이 있어 국회의원이 되었지만 목적을 모두 이루자 미련 없이 시민의 자리로 돌아왔다. 그가 좇는 것은 권력이 아니었기 때문이다. 부당함에 맞서기 위해, 자신이 옳다고 믿는 일에 앞장서 자기 목소리를 내는 자유시민이고 싶어 했다.

그는 대학 시절부터 불합리한 관행에 맞섰다. 정의와 진실을 탐구해나가는 셜록 홈스를 꿈꾸며 경찰대학에 진학했지만 현실은 달랐다. 선배들은 엄격한 위계를 과시하며 부당한 방식으로 굴복을 요구했다. 부당함에 항변하기 위해서는 작은 흠도 있어서는 안 된다는 것을, 그는 그때 깨달았다.

그때부터 표창원은 철저한 자기 관리에 나섰다. 무엇보다 실력을 갖추기 위해 독하게 노력했다. 어떤 결단을 내리기 위해서는 실력이 필요하다는 깨달음에서다. 그리고 원칙과 소신을 지켰다.

경찰, 프로파일러, 교수, 국회의원, 소설가로 살아온 그는 언제나 사람들의 예상과 다른 선택을 해왔다. 그러나 그의 이야기를 찬찬히 듣고 있으면 그만큼 단순한 사람도 없다는 걸 알게된다. 셜록 홈스가 되고 싶은 자유 시민. 그가 꿈꾸는 삶이다.

프로파일러. 많이 들어는 봤는데 정확히 어떤 역할을 하는 건지는 모르겠어요. '프로파일'이 '프로필'을 말하는 건가요?

같은 겁니다. 일반적으로 자기 프로필을 취업할 때나 알리지 않습니까? 근데 범죄자들이 자기 프로필을 알릴 리가 없죠. 그러니까 그들이 숨긴 프로필을 찾아내는 사람이라고 보면 됩니다. 프로파일러는 범죄 현장에서 확보할 수 있는 증거 정황 또는 범인의 행동 흔적, 이런 것들을 모두 종합하고 분석해서 어떠한 사람이 이 범행을 저질렀을 것이라는 의견을 제시해주는 사람입니다.

그런 일을 국내에서 처음으로 시작한 1세대 프로파일러라고 보면 되는 거죠?

우리나라에서 1호 프로파일러는 권일용 형사시고요, 그분이 저와 나이는 같습니다. 경찰관도 같은 해에 시작은 했는데, 프로파일러 일은 제가 좀 늦었습니다. 영국 유학 다녀와서 1998년 즈음부터 시작했으니까요. 그때 프로파일러가 저와 권일용 형사 정도였어요. 당시에는 이러한 프로파일링이라는 수사기법 자체가 없었고 개인 기록, 개인의 경험과 능력만으로 범죄 수사를 했었어요.

프로파일링이 체계화되고 현장에서 본격적으로 적용되기 시작한 건 2000년대 들어와서입니다. 일반적인 모든 범죄가 아니라 연쇄 살인이라든지, 연쇄 성폭행이라든지 범인의 이상심리로 인해서 발생하는 특정 이상 범죄들에 대해서만 프로파일링 기법을 적용하고 있습니다.

경찰관은 어떻게 되신 거예요?
사실 조금 불순한 의도 때문에 경찰대학을 가게 됐는데, 제가 경찰관이 될 생각은 없었습니다. 고등학교 다닐 때까지는요. 보시면 제 오른손에 흉터가 남아 있는데요, 오른손 엄지는 지문을 찍어도 인식이 잘 안 돼요. 스마트폰도 오른손으로는 지문인식 기능을 사용하지 못하는데요, 실은 고등학생 때 큰 사고가 있었습니다. 저희 때는 대학 입시에 체력장 시험이 있었거든요. 왕복 달리기, 윗몸 일으키기, 턱걸이 이런 걸 하던 때인데 다른 학교 학생들이 우리 학교에 와서 체력장을 치르고 우리 선생님들이 감독을 하시고, 이런 상황이었어요.
그때가 고등학교 3학년 2학기 때였어요. 지치고 힘든 시기였고 가을이라 나른하고 그렇잖아요. 당시에 제가 부반장이었는데 장난도 많이 치고 친구들하고 잘 놀았어요. 부반장으로서 지치고 힘든 수험생 친구들한테 뭔가 활력소를 좀 마련해줘야겠다는 생각이 있었어요. 그때 축구부에 운동회 할 때 총에 넣고 땅 쏘는 경기용 화약이 있었거든요. 축구부였던 현우라는 친구랑

같이 그 화약을 많이 갖고 와서 터트리자, 애들 좀 놀라게 해주자 한 거죠. 그래서 알루미늄으로 된 안테나 선에 그 화약을 채워서 터트렸어요. 제가 학교 3층 창가에서 밖으로 손을 뻗고 불을 붙였는데 심지가 너무 빨리 타들어가면서 순식간에 터졌어요. 화력이 너무 세서 알루미늄 껍데기가 파편이 되어버린 거예요. 제 손이 다 찢겨서 날아갔죠. 다행히 제가 교실 창문 밖에 손을 내놓고 있던 상태였기 때문에 다른 학생들은 아무도 피해를 안 입었어요.

손이 아주 만신창이가 됐겠는데요.

제 손만 너덜너덜해졌습니다. 선생님들도 놀라시고 응급조치하고 상당히 오랫동안 병원에 입원했습니다. 입원하면서 반성 많이 했죠. 잘못해도 너무 잘못했다. 부모님께 죄송하고 집안 형편도 어려운데 병원비까지 들고. 제가 뭐를 할 수 있을까 고민하다가 돈이 들지 않는 대학을 가야겠다. 그것만이 내가 갚을 수 있는 길이다. 그래서 친구들한테 부탁을 해서 돈이 안 드는 대학이 어디인지 좀 알려달라고 했죠. 근데 누가 경찰대학 팸플릿을 가져다줬고 거기에 경찰대학 학훈이 적혀 있었어요. 조국, 정의, 명예. 세 가지가 딱 박혀 있는 게 그냥 제 가슴을 흔들어서 여기 가야겠다 싶었어요.

등록금 안 드는 대학을 찾다가 조국, 정의, 명예를 가슴에 새기게 됐다. 고등학교 때 공부도 곧잘 했다는데 여기 가겠다니까 부모님께서는 뭐라고 하시던가요?

공부는 늘 전교 10등 안에 들었습니다. 그런데 경찰대학 가겠다고 하니까 아버지가 "아서라, 꿈도 꾸지 말아라. 너 같이 사고나 치는 아이를 누가 받아주냐" 이게 첫 번째 반응이셨고 "고3 중요한 시기에 병원에 입원해 있으니 경쟁 치열한 곳엔 못 간다" 그러시는 거예요. 그 말 들으니까 오기가 나더라고요. 속으로 '아니, 아버지 저를 그렇게밖에 안 보십니까? 반드시 합격해서 아버지가 틀리셨다는 걸 입증하겠습니다' 생각하고 독하게 공부했습니다. 입원하는 동안 밤새도록 공부하다 쓰러지고 링거 병이 바닥에 떨어져 깨지면서 제 피와 섞여 바닥이 온통 피바다가 되기도 했어요. 그래서 의사 선생님 놀라시고 간호사분들 놀라시고.

독하네요. 그럼 경찰대학 입학해서는 어떠셨어요? 성격상 순탄하게 보내진 않았을 것도 같은데.

제가 꿈꿨던 경찰대학은 팸플릿 표지에서 봤던 낭만이 있고, 우정이 있고, 조국과 정의와 명예를 좇는 젊은이들이 모여서 신나게 열심히 공부하는 곳이었죠. 제가 어릴 때부터 꿈꾸던, 정의와 진실을 탐구해나가는 셜록 홈스의 모습이 되어가는 곳이었는데, 들어가자마자 처음 맞닥뜨린 건 군대 신병훈련이었어요.

2월에 가입학 할 때부터 군대 가는 것처럼 머리를 짧게 깎아야 했고, 자다가도 새벽 2시쯤 되면 갑자기 비상, 비상 이러면서 깨워요. 잠결에 한 발에는 기동화, 다른 발에는 운동화 신기도 하는데, 잘못 신고 나오면 전부 단체훈련 받고. 입학한 후에도 동기 중에 누구라도 복장이 좀 불량하거나 경례를 잘 못하면 선배들이 전체 집합시켜서 얼차려 주고. 근데 아무리 생각해도 이거는 부당하다는 생각이 드는 거예요.

　부당하다고 생각했으면 설마 항의를 했어요?
질문을 했죠. 들어가면 학생 생활 규범이라는 걸 교육받는데 거기에 분명히 '학생들 상호 간의 사적인 체벌 금지'라는 게 있었거든요. 그래서 제가 원산폭격 받는 중에 손을 이렇게 들었어요. 그랬더니 "뭐야?" 그러시길래 그때는 관등 성명을 대고 해야 되거든요. "행정학과 신입생 표창원 질문 있습니다. 지금 이 훈련이 학생 생활 규범에 맞는, 정당하고 합법적인 훈련입니까?"라고 물었죠.

　와, 특이한 놈 입학했다고 생각했겠네. 바로 "너, 나와" 했겠는데요.
좀 그랬습니다. 선배들이 저를 뭐랄까 아주 얄미워했죠. 제가 하는 말이 다 규범이나 학교 규칙에는 분명히 맞는 말이지만,

경찰대학의 관행과 문화라는 게 있고 선배인 자기들도 그런 걸 다 겪었는데 후배란 놈이 공개 석상에서 단체 기합을 하는 와중에 부당하다고 문제 제기를 한 거죠. 그 바람에 다른 동기들은 "저 새끼 또…" 이랬습니다. 저 때문에 또 기합 시간이 길어졌으니까요.

선배한테는 찍혀, 동기들한테는 미움받아, 경찰대학 입학해서 어디에서도 환영받지 못했네요.

그래서 선배들이 그런 저를 한번 좀 바꿔보겠다고 여러 가지 방법들을 사용하셨어요.

그런데 끝까지 안 바뀌었어요?

안 바뀌었죠. 지금까지 기억에 남는 게 뭐냐 하면, 옥상에 올라오라고 하더니 주먹 쥐고 엎드려뻗쳐 하라는 거예요. 아무런 설명도 없이. 그래서 하긴 했죠. 시간이 얼마나 흘렀는지 모르겠지만 견디지 못할 상황이 돼서 팔이 부들부들 떨리고 결국 쓰러지잖아요. 그래서 일어서라고 해서 일어섰는데 "너 지금 왜 훈련을 받는지 알겠냐" 이러시는 거예요. 알긴 뭘 알아요, 아무런 말도 없었는데. 그래서 "모르겠습니다" 그랬더니 또 엎드려뻗쳐 하라고 하고. 그러다 또 쓰러지고 일어나서 알겠느냐 물어보면 모르겠습니다, 그럼 또 엎드려뻗쳐. 근데 세 번쯤 되니까 알겠더라고요.

알았다고요? 뭘 알았는데요?

네. 알았어요. 그런데도 원하는 답을 얘기해주기가 싫었어요. 지기 싫어서 끝까지 모르겠다고 했거든요. 그랬더니 선배가 일어나라면서 "우리가 널 미워하는 게 아니다. 네가 나중에 이대로 졸업했다가는 사회에 나가서, 경찰 조직에 가서 크게 다친다. 너를 위해서 우리가 세상에 불합리라는 것이 존재한다는 것을 가르쳐주고 싶었다"고 하더라고요. 그런 깊은 뜻이 있었다는 거죠. 그런데도 저는 감사하긴 했지만 여전히 불합리를 받아들이고 싶지는 않았습니다. 대학 생활을 그런 식으로 보냈습니다. 선배들이 저 때문에 많이 시달렸죠.

'부당함에 항변하기 위해서는 잘못이나 흠이 있어서는 안 된다. 자기 관리를 철저히 해야 한다.' 선배들에게 이유 없이 기합을 받으면서 표창원이 결심한 것이다. 청소년 시절 내내 말썽꾸러기로 살았는데 경찰대학 입학과 함께 원칙주의자가 됐다. 공과 사를 철저히 구분했다. 자신을 둘러싸고 어떤 잡음도 생겨나선 안 된다고 생각했다. 그 바람에 친구들도, 친척들도 멀어졌고 냉혹하고 인정머리 없는 놈이 됐다. 그렇게 주변 사람을 잃어갔다.

경찰관이면 여기저기서 많이 부탁하잖아요.

아무래도 그렇죠. 당시만 해도 법보다 그런 관계나 청탁이 더 통하던 시대이기도 했고요. 그런데 그런 것들에 휩쓸리면 제가 가지고 있는 소신, 원칙 이거 절대로 할 수가 없죠. 버려야 되는 거죠. 그래서 그런 청탁성 요청이 올 때마다 차갑게 거절하고 친구들 모이는 장소라고 하면 아예 안 가고 연락도 다 차단하고 그랬어요. 그래서 저는 제 가족밖에는 없습니다.

경찰대학 졸업하고 첫 발령지는 어디였어요?

경위 달고 제주도 해안전경대 소대장으로 갔습니다.

첫 발령지가 제주도라고요? 자원하신 거예요?

그랬죠. 저희들은 졸업하고 논산훈련소 신병 교육 거치고 또 부평종합학교에서 전술 지휘 과정, 유격 훈련 이런 과정을 다 거치고 나서 일선 배치를 받게 되는데, 선호도 조사를 하거든요. 다들 수도권이나 자기 고향으로 가고 싶어 했어요. 자기 사정이 있는 동기들도 많았어요. 편찮으신 노모가 계신 친구도 있고 곧 결혼할 약혼자가 있는 친구도 있고요. 성적도 기준이 되는데 저는 행정학과 24등 졸업이었거든요. 그 성적이면 충청권 정도까지는 갈 수 있는데, 그냥 다들 기피하는 곳으로 가자고 생각하고 제주도를 선택했어요. 거기서 한 1년 근무하고 경기도 화성

옥상에 올라오라더니 엎드려뻗치라는 거예요.
아무런 설명도 없이. 하기는 했죠.
"너 지금 왜 훈련을 받는지 알겠냐"고 묻는데
알긴 뭘 알아요, 아무런 말도 없었는데.
"모르겠습니다." 그랬더니 또 엎드려뻗치라고 하고.
세 번쯤 하니까 알겠더라고요.
그래도 지기 싫어서 끝까지 모르겠다고 했어요.
선배의 의도는 이거였어요.
"세상에 불합리라는 것이 존재한다는 걸
가르쳐주고 싶다"
감사하긴 했지만 여전히
불합리를 받아들일 수는 없었어요.

경찰서 기동대 갔다가 부천경찰서로 갔습니다.

　화성경찰서 발령받아 갔을 때가 화성 연쇄살인 사건이 계
　속 일어나고 있을 때죠?
그때가 8차 사건, 잘 아시는 윤성여 씨가 억울하게 누명 썼던 사
건이 발생한 이후였어요. 화성경찰서 가서 서너 달 후에 9차 사
건인 여중생 피살 사건이 발생했어요. 저희가 현장 보존 경계를
서고 현장에서 증거 수집 임무를 맡았거든요. 야산 넓은 곳에서
시신을 봤는데 중학교 갓 들어간 신입생이었어요, 그런 여자 어
린이한테 참혹한 범행을 한 거예요. 처음에 느낀 건 지켜주지
못한 죄책감, 죄송함이었어요. 이 어린 생명을 계속 범행이 발
생했는데도 못 지켰잖아요. 그게 너무 죄송스러웠고 꼭 해결하
고 싶은데 어떻게 해야 할지 모르겠는 거예요. 제가 수사진도
아니긴 하지만…. 그때 이런 사건을 해결할 수 있는 방법이 무
엇인지, 어떻게 배울 수 있는지 수소문하다가 찾은 게 영국 유
학이었어요.

　프로파일링을 배우고 싶다는 열망의 싹이 튼 게 그때부터
　였네요.
수사를 잘해보고 싶었고 능력의 한계를 좀 벗어나고 싶었어요.
그런데 아무리 찾아봐도 그런 수사 능력을 향상시켜주는 데가

없더라고요. 선배 형사분들께 가서 여쭤봤더니 "한 20년만 해봐" 그러시더라고요. 말로 설명 못 한다는 거죠. 해봐야 안다. 근데 저는 기다릴 수가 없었어요. 지금 당장 마음은 급하고 죄책감이 쌓여가니까, 생명이 계속 꺼져가니까요.

그 와중에 선배 한 분이 공무원 대상으로 하는 국비해외장기유학 시험이란 게 있으니 응시해보라고 하시는 거예요. 유학 갔다 와서 셜록 홈스 하면 될 거 아니냐. 그래서 또 영어 공부를 열심히 합니다. 최종적으로 세 명 선발하는데 제가 3등 했어요. 유학도 다들 미국 가는데 저는 무조건 셜록 홈스의 고향, 영국을 선택했죠.

**국비유학 갈 자격을 얻은 표창원은 셜록 홈스를 꿈꾸며 무작정 영국문화원을 찾아갔다. "셜록 홈스가 되고 싶다. 수사기법을 배우려면 어느 대학으로 유학을 가야 하느냐"며 정보를 찾아달라고 했다. 영국문화원의 담당자는 처음에는 당황하더니 본국에서 정보를 얻어 여러 대학을 추천해주었다. 하지만 그중에서도 결정할 수 없었던 표창원은 다시 영국문화원 담당자를 졸랐다. "대학을 딱 하나만 골라달라." 그 말에 담당자는 황당해했지만 다시 학교 정보를 수소문해서 일주일 만에 답을 주었다. 그렇게 선택한 대학이 영국 엑서터대학교였다.**

원하는 것을 얻을 때까지 문을 두드리고 또 두드렸던 표창원은 끝내 그 문을 열었다. 1993년 국비장학생으로 엑서터 대학교에 입학했고 경찰학, 범죄학, 범죄심리학 등을 공부하면서 경찰학 석사와 박사 학위를 받고 돌아왔다. 국비유학생 자격은 2년 석사였지만, 배우고 싶은 것이 많아서 자비로 박사 과정까지 진학했다. 그렇게 표창원은 국내 경찰학 박사 1호가 됐다.

유학 과정만 봐도 배짱이 대단하신데, 영국에 도착해서 학교에 가보니 마음에 쏙 들던가요?

우리나라에서는 잘 모르는 분들이 많은데, 영국에선 매우 잘 알려진 학교예요. 범죄 수사를 비롯해서 경찰 관련 교육 과정이 영국에서 최초로 생긴 곳이고 커리큘럼이 너무 잘 돼 있더라고요. 경찰학, 범죄학, 범죄심리학, 범죄수사 관련된 자료로만 작은 도서관이 따로 마련되어 있을 정도죠.

현지에 있는 데번앤드콘월콘스타뷸러리Devon and Cornwall Constabulary 라고 우리나라로 치면 지방경찰청 같은 곳까지 연계가 돼 있어서 현장 나가서 수사관들하고 세미나도 하고 분석도 하는 과정이 진행되고, 영국이나 유럽에 있는 다른 경찰청에도 방문해서 세미나하고 프로파일링, 범죄심리학, 범죄학 이런 것들 다 배웠어요.

국내 경찰학 1호 박사가 돼서 금의환향했는데, 와서는 무슨 일부터 하셨어요?

귀국해보니까 화성 연쇄살인 사건이 해결 안 된 상태였고, 흉흉한 사건이 여전히 발생하고 있었어요. 마음은 당장 범인을 검거해서 사건을 해결하고 싶었지만, 그때가 IMF 때였고 정권 교체가 이뤄지는 상황이었거든요. 김대중 대통령 정권으로 변화가 되면서 경찰 수사권 독립 공약이 내걸렸고, 경찰청에서 수사권 독립 공약을 이행시킬 수 있는 구체적인 안들이 필요하다 해서 외국에서 공부하고 온 사람들을 전부 경찰청으로 모았어요. 그래서 제도개선기획단이라는 걸 만들고 영국의 수사제도, 영국의 검경 관계, 미국의 수사제도, 미국의 검경 관계, 캐나다의 경우 등 이런 것들을 전부 다 조사해서 보고하는 업무를 맡긴 거예요.

새벽에 그야말로 닭 우는 소리 들으면서 출근했다가 자정 가까이 돼서 퇴근하는 식으로 거의 7~8개월 했는데, 그러면서 불면증에 허리디스크에 갑자기 코피 쏟고 쓰러지고…. 제 꿈은 현장인데, 가서 수사를 해야 하는데 여기서 이렇게 일하다가 쓰러져 죽겠더라고요. 주변에서는 여기서 열심히 하면 승진에 많은 도움이 된다는 거예요. 그런데 저는 승진에는 전혀 관심이 없었거든요.

승진에 관심이 없기도 어려운데.

저는 한 번도 승진을 해본 적이 없어요. 경찰 생활은 무궁화 하나로 끝냈습니다.

그래서 제도개선기획단에서 나오셨어요?

나왔죠. 도저히 안 되겠다 싶어서 이러다 죽겠다고 일선으로 보내달라 그랬더니 일선은 안 된대요. 저를 일선으로 보내면 열심히 일하는 사람을 좌천시킨 모양새가 되기 때문에 그건 못 한다는 거예요. 결국에는 경찰대학으로 보내달라고 해서 경찰대학 교관으로 갔죠. 경찰관으로서 교관이 있고 교수가 있어요.

대학 교수가 아니라 교관으로 보내달라고 한 거군요. 그래서 경찰대학으로 가니까 좋던가요?

교관으로 가서 학생들 가르치니까 너무 좋더라고요. 프로파일링 배워온 거 정리하고 연구하고 또 일선에서 의뢰 들어오면 가서 도와드리고 이렇게 하기 시작했는데, 거기서도 또 학장님이 야심이 있으셔서 그 내용을 책으로 펴내려고 하시는 거예요, 수사에 관한 총설을. 그것도 한참 작업했어요. 그 와중에 학장님께서 열심히 잘하니까 저를 경감으로 특진시켜주겠다는 거예요. 근데 저는 승진하고 싶지도 않고, 제가 특진을 하게 되면 이 경찰대학이라는 곳은 정원이 아주 한정돼 있어서 승진해야 할 다

표창원

른 사람이 승진을 못합니다. 그래서 저는 승진시켜주시면 안 된
다고, 오히려 특진을 하지 말아주십사 간청을 했어요.

그렇다고 특진시키지 말라는 간청을 해요?
근데 그때 마침 교수 결원이 생겨서 채용 공고가 났길래 경찰관
으로는 사직서 제출하고 교수직 응모해서 채용이 됐죠. 전임 강
사 일로 시작해서 조교수, 부교수까지 했어요.

경찰대학 교수로 지내면서 이제 프로파일러로 활동을 많
이 하셨는데, 그중에서도 기억에 남는 사건이 있다면요?
대전 발바리 사건이라고 대한민국 최악의 연쇄성폭행 사건 중
하나인데, 범인 이중구가 1998년부터 2005년 10월까지 대전,
충남, 충북 지역을 중심으로 원룸이나 다세대 주택에 침입해서
부녀자를 성폭행하고 금품을 빼앗은 사건입니다. 주로 건물 외
관에 있는 가스 배관이나 화장실 창문 등으로 침입했어요.
확인된 성폭행 건수만 77건, 미수에 그친 사건까지 포함하면
184명의 피해자를 남긴 사건인데, 범인 이중구는 아내와 두 아
이를 둔 평범한 가장이었어요. 그래서 더 충격적이었죠. 이 사
건에서 범인 검거 과정에 기여한 것 같아서 무척 뿌듯했어요.
또 기억에 남는 사건이 경기도 이천, 여주 일대에서 일어난 페
이스오프 연쇄강도 사건입니다.

'페이스오프'는 영화 제목인데, 진짜 영화 같은 일이 벌어진 거예요? 범죄 저지르고 성형하고?

범인이 공개 수배가 되니까 무슨 보톡스 이런 거 넣고 얼굴 변형을 시켰어요. 그렇게 해서 못 알아보도록 한 거예요. 자기를 신고한 사람이 지인인데 그 사람 온몸을 난도질할 정도로 보복을 했던 워낙 잔혹한 범죄자였어요. 결국 검거가 됐죠. 범죄자와 면담 조사를 하는 날 나름대로 감정을 억누르고 어떻게든 이야기를 이끌어내려고 준비를 딱 하고 들어갔는데 저를 보자마자 "잘 보고 있습니다" 이렇게 얘기를 하는 거예요. 그래서 "네?" 그랬더니 "우리들 마음을 참 잘 알고 계시는 것 같더라고요" 하더라고요.


아, 그 말 듣고 섬뜩하셨겠는데요.

기분이 좀 묘했죠. 이게 내가 기분 좋아야 할 칭찬을 받은 건가, 아니면 기분이 나빠야 하는 건가. 상당히 고단수더라고요. 한 수를 이렇게 던지고 들어오는 거죠. 여기 말려들면 안 된다고 판단하고 그 말에 응대하지 않고 바로 그냥 사건으로 들어갔어요. 그다음에 어린 시절로 끌고 들어가고 해서 대화의 주도권을 잡았죠.

프로파일링에서는 주도권을 누가 잡느냐, 어떻게 이끌어 나가느냐 그리고 어떤 룰에 따라 움직이도록 만드느냐가 중요해요.

이 과정에서 상대방에 끌려가면 시간만 낭비하고 오히려 상대가 원하는 정보만 제공해주는 꼴이 될 수밖에 없어요.

프로파일링 하려면 준비를 철저히 해야겠어요. 순발력도 있어야 하고 평소에 훈련을 많이 해야겠고. 일단은 상대보다는 머리가 좋아야 할 거 같은데, 범죄자들이 머리가 좋다고 하잖아요?

범죄자한테 머리가 좋다는 표현은 맞지 않아요. 머리가 좋다기보다는 나쁜 일에 집중하기 때문에 그렇게 되는 거죠. 보통의 사람들은 나쁜 행동을 할 때 두려움과 죄책감을 느낍니다. 그리고 자기가 적발됐을 때 받게 될 불이익을 걱정하기 때문에 나쁜 일에 집중하기가 힘듭니다. 그래서 여러 실수를 저지르고 결국은 적발되고 검거가 돼요. 그게 아마추어 범죄자죠. 근데 프로 범죄자들, 여러 번 죄를 지은 사람이나 사이코패스는 죄책감이나 두려움, 불안감 이런 걸 느끼지 않기 때문에 나쁜 짓에만 집중할 수 있죠.

일반인들이 볼 때는 정말 머리 좋다고 얘기할 수 있지만 머리가 좋아서가 아닙니다. 나쁜 일에 집중하기 때문에 치밀하게 계획하고 상상 이외의 방법을 생각해낼 수 있는 겁니다. 그래서 우리가 흔히 이야기하는 '좋은 머리를 다른 데 썼으면'이라는 말은 전제가 성립되지 않는 겁니다.

지금 성실하게 살아가는 일반인들이 범죄자들보다 훨씬 더 뛰어나신 분들이고, 다만 많은 분이 경쟁하는 일반적인 직업 분야 내에서 성공하기가 쉽지 않다 보니까 모두 힘들게 사는 거죠. 범죄자들은 거기서 이탈해간 거예요. 남들이 하지 않는 것, 거기서 나쁜 일에만 집중하니까 저런 행동을 하는 거죠.

살인, 강도, 성폭행 같은 잔혹한 범죄 용의자들을 직접 만나서 얘기를 나누는 게 저 같으면 무섭고 어려울 것 같아요. 얘기 듣다 보면 감정에 휘말려서 화도 날 것 같고요.

무서움보다 더 극복해야 할 감정이 분노예요. 이걸 극복하지 못하면 직업적인 프로페셔널로서 해야 할 역할을 제대로 못하는 거죠. 흥분하면 안 되고, 상대를 비난하고 미워하고 탓하고 추궁해서도 안 돼요. 그런 기미가 조금이라도 보이는 순간 상대는 마음의 문을 닫아버리거든요. 그러면 증거 앞에서 인정하는 것 말고는 다른 말을 하지 않게 되죠. 근데 우리 프로파일러의 역할은 그들과 심리적 공감대를 형성하고 신뢰를 얻고 마음의 문을 열어서 다른 얘기들을 하게 만드는 것이에요.

멘탈 관리를 잘해야 하겠네요. 계속 흉악범을 만나게 되면 아무래도 사생활에 영향을 미칠 것 같거든요.

아주 중요한 부분입니다. 흉악 범죄자를 만나거나 분석을 하고 집으로 바로 들어가면 그 기운, 그 느낌과 분위기를 그대로 가족에게 전달하게 되잖아요. 은연중에 저도 모르게 대화를 하면서도 그런 느낌을 투영하게 되고요. 그런 어두운 느낌과 분위기가 정말 맑고 순수한 우리 가족에게 그대로 전달될 우려가 있기 때문에 딱 선을 그어야 해요. 차단하고 완전히 다른 모드로 전환해야 하는 거죠.

**프로파일링을 마치고 집으로 돌아올 때는 빈 몸, 빈 생각이어야 한다. 모드 전환을 하고 돌아와야 일상생활을 할 수 있다. 하지만 완전한 분리는 사람인 이상 쉽지 않은 일일 터이니 가족들도 어쩔 수 없이 피해를 보게 된다. 그런데 이쯤에서 그는 의미심장한 이야기를 건넸다. 일과 사생활의 분리가 어렵기도 한데, 범죄자에게서 자신과 닮은 점을 발견하기도 한다는 것이다.**

표창원과 신창원의 시작은 같았다니, 그게 무슨 말이에요?
신창원이 저보다 1년 늦게 태어났죠. 어린 시절 생활을 조사해봤더니 거의 뭐 저와 비슷해요. 말썽꾸러기였어요. 저도 어렸을 때 분노도 많았고 호기심도 많았고 반항심도 많았어요. 친구들과 놀이할 때 과격한 것도 많이 해보고 일탈도 해봤고요. 신창원도 저와 비슷했어요. 그런데 저에게는 그런 잘못을 할 때마다

엄한 훈육과 함께 사랑이 또 따라왔단 말이죠. "창원아, 너 착한 놈이란 건 내가 알고 있다. 너는 언제나 친구들 사이의 우정을 중요하게 여기고 다른 사람 배려할 줄 안다. 그러니까 다시는 그러지 말아라" 이렇게 말해주는 사람이 곁에 있었어요. 회초리와 함께 사랑이라는 치유가 함께 온 거죠.

그런데 신창원에게는 매질만 있고 사랑은 없었다?
엄한 훈육은 저 못지않게 가해졌지만 뒤따르는 따뜻함이 없었어요. 어머니가 일찍 돌아가셨고, 아버지는 대단히 엄격한 분이신데 농사짓느라고 바쁘기도 하셨죠. 밭에서 수박 서리, 참외 서리를 했는데 동네에서 워낙 강경 대응하면서 전과자가 됐어요. 소년원에 가서 낙인이 찍히면서 인생의 행로가 완전히 달라졌고 자기 또래의 일반적이고 정상적인 사회로 다시는 돌아오지 못하게 됐죠. 나이가 들면서 점점 더 범죄자들이 하는 생각, 범죄자들의 규칙과 문화 이런 쪽으로 깊이 들어가고, 결국 절도를 업으로 살아가는 전문 범죄자가 된 거예요.

그럼 표창원 소장한테는 동네에 좋은 어른이 있었어요?
가장 기억나는 분이 진영이 어머니라는 분이에요. 제가 어렸을 때 한 지붕 두 가족으로 살았거든요. 그때 진영이라고 같은 반 친구가 이웃이었는데, 그 아이 어머니가 제가 혼나고 야단맞고 신창원과 표창원의 어린 시절은 비슷했어요.

분노도, 호기심도, 반항심도 많았고

과격한 것도 많이 했고, 일탈도 해봤고요.

다른 점은 잘못을 할 때마다 제게는

엄한 훈육과 함께 사랑이 따라왔지만,

신창원에게는 뒤따르는 따듯함이 없었다는 거죠.

매 맞고 들어오는 것을 하도 많이 목격하셔서 제가 눈물 찔찔 흘리면서 들어오면 그냥 묻지도 않고 토닥토닥 해주시고 그러셨어요.

**같은 연배에 동네 말썽쟁이인 건 똑같았지만 표창원에게는 사랑과 치유의 과정이 있었고 덕분에 그는 철저한 자기 관리와 함께 스스로에 대한 믿음을 가질 수 있었다. 결정적인 순간, 그는 소신 있는 결단을 내릴 줄 알았다. 경찰대학 교수직을 그만둘 때도 그랬다.**

경찰대학에서 정교수 임용을 1년 앞두고 그만두셨어요. 교수는 65세까지 할 수 있고 연금에다 생활도 보장되는데, 왜 그러셨어요?

날짜도 기억해요. 2012년 12월 11일. 그때 급히 보고서를 쓰고 있었는데 "문 좀 열어주세요"라는 제목을 달고 나온 기사 하나가 눈에 띄었어요. 당시 수서경찰서 수사과장이 작은 오피스텔 문 앞에서 얼굴을 대고 있는 사진도 같이 있었죠. 18대 대통령 선거를 앞두고 있을 때였는데 국정원 직원으로 의심되는 사람이 오피스텔 안에서 부정선거와 관련된 활동을 하고 있다는 신고가 들어왔고 그래서 경찰이 출동했는데 문을 안 열어주고 있는 상황이었어요. 그걸 본 순간 저는 경찰이 '권력의 시녀'라 불리던 과거로부터 탈피하기 위해, 정치적 편향성 때문에 질타를 받고 그런 이미지로부터 벗어나기 위해서 얼마나 많은 노력을 해왔는데 또다시 강한 권력 앞에서 약한 모습을 보이느냐, 이건 안 된다라는 생각이 들었습니다.

그래서 지금 당장 경찰은 문을 강제로 부수고라도 들어가서 현장을 보존하고 증거 인멸을 막아야 한다. 진위 여부를 가려서 만약에 실제로 국정원이 선거 개입에 동원된 거라면 당시 정권이 책임을 지고 여당 후보가 사퇴해야 한다. 그런데 만약 국가안보를 위한 활동을 하고 있었거나 국정원과 관련이 없는 일을 하고 있었는데 야당에서 불리한 전세를 회복해보려고 국정원을 끌어들여서 흑색선전을 하고 있는 것이라면 야당 후보가 사퇴하고 국민께 사죄해야 된다. 양당 간에 진실을 밝혀야 한다. 시간이 흘러서 증거가 훼손되거나 인멸되면 영원히 논쟁거리로만 남게 되고 우리 사회가 반으로 갈라진다. 그러니까 경찰은 지금 당장 문을 부수고 들어가서 증거 확보를 해야 한다. 이런 주장을 했죠.

그 말을 공개적으로 하신 거죠? 소셜미디어에.

그렇죠. 당시에 제가 홈페이지를 운영하고 있었고, 블로그도 운영하고 있었으니까요.

그 발언이 공개되고 난리 났었죠.

여당, 야당 할 것 없이 양쪽에서 극단의 반응이 나타났어요. 특히 당시 여당 쪽 분들은 경찰대학 교수가 왜 중립을 지키지 않고 정치적 발언을 하느냐 그러셨고, 반대쪽은 용기가 있다고 하셨죠. 그런데 경찰대학 교수도 교육공무원법이 적용되는 교육공무원이거든요. 대학 교수는 정치적 견해를 밝힐 수 있습니다. 심지어 정당 가입도 가능해요. 경찰대학이라고 해도 법적으로 저희 신분은 교수였기 때문에 다 가능합니다.

또한 저는 경찰대학 교수로서 당연히 해야 할 얘기를 한 거죠. 경찰과 범죄 수사에 대한 원칙적인 이야기를 한 겁니다. 판례도 찾아가면서 얘기했어요. 그런데 제가 너무 순진했던 거죠. 법과 원칙과 규정과 이론을 근거와 함께 얘기하면 수긍할 거라고 생각했지만 실상은 전혀 그렇지 않았고 오히려 여론은 더 악화되기만 했어요.

**문을 부수고라도 가서 수사를 해야 한다는 표창원의 발언은 대한민국을 발칵 뒤집었다. 경찰청과 경찰대학 홈페이지에는 욕설과 함께 표창원을 파면해야 한다는 글이 올라왔다. 항의 전화가 빗발쳤다. 표창원은 결단을 내려야 했다. 잘못했다고 사과하면서 그동안 낸 의견을 철회하느냐, 아니면 경찰대학 교수 신분을 버리고 자유로운 시민의 길**

을 선택해서 하고 싶은 이야기를 다 하느냐, 둘 중에 하나를
선택해야 했다.

경찰대학 교수직을 그렇게 그만두게 된 거군요. 자유로운
시민이 되기 위해서.

표현의 자유라는 가장 소중한 우리 헌법상 권리를 스스로도 지
켜내야만 우리 제자들이나 경찰관들이나 다른 분들께도 할 말
이 있으니까요. 경찰대학 교수가 정치적 발언을 했다는 것에 보
도 초점이 맞춰지면 사안 자체에 대한 논점이 흐려진다는 점도
경찰대학 교수직을 내려놓은 이유 중 하나였어요.

강단 있는 결단이 보기에는 참 멋있어요. 그런데 그만두고
나면 홀가분해질 줄 알았는데 또 뒷말이 무성했잖아요.

많았죠. 정치하려고 그러는구나, 야당에서 공천 약속 받았냐,
관종이다 등등 말이 많았어요. 그래서 저는 대선 끝나고 전국을
순회하면서 무료 강연을 다녔습니다. '한국 사회에서 정의란 무
엇인가'라는 주제로 제가 꼭 하고 싶었던 이야기를 했어요. 정
의란 게 내 편, 네 편 갈라서 내 편은 무조건 옳다고 하고 상대편
은 무조건 틀렸다고 하는 건 아니지 않느냐고 호소하고 싶었어
요. 이제 우리 좀 그러지 맙시다. 편 가르기보다 사안에 대해 무
엇이 옳고 그른지를 생각해봅시다. 옳은 의견이 나오면 나와 다

른 편이라도 받아들여줍시다, 인정해줍시다. 이런 얘기들을 하고 싶었어요.

그렇게 경찰대 교수직을 그만두고 자유로운 시민으로만 살 줄 알았는데 결국 정치를 하셨어요. 어떻게 된 건가요?

맞습니다. 2013년에 정치를 안 한다고 공개 선언까지 했는데, 번복하고 2015년 12월 17일에 결국 입당 선언을 했죠. 당시 문재인 전 대통령이 당 대표였는데 계속 연락을 주셨어요. 저는 계속 거절을 했었고요. 그런데 제가 성남에서 'CSI 프로파일링 체험전'이라고 해서 누구나 와서 과학수사 프로파일링을 해볼 수 있는 걸 사업으로 했던 적이 있었거든요. 근데 거길 찾아오신 거예요.

그때 말씀이, 평생 동안 범죄 수사와 정의, 경찰을 위해서 일하지 않았느냐, 근데 그게 범죄 사건 하나하나 해결한다고 없어지거나 줄어드느냐, 결국 범죄 문제도 법을 잘 만들고 좋은 사회가 돼야만 줄어드는 것 아니냐, 또 경찰대학 교수직을 그만두게 된 계기였던 국정원의 대선 개입 의혹 사건도 해결이 안 되고 지지부진하고 있는 상황이지 않느냐, 그렇다면 직접 해결해봐라 하시면서 정치밖에 해결할 방법이 없다고 하시는 거예요. 그 말을 듣고 제가 끝까지 거절을 못했던 거죠.

표창원

문재인 전 대통령이 설득할 구실을 잘 갖고 오셨네요. 구
미에 당기는 메뉴를 갖고 오셨어요.

맞습니다. 그때 워낙 정치를 안 하겠다 공개 선언도 해놓고 있
었고, 절대로 하지 않을 생각이었기 때문에 그 자리에서 답을
못 드리고, "죄송하지만 제가 그럼 가족과 상의해보고 답을 드
리도록 하겠습니다" 하고 집에 가서 아내한테 얘기하는데, 아내
가 딱 제 얼굴 보자마자 그러더라고요. 넘어갔네.

아내분께 프로파일링을 당하셨는데. 아무튼 비례대표를
준 것도 아니고 지역구로 나갔어요. 선거운동이라고는 해
본 적도 없는 분이 당선될 거라고 생각하셨어요?

정치를 한다는 의미가 제게는 그냥 당과 함께해오던 활동을 계
속하고 소리 낸다는 정도로 생각했어요. 그런데 그때 분당 사태
가 났잖습니까? 안철수, 박지원, 김한길 이런 분들이 나가셨는
데 이런 와중에 김종인 비대위원장이 저보고 비대위원을 하라
고 하시는 거예요. 그래서 "아니, 제가 아는 것도 없는데 정치해
본 적도 없고, 어떻게 비대위원을 합니까" 그랬더니 그런 사람
이 지금 필요하다, 이러셔서 활동을 하게 됐죠. 그런데 저보고
지역구 나가셔야죠, 이러시는 거예요. 저는 생각해본 적이 없다
고 그랬더니 집이 어딥니까, 그러시길래 용인입니다, 그랬더니
용인 나가세요. 그러시는 거예요. 그래서 저는 그냥 나가야 되

나 보다 싶어가지고 나가게 된 거죠.

얼떨결에 나갔는데 바로 당선이 됐어요. 그러고 나서 딱
4년 하고 깨끗이 물러났습니다. 원래도 한 번만 할 생각이
었어요?

원래 국회의원 할 생각은 전혀 없는 상태에서 도와드리려고 들
어간 거였고, 또 하나 목적은 정치를 이용해서 국정원 사건에서
정의를 구현하겠다는 거였죠. 근데 두 가지 목적이 다 달성됐
잖습니까? 대선 승리했죠, 국정원 사건의 원세훈 원장을 포함
해서 관련자들 다 유죄 판결 받았죠. 제가 경찰대학 교수직을
던지면서까지 외쳤던 게 옳았다고 입증된 거잖아요. 그거면 됐
습니다.

한편으로 4년 임기 중에 법 만드는 일이 재밌기도 했어요. 법 만
들어서 정책 입안하고, 장관에게 질의도 하고 이렇게 해서 원칙
과 옳은 일을 구현한다는 것이 적성에 맞았습니다. 그런데 또
초선 의원으로 한계도 많았습니다.

**표창원에게 국회의원 4년은 충분한 정치 경험이었다. 정보
수집, 질문, 분석을 해왔던 프로파일러로서 진가를 발휘할
수 있었다. 다만 아쉬움이 있다면 정치에서는 하고 싶은 것
만 할 수는 없다는 것이다. 자기 의견보다는 속해 있는 정당**

과 집단의 이익에 부합되도록 행동해야 한다는 것이다. 예전 같으면 자신과 생각이 다를 경우 항의도 하고 맞섰겠지만, 그는 당내에서 분란을 일으키고 싶지는 않았다.

초선 의원으로서 한계도 느꼈다. 열심히 준비하고 조사해서 법안을 만들어도 통과가 안 됐다. 대한민국 정치에서는 당에서 밀어주고 끌어주어서 당론으로 채택이 되어야 그나마 법안 상정이 가능했다. 나머지는 아예 상임위원회에 심사 안건으로도 못 올라갔다. 논의조차 되지 않았다. 우리나라의 모든 중요한 결정은 결국 정치권에서 이뤄진다. 초선 의원은 기득권의 벽을 뛰어넘을 수 없었다. 원하는 것을 이루려면 결국 나의 원칙과 소신을 한없이 양보하면서 다선 의원이 되어야 했다. 하지만 표창원은 다시 자유로운 시민이 되기로 했다. 시민의 길을 선택하면서 의원 시절과는 연을 끊었다.


그럼 정치활동 했던 분들하고는 잘 안 만나시는 거예요?
4년의 의정 생활이 정말 영광이었고 감사했고 특혜였고 소중히 간직하고 싶지만 딱 그 기간만으로 한정 짓고 싶고요, 연장되는 걸 원치 않습니다. 그래서 너무 죄송한데 '헌정회'라고 전직 국회의원들 모임에서도 연락이 오면 저는 다 차단을 합니다. 당과 관련된 모든 인연, 관계 다 끊었고 그래서 의원이라고 불러주시는 마음은 알겠고 감사하지만 그렇게 인식되고 싶지 않은 마음이 있는 거죠. 의원이라는 건 평생 신분이 아니고 그 역할을 했던 4년에만 한정되는 것이니 그걸 넘어서까지 그런 호칭으로 불리고 싶지는 않다는 거죠.

다시 자유 시민으로 돌아오셨는데, 이제 본업으로 돌아오신 건가요?

표창원범죄과학연구소 소장이고요, 일반인 대상으로 프로파일링 아카데미도 운영 중입니다. 프로파일링이 범죄 수사나 경찰만의 영역이 아니라 각자의 직업 영역에서 필요할 수 있거든요. 기업이라면 내부 조사나 감사에서, 변호사들 같은 경우는 자기 케이스를 제대로 준비하기 위해서, 작가분들은 작품을 제대로 잘 쓰기 위해서. 이렇게 각각의 영역에서 유용할 수 있어요. 분석적 태도나 합리적, 과학적 마인드를 갖추는 데도 유용하기 때문에 누구든지 도움이 될 거라고 생각하고요, 요청도 많고 해서 프로파일링 아카데미 100시간짜리 정규 과정을 개설해서 운영하고 있습니다.

프로파일링이 범죄수사에만 유용한 게 아니네요?

분석이라는 게 근거를 가지고 논리적으로 추론하는 거니까요. 세상 모든 일, 우리 정치도 그렇잖아요. 내 편, 네 편으로 갈라서 무조건 받아들이거나 적으로 생각하기보다 좀 분석적으로 들여다본다면 정치도 이렇게 극단적으로 싸울 필요가 없는 거죠.

경찰대학 학생들에게 해주고 싶은 말씀도 많을 것 같아요. 나이가 어린데 경찰대학을 졸업했다는 이유만으로 경위 계급을 달고 일선에 나가게 되잖아요. 일선에서 처음 만나는 분들이 경사, 경장 혹은 순경인데, 이분들 중에도 똑같이 대학 나오고 군대 다녀오시고 경찰 경력도 있고 이런 분도 많다는 말이죠. 그런 분들 앞에서 무조건 내가 나이가 어리다, 아무것도 모른다고 하는 것도 안 되지만, 반대로 그분들을 무시하거나 그분들에게 마음의 상처를 남기는 언행은 절대로 해서는 안 됩니다.
중요한 것은 실력을 갖춰야 한다는 거예요. 경찰 업무 자체를 누구보다 효율적이고 능률적으로 잘하는 사람이 돼야 한다. 그것이 범죄 수사건, 범죄 예방이건, 경비건 그 분야에서 일을 잘해야 합니다. 그래서 저는 학생들 가르칠 때 꾸벅꾸벅 조는 학생들 용납 못했어요. 졸면 바로 앞에 가서 얼굴에 제 얼굴을 갖다 대고 깨어날 때까지 있었어요. 계속 질문 하고 질문에 답을 못 할 때까지 밀어붙이고. 당신이 경찰관으로 나갔을 때 이런 질문을 함께 일하는 동료 경찰관이 하거나, 또는 당신이 법 집행할 때 상대방이 던진다면 답을 할 수 있어야 할 거 아니냐 하면서 훈련시켰죠.

어떤 사람이고 싶으세요?

나름대로 진실과 정의를 좇아서, 하지만 행복을 포기하지 않고 살아온 한 사람이다, 이렇게 기억해주셨으면 좋겠습니다.

**변신에 변신을 거듭해온 예측 불허한 사람. 표창원과 이야기를 나누면서 든 생각이다. 평범한 경찰에서 국내 1세대 프로파일러가 됐고, 경찰대학 교수로 갔다가 느닷없이 정계에 입문했다. 4년 임기를 끝으로 정치에서 물러났으며, 방송을 그만둔 지금은 추리소설 작가를 꿈꾸고 있다. 자유분방해 보이지만 치밀하고 냉정하다. 그래서 외로워 보이기도 한다. 하지만 진실과 정의를 좇는 삶이 온화하고 평온할 수만 있을까?**

**표창원은 경찰대학에 지원할 당시 눈에 들어왔던 조국, 정의, 명예 이 세 가지를 지키기 위해 노력해왔다. '정의란 무엇인가'에 대한 의문을 품었고, 정의를 찾고 실현하기 위해 머리부터 발끝까지 냉철함을 유지하며 외로운 길을 선택했다. 그러나 그는 결코 외롭지 않다. 소신을 갖고 결단을 내린 그 선택 안에서 그는 누구보다 행복하기 때문이다.**

이슬아

스스로 작가라는
깃발을 꽂고 나아가는 삶

당차다. 거침없다. 솔직하다. 첫 만남에서 이슬아가 남긴 인상이다. 이슬아는 공식적으로 등단한 적이 없다. 2013년 《한겨레21》 '손바닥 문학상'에서 가작을 수상한 이력이 전부다. 그러나 그로부터 10년이 지난 지금, 13권의 책을 집필했고 판매 부수만 20만 부가 넘는다. 예스24가 실시한 '2023 한국 문학의 미래가 될 젊은 작가' 투표에서는 당당히 1위를 차지했다. 지금의 결과가 있기까지 이슬아의 글쓰기를 한마디로 표현하자면 '치열함'이다.

이슬아는 살기 위해서 맹렬하고 절박하게 글을 썼다. 작가로 대성하겠다는 목표는 없었지만 글을 쓰며 살고 싶었다. 인터뷰 전문기자가 되는 것이 꿈이었지만 글 쓸 기회는 많지 않았다. 하지만 앉아서 원고 청탁이 들어오기만 기다리지 않았다. 글을 유통할 채널을 직접 만들고 독자들을 찾아갔다. 2018년 시작한 자발적 구독 플랫폼 〈일간 이슬아〉는 이렇게 탄생했다. 여기에 가입한 독자들은 한 달에 만 원의 구독료를 내고 매일 이슬아의 글을 받아본다.

이슬아는 스스로를 '연재 노동자'라 칭한다. 구독자들에게 글을 서비스하기 위해 매일 글을 쓰기 때문이다. 글 유통업자로서 독자들이 지루해하지 않도록 수필부터 시, 소설, 칼럼,

인터뷰, 서간문 등 다양한 장르의 글을 제공했다. 그렇게 6년 동안 하루도 빠짐없이 치열하게 글을 써온 그는 최근 드라마 대본까지 쓰면서 작가로 대성하고 싶다는, 꿈꿀 수조차 없었던 꿈을 현실로 만들어가고 있다.

"스스로 소개하지 않으면 아무도 저를 알아주지 않아요. 저는 제 자신을 응원하면서 스스로 작가라고 깃발을 꽂았어요."

이슬아라는 이름에 '작가'라는 타이틀을 붙여준 것도, 글을 쓰며 작가라는 존재감을 심어준 것도 다른 사람이 아닌, 이슬아 바로 자신이었다.

올해 '2023 한국 문학의 미래가 될 젊은 작가' 1위에 선정되셨어요. 의미가 남다른 상인 것 같은데요.

심사위원분들이 뽑는 거랑은 조금 다른 성격의 상인데요, 40여만 명 독자 투표로 선정되는 상이라서 제게는 거창한 문학상보다도 더 큰 의미가 있어요.

지금까지 낸 책만 해도 13권인데, 얼마 만에 다 낸 거예요?

5~6년 정도 된 거 같아요. 1년에 2권씩 낸 셈이죠. 정말 열심히 썼어요. 선생님도 전업 작가라서 아시겠지만 이게 쉽지 않잖아요. 열심히 해야 합니다. 글쓰기는 노동이에요. 시간과 체력과 품이 드는 노동이에요.

그래서 스스로 '연재 노동자'라고 강조한 거군요?

글쓰기가 예술의 영역에서만 얘기가 되고 노동의 영역에선 얘기가 안 되니 작가들이 생계를 하기가 어려워지는 점이 있다고 생각했습니다. 그래서 일부러 힘주어 말하게 됐어요. 원고 청탁을 받았을 때 원고료가 적혀 있지 않은 경우가 굉장히 많더라고요. 저는 글쓰기로 먹고살고 싶었기 때문에 원고료가 명시되지 않은 게 많이 불편했어요. 취직할 때도, 알바 하나를 할 때도 시급을 모르고 하지는 않잖아요. 저도 지면을 주시는 것에 대해서는 감사한 마음이지만, 원고 청탁이 오면 원고료를 좀 써달라,

글쓰기도 연재 노동이니 노동에 대한 정당한 보수를 달라, 이렇게 말씀을 드려요. 그런 의미에서 작가라고 소개하기도 하지만 연재 노동자이기도 하다고 얘기를 했어요.

원래 글을 잘 쓰셨나 봐요? 글쓰기를 따로 배우셨어요?
대안학교를 다녔는데 제 글을 응원해주신 글쓰기 선생님이 계셨어요. 그 선생님이 그만두신 후에는 학교 바깥에서 글쓰기 선생님을 찾다가 글방 하나를 알게 됐어요. 10대, 20대 청년들이 모여 있던 '어딘글방'이라는 곳인데 열여덟 살 때부터 7년 동안 글쓰기 수업을 받았어요. 매주 글을 써서 다 같이 합평회를 합니다. 정말 무서운 시간이었어요. 저는 글을 잘 쓰는 학생은 아니었지만, 꾸준히 써가는 학생이었어요. 한 번도 안 빠지고 개근했거든요. 반복하면서 글쓰기가 늘었던 것 같아요. 저는 글쓰기에 반복이 정말 중요하다고 생각해요.

지금은 이슬아 작가님이 글쓰기 선생님이기도 하잖아요?
이슬아 작가의 강의법도 남다를 것 같은데.
스물네 살이 되니까 어딘글방 선생님께서 이제 하산하라 하셨어요. 이제 다른 곳에서 배우는 동시에 돈 버는 수단으로 글쓰기 과외를 조금씩 했죠. 저는 아이들한테 어떤 글감을 줄 때 그 주제에 대해 제가 먼저 진짜 재미있는 이야기를 들려줘요. 아이들이 맨입으로는 재미있는 글을 안 쓰거든요. 예를 들면 주제가 수치심이다 그러면 제 인생에서 정말 수치스럽지만 너무 재미있었던 일 얘기를 해줘요. 그럼 애들이 듣다가 웃잖아요. 그러다 "선생님 저는 이런 일이 있었어요"라고 말하려고 할 때 딱 끊고 바로 쓰게 하죠. 이야기하고 싶은 마음을 자극시켜놓은 다음에 쓰게 하는 거예요. 선생님들은 자기 얘기를 아무것도 안 들려주면서 애들한테만 쓰라고 하는 게 좀 공평하지 않은 것 같아서 언제나 제 이야기 먼저 짧고 굵게 합니다.

　뭔가 이슬아 작가다운 수업 방식 같은데, 이렇게 글쓰기 과외도 하고 공부도 하면서 잡지사 에디터로 일하기도 했다고요?

스무 살 때 《페이퍼》라는 잡지에서 막내 에디터를 했어요. 들어가서 메일 쓰는 법, 기본적으로 글 교정하는 법, 엉망인 채로 온 글을 윤문하는 법부터 해서 잡무도 배웠고요, 3년 정도 일했어요. 잡지사 생활을 하다 보니까 조직이라는 곳이 좀 불편하더라고요. 그래서 그만뒀는데 그즈음에 《한겨레21》에서 주최하는 '손바닥문학상'에서 상을 받은 거예요. 신춘문예나 커다란 문학상처럼 엄청 큰 상은 아니지만 작가로서 가능성을 확인받을 수 있어서 저에게는 큰 힘이 됐어요.

그때부터 어쩌다가 편집자님들이나 출판계 관계자님들을 만날 기회가 생기면 저는 이런 글을 쓰는 사람이고 혹시 기존 작가들이 펑크를 내면 저는 언제나 준비돼 있으니까 바로 불러달라고 했죠. 지면이 너무 고파서 그렇게 했던 것 같아요. 또 저는 여러 편집자의 팬이기도 했어요. 작가들의 팬이 있듯이 편집자들도 팬이 있을 수 있는 것 같거든요. 이 편집자가 만드는 책의 목록을 좋아하고 쭉 따라가는 독자가 있을 수 있잖아요. 그래서 그런 편집자를 찾아갔어요.

**이슬아는 책을 보면서 글쓴이뿐 아니라 편집자를 살폈고, 마음에 드는 편집자들을 찾아다녔다. 편집자들에게 팬심을 가졌다. 그렇게 편집자들과 연결 고리를 만들어갔고, 그 연결 고리들이 글을 쓸 지면으로 이어지며 연재 노동을 시작하게 됐다.**

지면을 받아서 글 쓰는 것은 사실 안정적인 돈벌이가 안 되잖아요?

안 되죠. 지면은 있다가도 없는 거라. 그런데 지출은 매달 고정적이잖아요. 월세에 생활비에…. 프리랜서 최대의 비극이 지출은 고정적인데 수입이 고정적이지 않다는 거 아닙니까. 그런데 그즈음에 학자금 대출을 갚으라고 연락이 왔어요. 2500만 원 정도 쌓여 있었거든요. 수입을 어떻게든 늘려야겠다는 생각을 하게 됐죠. 그래서 시작한 게 〈일간 이슬아〉였어요.

그 유명한 〈일간 이슬아〉가 학자금 대출 갚으려고 창간한
거다? 아무튼 전에 없던 구독제 서비스인데, 독자들은 어
떻게 글을 받아보는 거예요?
〈일간 이슬아〉는 말 그대로 매일 한 편씩 이슬아라는 작가가 이
메일로 독자들에게 글을 직접 보내는 서비스인데요, 한 달 구독
료 만 원을 선불로 내면 한 달 동안 매일 글을 보내주겠다는 거
예요. 월, 화, 수, 목, 금 이렇게 매주 5편의 글을 받아보는 거죠.
한 달에 20편이고, 편당 500원인 셈입니다.

500원에 글 한 편씩, 궁금하면 500원. 이거네요.
궁금하면 500원. 딱 그거였습니다. 당시 광고 카피도 "어묵 한
꼬치보다 싸다" 이거였어요. 한 50명만 구독해주어도 월 50만
원이니까 저한테는 큰돈이었어요. 당시 돈 버는 게 절실했기 때
문에 광고 카피가 "아무도 안 청탁했지만 쓴다!" "신문방송학
전공했으나 신문도 방송도 잘 몰라" "태산 같은 학자금 대출! 티
끌 모아 갚는다. 아자!" 이런 식이었어요. 좀 B급 감성의 포스터
였죠. 옛날 영화 보면 뉴욕 한복판에서 신문 파는 소년, 소녀 이
런 걸 좀 떠올렸던 거거든요. 포스터도 실제 신문 배달부처럼
제가 오토바이를 타고 있는 모습으로 만들었어요.

그렇게 포스터를 올려놓고 잤는데 일어나 보니까 반응이 터진 거예요. 너무 놀랐던 기억이 나요. 포스터와 이 프로젝트를 설명하는 글이 좀 센세이셔널했나 봐요. 이전까지 비슷한 시도가 없었으니까요. 작가한테 연재라는 것은 신문사나 출판사, 잡지사가 청탁을 해야만 주어지는 거잖아요. 이렇게까지 적극적으로 나와서 셀링을 하는 작가는 처음이고 사람들이 궁금해서 구독한 것 같아요.

포스터를 보면 '작가 이슬아를 팝니다' 같은 느낌이에요. 발상이 신선한데 구독자가 얼마나 모였어요? 어떤 분들이 구독했는지도 궁금하고요.

구독자 수는 어디서도 밝히지 않고 있는데… 강원국 선생님 좋아하지만 계속 비밀로 간직하고 싶어요(웃음). 예상보다는 훨씬 많았고요, 연령대도 은근히 다양했어요. 출판계의 주요 독자가 30대 여성이잖아요. 근데 〈일간 이슬아〉 구독자는 10대부터 70대까지였어요. 처음에는 응원하고 싶은 마음이었을 것 같아요. 학자금 대출을 어떻게 갚냐 걱정해주신 어른들도 있고, 제가 이전에도 만화랑 연재를 열심히 했기 때문에 기존 팬들도 조금 있었는데 그분들이 구독한 것도 있고. 처음에는 제가 너무 걱정됐는지 구독료 만 원인데 3만 원 보내주신 분도 있었어요.

문제는 돈을 받았기 때문에 매일 써야 한다는 거죠.

맞아요. 돈을 받고 하는 약속이 되게 무섭잖아요. 심지어 선불로 보내주신 거니까요. 저는 〈일간 이슬아〉 하기 전까지 단 한 번도 매일 써본 적이 없어요. 정말 중압감이 컸어요. 이렇게 구독자가 많을 줄 몰랐거든요. 부담감을 갖고 매일매일 새로 써서 보냈습니다. 다만 장르는 제 마음대로 정했어요. 첫해에는 주로 수필을 써서 보냈고, 다음 해에는 인터뷰, 서평, 서간문, 소설 등을 썼고요.

**"밑천이 떨어지면 작가가 새로워지는 거 아니겠습니까?" 첫해에 밑천이 다 떨어진 것 아니냐는 질문에 그는 넉살스럽게 웃으며, 이슬아의 수필은 그의 반경 500미터 안에서 일어나는 일부터 시작한다고 답했다. 그와 그의 역사와 그를 키운 사람들의 역사와 같이, 작은 이야기들에서 시작했다가 점점 반경이 넓어지며 큰 이야기로 확장되었다.**

글을 내보내면 반응이 올 텐데요, 〈일간 이슬아〉는 어떤 방식으로 반응을 확인하죠?

메일함에 답장으로 많이 왔어요. 글을 받는 구독자님들이 트위터나 페이스북, 인스타그램에 바로바로 올리기도 하고요. 즉각 반응이 오는 게 얼마나 무서운데요. 〈일간 이슬아〉 처음 할 때는 아침에 일어나서 핸드폰 보는 게 진짜로 너무 무서웠어요. 악평도 바로바로 오고. 중간에 플랫폼이 없다는 게 장점이어서 시작했는데 플랫폼이 없으니까 안전망도 없는 거예요.

직거래니까 그럴 수도 있겠네요. 어떤 악플이 달렸어요?
글이 마음에 안 들면 쓰레기라면서 웃기도 하고, 왜 일기를 보내느냐 그러기도 하고. 그때 제 글이 좀 모자랐겠죠. 마음에 안드는 글을 쓸 때도 있었으니까요. 또 여성 작가라 겪는 특수한 일인데 글과 상관없이 몸, 얼굴, 옷차림을 평가하는 메일도 되게 많았어요. 〈일간 이슬아〉를 운영하면서 소비자의 마음을 알게 됐어요. 돈 만 원 내는 순간 이래라저래라 할 수 있는 거죠.

그 글을 다 봤어요?
처음에는 구독자와 어떻게 관계를 설정해야 하는지 몰랐고 선배가 없기 때문에 하나하나 답장을 했는데, 그거 쓰느라 하루가 다 가더라고요. 글 쓸 기운이 남지 않게 돼서 딱 대답해야 할 것만 하는 식으로 바꿨습니다.

반면에 좋은 피드백도 많았죠?
맞아요. 너무 소중하고 좋은 피드백을 많이 받기도 했고 독자님들이 선생님이기도 하다는 생각이 들었어요. 글이 정체되어 있으면 바로 아시죠. 다음 달 구독 안 하시죠. 독자님들은 제가 너무 궁금해하고 또 좋아하는 분들이지만 되게 무섭기도 해요. 독자님들은 제가 계속해서 글쓰기 실력이 늘지 않으면 바로 알아차리셔서 계속 더 나아지도록 하는 분들입니다. 구독자들과 약속을 지키기 위해서 매일 글을 쓰고 배달하면서 제가 강제로 성장하게 된 면이 분명 있어요.

혼자 글 쓰고 운영하면서 힘든 점이 한두 가지가 아니었을 거 같은데, 그중에서도 가장 어려웠던 점이 있다면요?
첫해에는 연재하다가 응급실에 간 적이 있어요. 혼자 일기를 쓴다고 몸이 망가지진 않겠지만 매일 글을 발표하는 건 확실히 다른 일인 거 같아요. 매일 글을 발표하고, 매일 쏟아지는 피드백을 받으니까 몸도 마음도 아프더라고요. 응급실에 가서도 독자님들이 너무 무서워서 연재를 했던 기억이 있어요. 이제는 그렇게까지 몸을 혹사하면 작가로서 수명이 좀 짧아진다고 생각해서 너무 무리하지 않으려고 합니다.

어려운 일을 해내신 만큼 큰 보상도 있었을 것 같아요.
우선 학자금 대출을 갚을 수 있었어요. 또 전업 작가가 될 수 있어서 너무 좋았습니다. 사실 한국에서 글쓰기만으로 생계를 할 수 있는 작가는 정말 손에 꼽을 텐데 〈일간 이슬아〉 덕을 봤어요.

글쓰기 장르도 넓어지고 필력도 좋아졌어요. 6개월 동안 쓴 글을 다 모아서 《일간 이슬아 수필집》을 펴냈는데 572쪽짜리 두툼한 책이 됐습니다. 5만 5000부 정도 팔렸어요.

> 혼자 광야로 나서는 것을 마다하지 않고, 생각한 일을 두려움 없이 실천하는 강단 있는 작가라는 생각이 드는데, 누구 닮은 거예요? 부모님 영향도 있겠죠?

부모님 영향이 있긴 했습니다. 일단 부모님은 자식들이 입시교육 받는 걸 원하지 않으셨어요. 두 분 다 고졸이신데 본인들도 대학 나왔느냐 안 나왔느냐로 사람을 판단하지 않으셨고요. 가족들이 경기도 남양주에 있는 작은 시골 동네에 살고 있었는데, 마침 집 근처에 대안학교가 생겨서 중고등학교를 생태형 대안학교로 갔어요. 산속에 있는 농사짓는 학교인 거죠.

> 부모님이 깨어 있는 분이시네요. 대학 안 나온 부모들은 대개 자식들은 어떻게든 좋은 대학 보내서 보상받으려고 할 수 있거든요.

저희 부모님은 인생 어떻게 흘러갈지 모르니 일단 청소년기라는 좋은 시절을 행복하게 보냈으면 하는 마음이 컸던 것 같아요. 아빠는 입시에 시달렸던 고등학생 시절이 너무 힘드셨던 것 같고요.

부모님은 어떤 일을 하셨어요?

아버지는 직업을 열다섯 번 정도 바꾸셨는데요, 그중에 산업잠수사 일은 좀 오래하셨어요. 산업잠수사는 물속에서 아름다운 것을 보는 스쿠버다이빙과는 아주 거리가 멉니다. 물속에서 다리 교각, 부두 이런 거 짓는, 아주 험한 일을 하는 분들이세요. 세월호 때도 산업잠수사들이 활동하셨죠. 생명수당을 받을 정도로 위험한 일을 하는 대단한 전문기술자들이세요. 어머니는 식당과 마트에서 일하셨고 조그맣게 자기 장사도 하셨어요. 그래서 저는 부모님 보면서 평생직장은 없는 거구나, 그때그때 건강하게 잘 적응하면서 살아야겠구나, 이런 생각을 했어요.

두 분 보면 힘들게 사시는구나, 이런 생각을 했을 것도 같은데.

아니에요. 힘들기만 하다고 생각하지 않았어요. 당신들이 그렇게 생각하지 않으셨거든요. 저희 부모님 정말 웃음 많고 유머 있는 분들이세요. 비교적 젊었을 때 절 낳아서 늘 엄마, 아빠가 젊다는 생각을 하면서 살았는데요, 정말 열심히 돈을 버셨어요. 그런데도 경제적으로 꾸준히 어려울 수 있다는 것을 엄마, 아빠 보면서 알았던 것 같아요. 노력이 부족해서가 아니라 진짜 어떤 계급은 열심히 살아도 가난에서 벗어나기 어렵다는 걸 알

앉어요. 엄마, 아빠도 최선을 다했는데 돈이 없을 수 있는 거잖아요. 그래도 부모님은 행복해하셨고요, 저도 엄마, 아빠의 삶이 그렇게 초라하다고 생각해본 적이 없었어요.

　부모님께서 참 밝은 에너지를 갖고 계신 것 같아요. 부모님 권유로 대안학교에 갔는데 어땠어요?
대안학교도 사실 특유의 빡셈이 있어요. 새벽 6시에 일어나서 40분 코스 산행, 30분 동안 강도 높은 요가를 했어요. 공동체 생활이라는 것도 되게 쉽지 않잖아요. 보통 대안학교들은 예산도 넉넉하지 않아요. 하루 온수 사용량도 제한되어 있어서 샤워도 빨리빨리 해야 하는 열악함이 있어요. 학교 앞에 밭 1000평이 있고, 양계장에는 닭 100마리가 있는데 생태형 대안학교니까 우리가 농사도 짓고 닭도 키우고 그랬어요. 그런데도 행복했어요. 저는 적성에 맞았던 것 같아요. 비인가 학교라서 학력 인정이 안 되니 대학 가고 싶은 애들은 검정고시 준비하고 그랬어요. 저도 대학에 지원해서 갔고요.

　자립하고 독립할 수 있는 환경이 자연스럽게 만들어졌네요. 부모님이 열아홉 살 때부터 모든 지원을 끊어서 대학등록금하고 생활비를 다 벌어서 다녔다면서요. 〈일간 이슬아〉도 학자금 대출 갚으려고 시작한 거고. 부모님이 너무 안 도와준다는 생각은 안 했어요?

저도, 동생도 딱히 부모님한테 유감은 없었던 것 같아요. 성인이 된 후에는 자기 인생이니까요. 열아홉 살 때 독립했는데 당시 보증금이 제일 싼 반지하도 보증금 500만 원에 월세 40만 원이었거든요. 그런데 엄마, 아빠한테 그 돈 500만 원이 없는 거예요. 정말 100만 원 딱 주실 수 있었어요. 친구랑 250만 원씩 나눠서 내기로 했던 거라, 나머지 150만 원은 제가 아는 어른들한테 십시일반으로 10만 원씩 빌려서 보증금을 채웠던 기억이 나요.

이제는 이슬아 작가 글에 부모님이 많이 등장하잖아요. 쓰신 소설에도 이슬아 작가가 사장인 회사에서 부모님이 일하는 걸로 나오고요. 그게 실제라고요?

제가 출판사를 운영하고 있는데 실제로 부모님이 이 회사의 직원들이세요. 이름이 헤엄출판사인데 아빠가 산업잠수사라서 헤엄치며 사셨기 때문에 지은 이름이에요. 지금 아빠는 다른 일과 병행하고 있고, 엄마는 완전히 출판사 일만 하고 계세요. 출판사 규모가 매우 작아서 책을 만드는 데 들어가는 제작에 관련된 것은 제가 주로 담당하고 있는데, 책 이후의 공정이 되게 많아요. 판매, 재고 관리, 서점이나 배본사와의 소통, 배송 등은 엄마가 담당합니다. 엄마는 출판사 일도 하고 직원들 식사도 챙기세요. 그래서 엄마는 아빠보다 월급을 두 배 더 받으십니다.

주부가 전통적으로 하는 주방 일 같은 것을 가부장제 안에서는 노동의 가치로 인정받지 못했는데요, 저는 살림 노동에 대한 가치를 쳐줘야 한다고 생각해요. 주부의 노동은 굉장히 힘든 노동이에요.

아빠도 매우 중요한 일을 하세요. 아빠가 트럭 운전을 하실 수 있는데 출판사에 그런 분이 계시다는 건 굉장히 큰 장점이거든요. 그리고 저의 능력이 문과 쪽으로 집중되어 있어서 숫자는 무조건 다 틀려요. 그래서 숫자를 아빠가 담당하세요. 아빠가 회계, 세무 그리고 청소를 담당하고 계십니다. 또 야외에서 도서전 할 때 보면 아빠는 부스 설치에 완전 프로세요.

역할 분담이 딱딱 잘되어 있네요. 이런 가족 이야기로 쓴 소설이 바로 《가녀장의 시대》이고 곧 드라마로도 제작된다고 들었습니다. 그런데 '가녀장'이 무슨 의미예요?

딸이 수장으로 군림하는 집안은 기존 아버지가 군림하는 집안과는 풍경이 어떻게 달라지는가, 그걸 다루는 소설이에요. 이 집에는 '가부장'도 없고 '가모장'도 없다, 바야흐로 '가녀장'의 시대가 시작되었다는 거죠. 제가 저희 집을 딱 보니까 제가 하는 역할이 가부장 같더라고요. 그럼 난 가녀장인가 생각을 하면서 인터넷에서 검색해봤는데 가녀장이라는 용어가 없는 거예요. 그래서 내가 이 단어를 선점해서 이야기를 써야겠다, 하고 쓴 거죠.

없는 단어를 만들어 썼으니 이슬아 작가가 공식적으로 국내 1호 가녀장이네요. 소설에서는 이 가녀장으로서 겪은 일들을 쓰신 거고요.

제가 가족 기업을 운영해보니까 재미난 일들이 되게 많이 일어나요. 그 에피소드들을 소설로 각색해서 쓴 게 가녀장의 시대인 거죠. 그게 판권이 팔렸는데 그 드라마 대본을 제가 쓰게 됐어요. 약간 시트콤 같은 가족 드라마가 될 것 같아요.

'가녀장'이라는 말도 만드셨지만 '부모'라고 안 하고 '모부'라고 쓰신다면서요?

저는 부모라고 해도 상관없고 실제로 부모라고 말할 때 더 입에 붙긴 하지만요, 부모라고 해온 역사가 길기 때문에 책에서라도 엄마 한번 앞에 놓아보자 생각해서 '모부'라고 썼습니다.

**이슬아는 기존의 상식과 관념을 깨고 세상에 없던 것을 만들어냈다. 매일 한 편씩 배달하는 구독 플랫폼 〈일간 이슬아〉도 그랬고 '가녀장' '모부'라는 말도 이슬아가 처음 사용한 단어들이다. 기발한 발상일까? 세상에 삐딱한 걸까? 가부장에 익숙하고 부모라는 말이 당연한 나 같은 기성 세대에게 이슬아는 남달라 보였다. 그러나 얘기를 나눌수록 내가 오랫동안 알게 모르게 사회가 정해놓은 틀 안에 갇혀**

살았다는 걸 깨닫게 됐다.

이슬아는 나의 물음에 도발적으로 반문했다. "선생님, 이렇게 보수적인 말씀을 하셔서 어떡해요. 방금 하신 말씀 편집 안 해도 괜찮으시겠어요?" "와, 어떻게 이렇게 낡은 말씀을 하시죠? 걱정돼요(웃음)." 어쩌면 당돌하다고 느낄 수 있겠지만 그의 반문에 오히려 나는 말을 더 잇지 못했다. 이슬아가 나를 깨는 순간이었다.

"끝" 자를 먼저 써놓고 글쓰기를 시작한다고요?
빈 페이지가 있으면 딱 "끝" 이걸 먼저 써놓고 시작해요. 우리가 쓸 때 허, 이거 언제 끝내나 하고 막막할 때 있잖아요. 하지만 "끝"이라고 써놓으면 곧 거기로 가리라는 믿음이 생겨서 "끝"을 먼저 쓰고 시작합니다.

그것도 방법이네요. 골인 지점을 알면 희망이 생기니까요. 글쓰기에 어떤 철학 같은 게 있나요?
시기별로 계속 바뀌어가고 있는데요, 요즘에는 저의 초등학생 제자들과 70~80대 할머니, 할아버지도 모두 좋아할 수 있는 글을 쓰고 싶습니다. 저희 할머니도 글을 못 배우셨거든요. 고급 독자만 이해할 수 있는 글은 별로 안 쓰고 싶고요, 막힘없이 술술 읽히는 문장을 쓰고 싶어요.

이슬아

이슬아 작가 보면서 "나도 이슬아처럼 되고 싶다"는 청소년들도 많을 것 같아요. 청소년 대상으로 글쓰기 수업도 하시는데, 무슨 말씀을 해주세요?

청소년들이 작가가 되려면 뭘 해야 되냐고 물어볼 때 저는 항상 스쿼트 해야 한다고 말해요. 왜 아무도 작가로서 글 쓰는 일이 엄청 힘든 육체노동인지 말 안 해줬는지 모르겠어요. 선생님은 안 힘드세요? 글 쓰는 거 전 되게 힘들던데. 오래 앉아서 글을 쓰려면 근육이 되게 많이 필요하더라고요. 그래서 요가나 필라테스 같은 운동을 열심히 하고 있습니다.

저는 열심히 안 쓰니까(웃음). 연재 노동 하시는 분들이 힘들죠. 아무튼 부모들도 자녀가 글 잘 쓰기를 바라잖아요. 체력도 필요하겠지만 어떻게 하면 이슬아 작가처럼 글을 잘 쓰게 할 수 있을까요?

부모님이 아이의 글에 팬이 되는 게 먼저인 것 같아요. 이래라 저래라 하지 마시고, 네 글을 너무 좋아한다고 아이의 글을 일단 추앙하는 게 먼저인 것 같습니다. 팬은 다음 작품을 기다리게 되잖아요. "이번 거 진짜 너무 좋고 너무 재미있고 특히 이 부분이 진짜 끝내줬다, 빨리 다음 편을 써달라"고 팬처럼 요구하시면 아이도 신이 나서 쓰는 경우가 많아요.

보통은 부모가 자녀 글을 보면 왜 이렇게 썼냐, 맞춤법이 틀렸다, 지적을 많이 하거든요.
자녀와 입장 바꿔 생각하시면 부모님들도 그렇게 말하는 사람 앞에서 글 쓰기 싫을 거잖아요. 그런 지적질하는 마음은 꾹꾹 누르고 '자녀 글의 팬이 되자'라는 제안을 드리고 싶습니다.

그럼 글을 쓰는 당사자는 글을 잘 쓰려면 어떻게 해야 하나요?
강원국 선생님의 말씀을 빌려 이렇게 대답하고 싶어요. '듣기가 선행돼야 한다'라고요. 저는 쓰기가 읽기의 극치라고 생각해요. 많이 읽는 독자를 계속하다 보면 결국 쓰게 된다고 생각해요. 저도 읽는 거 좋아했어요. 그런데 책을 많이 안 읽었는데도 좋은 글 쓰시는 분들 보면 듣기를 정말 성실히 하세요. 그러니까 듣기도 진짜 중요한 것 같아요.

이슬아 작가는 앞으로도 뭔가 새로운 도전을 하실 것 같은데, 어떤 일을 해보고 싶으세요?
모르죠. 사실 지금까지도 새로운 것을 개척해야겠다고 생각하고 살진 않았어요. 그때그때 주어진 환경에 맞게 살았던 것 같아요. 바람이 있다면 늦게까지도 현역이었던 작가님들처럼 오래오래 계속 작가로 살아남고 싶어요.

글을 잘 쓰려면 어떻게 해야 하느냐.
이 물음에 강원국 선생님의 말씀을 빌려
이렇게 대답하고 싶어요.
'듣기가 선행돼야 한다'라고요.

저는 쓰기가 읽기의 극치라고 생각해요.
많이 읽는 독자를 계속하다 보면
결국 쓰게 된다고 생각해요.
저도 읽는 거 좋아했어요.

그런데 책을 많이 안 읽었는데도
좋은 글 쓰시는 분들 보면
듣기를 정말 성실히 하세요.

이슬아 작가와 나는 서른 살, 딱 한 세대 차이가 난다. 그런 그와 인터뷰하는 내내 나는 '배우고 있다'는 생각을 떨칠 수 없었다. 내가 던지는 질문에 문제가 있다고 생각되면 그는 바로 "왜요"라고 물으며 반론을 제기했고, 역으로 내게 같은 질문을 던지기도 했다. 기성세대의 눈으로 보면 예의를 운운할 수도 있겠지만, 그는 거침없음과 당돌함, 솔직함을 무기로 젊은이들을 대변하는 듯했다. 나 역시 이슬아 작가와 얘기를 나누면서 시대가 변했음을 인정해야 했다.

이슬아와 나는 정반대의 삶을 살았다. 나는 신분 상승을 위해 좀 더 좋은 직장에서 일하길 바랐고, 출세하는 것이 행복인 줄 알았다. 그러나 이슬아는 달랐다. 그의 부모도 달랐다. 그들은 자녀의 생각과 선택을 존중했고, 마음껏 살아보라고 날개를 달아주었다. 이슬아는 없던 길을 만들어 이에 부응했고, '나는 할 수 있다. 잘될 거다'라는 자기 확신으로 그 과정을 즐겼다. 이슬아가 부럽다. 그 열정과 무모함, 담대함이 부럽다. 다시 태어난다면 그때는 이슬아처럼….

최재천

# 젊은 날의 공허를 딛고
# 순수한 탐구열의 세계로

최재천 교수 하면 먼저 떠오르는 게 있다. 선한 미소로 살아 있는 모든 것을 아름답게 보고 사랑하는 생태학자이자 동물행동학자. 하버드대학교에서 생물학으로 박사 학위를 받은 최초의 한국인다운 반듯하고 착실한 모범생 이미지다. 물론 모범생이 맞다. 강원도 강릉에서 태어나 자연을 벗 삼아 뛰어놀며 건강한 성장기를 보냈고, 글도 잘 써서 시인으로 불리기도 했다. 그림도 잘 그리고 영어도 곧잘 했다. 하지만 그런 그에게도 남모를 아픔이 있었다. 대학 본고사에서 수학 문제를 거의 풀지 못한 수학 포기자였다는 점이다.

입시 첫해에 대학에 떨어지고 음악다방 죽돌이에 당구를 즐기며 뒷골목 형들과 어울렸던 재수생 시절이 있었다. 대학생활도 녹록지 않았다. 재수하고도 원하는 학과에 가지 못하고 2지망에 합격한 뒤 억지로 시작했던 대학생활은 정 붙이기 어려웠고, 수업에 빠지는 일도 예사였다. 들어가고 싶었던 문이 굳게 닫히자 그 앞에 주저앉아 눈물을 삼키던 열패감 가득한 청년이었다.

그런데 어느 순간 눈을 다시 뜨고 보니 다른 문이 보였다. 그토록 싫어했던 '동물학'이 자연과 함께하는 삶은 물론 '타잔'처럼 정글에서 살아보고 싶다는 청소년 시절의 꿈을 이룰 발판이 될 수도 있겠다 싶었다. 온 산과 들, 바다를 누비며 놀았던 어린 시절처럼 동물학을 공부하면 즐기면서 일할 수 있겠다 싶었던 것이다. 최재천 교수는 닫혀 있는 문 앞에서 벌떡 일어나 다른 문을 찾아 힘차게 열어젖혔다. 그리고 국내는 물론 세계 최고의 동물행동학자, 생태학자가 됐다.

당장 하고 싶은 것을 못하게 됐을 때, 원하는 것을 이루지 못했을 때, 일이 꼬여서 하던 일이 어그러졌을 때 우리는 막막해 한다. 무엇을 어떻게 해야 할지 몰라 갈팡질팡하게 된다. 그러나 한쪽 문이 닫히면 다른 쪽 문이 열리는 법이다. 그 문은 열고자 하는 사람에게만 보인다. 최재천 교수는 원하지 않던 전공으로 인해 한때 방황했지만 닫힌 문 앞에 주저앉은 자신에게 '이대로 살 순 없지 않느냐' 반문하며 일어섰고, 새로운 문을 발견했다. 다른 문을 열고 들어간 그 공간에 정글이 있었고 거기서 타잔 행세를 할 수 있었다. 열대 예찬을 하며 생태학자로 살아가고 있는 지금 그는 누구보다 행복하다.

동물학자가 원래부터 꿈이셨어요?

원래는 시나 소설을 쓰는 사람이 될 거라고 생각했어요. 중학교 2학년 때 선생님들이 저를 시인이라고 불렀거든요. 제가 시를 한 편 써서 백일장에 나갔는데 장원을 했어요. 장만영 시인이 오셔서 심사를 했으니 심사도 공정했겠죠. 당시 저는 문예반도 아니었는데 장원을 했으니 학교에서는 신예 작가가 탄생했다고 생각한 거예요. 학교 역사상 처음으로 교장 선생님이 전교생이 다 있는 자리에서 "시인 최재천이 탄생했다"면서 금메달을 목에 걸어주셨어요. 그때 저는 시인이 된 줄 알았어요. 근데 8년 전엔가 동창 송년회에 갔더니 친구들이 고등학교 때 제가 그렇게 밥맛없었대요. 시인처럼 그윽하게 행동했다는 거예요.

시인을 꿈꾸는 낭만 청년이었는데, 들어보니 장래 희망은 '타잔'이라고 썼다던데요. 어떻게 된 건가요?

시인이나 소설가가 되겠다는 생각은 변함이 없었어요. 제가 고향이 강릉이고 자연에서 노는 걸 참 좋아했어요. 그때 〈타잔〉 영화에 꽂혔던 것 같아요. 고등학교 때 장래 희망에 '타잔'이라고 썼어요. 저는 진심이었는데 선생님이 "이런 거 장난으로 쓰는 거 아니다" 그러시는 거예요. 그때 가만히 있었으면 되는데 제가 "저 장난 아닌데요" 했다가 맞았어요. 저는 진짜 진심이었거든요.

1960년대에 타잔 대단했어요. 아아아 외치면 동물들이 다 모이고, 특히 타잔이 부러운 게 여자 친구가 제인이잖아요. 당시에 토요일 6시마다 〈타잔〉 영화를 했어요. 그때 저희 집에 텔레비전이 없었거든요. 동네 이웃집 가서 봤어요. 근데 딱 저녁 시간이잖아요? 그 집은 저녁을 먹어야 하는데. 그때는 대개 안방에서 저녁을 먹었어요. 그런데 저녁상 앞에 옆집 애가 집에 안 가고 텔레비전 보는 거죠. "너 배 안 고프니?" 하면 집에 가서 밥 먹으라고 할까 봐 단호하게 "안 고픕니다" 그랬는데 밥을 주시는 거예요. 그럼 눈칫밥 먹으면서 꿋꿋이 앉아 〈타잔〉을 봤어요. 보면서 난 이다음에 저기 간다, 정글에 간다, 나는 저게 이 세상에서 제일 하고 싶은 일이다, 마음속으로 그랬어요. 그래서 고등학생 때 뭐가 되고 싶으냐 묻길래 정말 순수한 마음으로 될 수만 있다면 난 타잔이 되고 싶다, 이렇게 쓴 거예요.

근데 정말 정글에 가셨어요. 꿈을 이룬 거네요.
정글에 처음 간 게 1984년이었네요. 여름에 코스타리카 정글에 처음 갔는데 첫날 밤 잠을 못 잤어요. 드디어 타잔 동네에 왔다는 생각에 너무너무 가슴이 뛰어가지고. 밤을 진짜 꼴딱 샜어요. 그냥 헤드라이트 하나 달고 밤새 돌아다녔지요. 정글 안이 무섭다는 생각이 요만큼도 안 들더라고요. 재규어도 나오고 독사가 기어다니고 이런 덴데요. 꿈을 이룬 게 너무 좋아서 밤새 그냥, 마침 비가 쏟아졌는데 그 비를 쫄딱 다 맞고 다녔어요. 저는 비 맞는 거 되게 싫어하거든요. 근데 정글에서 맞는 비는 너무너무 좋더라고요. 정글에서는 하루에도 몇 번씩 비가 와요. 하루는 바깥에서 홀딱 젖은 상태로 들어와서 아버지에게 편지를 썼어요. 제가 아버지에게 썩 만족스러운 아들이 못 됐거든요. "아버지 저 너무 행복합니다. 아버지가 원하는 그런 아들은 못 됐지만 저는 지금 이 순간 너무너무 행복하고… 아버지 고맙습니다" 이렇게 편지를 써서 보냈어요. 아버지한테 편지 읽으셨냐고 여쭤보지는 못했는데 읽으셨겠죠.

**장래 희망을 타잔이라고 써서 선생님에게 장난하느냐고 맞기까지 했다는데, 정말 타잔처럼 정글을 누비게 됐으니 얼마나 기쁜 일인가. 그런데 이 말을 하면서 최재천 교수는 마음 한편이 무거워 보였다. 무슨 사연이 있었던 걸까.**

만족스러운 아들이 못 됐다고요? 그야말로 세계적인 생태학자가 됐는데 이보다 더 자랑스러운 아들이 어딨어요?
제가 대학 갈 때 아버지가 원하는 데로 못 갔거든요. 아버지는 법대를 가라 그러셨어요. 저는 원래 이과 지망생이 아니었는데, 당시 학교가 진학 경쟁이 붙으면서 이과 반으로 배정이 됐어요. 이과라서 법대를 절대로 안 써주더라고요. 아버지가 가라고 하니까 법대 원서 써서 이틀을 교장실 앞에서 농성을 했어요. 근데 농성 사흘째 되던 날 아버지가 집에 오시더니 의대 가라는 거예요. 그래서 의예과로 바꾼 거예요. 근데 뭐 보기 좋게 떨어졌죠. 1972년 입시에서는 서울대 의대가 제일 센 게 아니었어요. 서울대 공대의 한 중간 정도 됐어요. 그래서 될 줄 알았죠. 근데 똑 떨어진 거예요. 그래서 재수를 하게 됐죠.

제일 높은 과도 아닌데, 뭘 못해서 떨어진 거예요?
제가 수학을 너무 못했어요. 사회 점수가 좀 괜찮고 영어 점수가 괜찮고 국어는 타의 추종을 불허할 정도였죠. 그땐 국어 선생님이 제가 푼 문제를 틀렸다고 채점하면 그냥 공개적으로 덤볐어요. 선생님이 저를 따로 불러서 맞는 걸로 해줄 테니까 제발 수업시간에 덤비지만 말아달라고 할 정도였어요. 선생님은 김유정의 작품을 몇 개나 읽어보셨습니까? 이런 식으로 덤비니까 게임이 안 될 거 아니에요. 저는 김유정의 작품을 다 읽었다 이거죠. 그 정도로 국어를 잘했어요. 그런데 문제가 수학이었어요. 수학은 거의 100점 맞는 아이들이 국어를 80점 정도 맞거든요. 근데 저는 국어를 잘 봐서 15점을 더 땄어요. 국어는 한 95점 받았는데, 문제는 수학이 30점이니까. 이제 수학에서 거의 55점 정도 밀린 거죠. 본고사 수학은 거의 한 문제도 제대로 못 풀었던 것 같아요.

천하의 최재천도 재수를 할 수밖에 없었네요.

첫해에 가볍게 떨어지고 재수했는데 그땐 진짜 공부하고 싶지가 않더라고요. 그래서 종로 뒷골목에서 많이 놀았어요. 하루종일 음악다방에서 음악 듣고. 디제이도 한 일주일 해봤어요. 그때 아폴로눈병이 돌았는데 디제이 형이 그 병에 걸려가지고 턴테이블에 바늘을 못 놓는 거예요. 엉뚱한 데다가 자꾸 놓고. 그 형이 저더러 한 일주일만 하라더라고요. 제가 하도 거기 앉아서 음악을 많이 듣고 그랬으니까. 그러니 공부를 했겠어요? 재수해서 의예과 지원했는데 또 떨어진 거예요. 그런데 그때 2지망이라는 묘한 제도의 혜택으로 서울대 동물학과에 붙으면서 학교를 다니기 시작한 거죠.

"완전히 포기한 삶처럼 그냥 살았어요. 수업에 들어가기 싫어서 관악산에 올라가 그냥 앉아서 학교나 내려다봤어요."
억지로 원서에 써넣은 2지망 동물학과에 진학한 스무 살 청년 최재천은 허무주의에 빠졌다. 내 마음을 알아주는 것은 쇼펜하우어의 철학뿐이라는 생각에, 거기에 꽂혀 살기도 했다. 대학교 3학년 때는 학도호국단 문예부 부장으로 임명됐는데, 그 밖에도 동아리 활동만 7~8개를 했고 그중에 회장을 맡은 것만도 3~4개였다. 그걸 핑계 삼아 수업에 들어가지 않았다.

최재천 교수님이 수업 빠지고 놀기만 했다는 게 믿어지지 않습니다. '최재천'을 검색하면 성실, 부지런함 같은 단어가 연관 검색어로 뜰 정도니까요. 그런데 또 서울대에서와는 다르게 유학 가서는 공부 열심히 하셨어요. 어떤 계기가 있었나요?

대학교 3학년 딱 끝내고 겨울방학을 맞았는데 고민이 많이 됐어요. 이러다가 뭐가 될까 싶어서요. 지금은 분자생물학부, 생명과학부 이런 곳이 서울대 자연대에서 제일 잘나가는 학과가 됐지만, 1970년대만 해도 동물학과를 졸업해서는 취업할 곳이 없었어요. 근데 공부도 안 했지, 하, 정말 난감하더라고요. 그래서 결심을 했어요. 1년은 해봐야 되는 거 아니냐. 대학에 왔는데 3년을 정말 팽팽 놀았거든요.

그러다 4학년 되면서 잠적을 했어요. 생물학과 건물 지하실에 있는 실험실 하나에 틀어박혔죠. 쫄병이니까 거기서 시험관 닦고 그런 일을 하고 있는데 어느 날 어떤 미국 할아버지가 문을 똑똑 두드리고 푹 들어온 거예요. 지금이야 외국 사람 천지지만 그때는 외국 사람 만난다는 게 거의 없는 일이었거든요. 그 방에 대여섯 명이 있었는데 전부 벽에 붙어 섰어요. 근데 이 할아버지가 무슨 종이를 척 펼치더니 "누가 '자에 춘 초에'입니까?" 그러는 거예요 그 사람이 누구예요? 최재천 교수님 찾아오신 건가요?

제가 제일 가까이 있었어요. 쪽지를 보니까 "Jae Chun Choe" 이렇게 써 있었어요. 최재천이라고. 그 사람이 나라고 했더니 가방에서 편지를 한 장 꺼내시더라고요. 전해에 서울대 와서 강의한 김계중 박사님 편지였어요. 그러니까 저한테 편지를 보여준 분이 하루살이 전문가인 조지 에드먼즈 교수였고, 이 분이 한국에 채집하러 간다고 하니까 김계중 교수님이 조수 소개해준다면서 제 이름을 적어주신 거죠. 김계중 박사님이 쓴 편지를 보니까 "이분 잘 모셔라" 이렇게 써 있더라고요.

제가 대학교 3학년 때 다른 수업은 안 들어갔는데 김계중 박사님은 영어로 한다고 하는 바람에 한번 들어봤어요. 다른 수업은 안 가는 놈이 그 수업은 또 앞줄에 앉아서 열심히 들은 거예요. 제 친구들보다 제가 생물학은 못해도 영어는 곧잘 했어요. 교수님 생각에는 제가 되게 착실하고 좋은 학생인 거죠. 그때 인상을 좋게 보셨는지 에드먼즈 박사에게 저를 조수로 소개해준 거예요. 일이 되려면 또 그렇게 돼요. 그후로 미국인 조지 에드먼즈 교수님 모시고 일주일 동안 전국의 개울물을 뒤지면서 다닌 거죠. 그러면서 제가 이 할아버지처럼 살면 되는 거 아닌가 하는 생각이 든 거예요. 그래서 마지막 날 교수님이 묵으신 조선호텔에서 맥주 한잔 사주실 때 물었죠. 당신처럼 되는 방법이 뭐냐고. 그랬더니 미국으로 유학을 오래요. 그러면서 이런 거

저런 거 가르쳐주셨는데 아, 이거다 싶었죠. 그래서 그날부터 유학 준비를 했어요.

에드먼즈 교수님하고 일주일 동안 하루살이 쫓아다니다가 최재천 교수님 인생이 바뀌었네요.

생활이 180도 달라졌어요. 맨날 수업 결석하던 놈이 그날부터 직진이었죠. 근데 가장 큰 문제가 성적인 거예요. 3년 동안 성적 관리를 거의 안 해서 D, F 수준이었거든요. 그래도 3.0은 넘어야 유학 원서를 쓰잖아요. 대학교 4학년 때 들을 수 있는 모든 과목을 다 신청해서 24학점인가 들었는데, 그걸 모두 A 받았어요. 겨우 평점 3.0을 만들고, 가고 싶은 대학 서너 곳에 원서를 넣고 여기도 떨어질 수 있으니까 한 스물 몇 군데 붙을 만한 곳에 원서를 더 냈어요. 그런데 펜실베이니아주립대학교에서 장학금은 못 주겠지만, 오라 그러는 거예요. 거기서 석사를 했죠.

의대 두 번 떨어지고 동물학과 가서 팽팽 놀던 아들이 난데없이 유학 가겠다고 하니까 아버지가 뭐라고 하시던가요?

장학금 못 받고 유학 가는 거니까 아버지한테 반년 치만 지원해달라고 말씀드렸어요. 이 부분이 참 저한테 뼈아픈데, 몇 날 며칠을 옆에서 무릎 꿇고 앉아서 계속 얘기를 하니까 어느 날 드디어 대꾸를 하시더라고요. 제가 아들 사 형제의 맏이거든요.

"야, 네가 좀 생각을 해봐라. 아버지가 어디 돈이 있는 사람이냐. 겨우 월급 받아서 너희들 다 키우는 건데 돈을 어디 쌓아놓은 것도 아니고. 근데 진짜 아들 넷 중에서 교육에 투자를 하나 해야 된다 그러면 너는 아니라는 걸 네가 알잖냐."

사실 제 동생들은 다 잘했어요. 저만 굴곡이 많았고요. 그러니까 아무 말 못 하겠더라고요. 아버지 말씀 듣고 가만히 앉았다가 가보라 하셔서 나갔는데… 어머니가 설득을 하신 거죠. 어머니는 아버지한테 말대꾸라는 걸 해본 적이 없는 분인데 큰아들을 위해서 용감하게 나서주신 거예요. 저 때문에 아버지가 퇴직을 하셨어요. 퇴직금을 받아야 저 등록금 대주실 수 있으니까요. 그 퇴직금 받아서 유학 간 겁니다.

**"김포공항에서 출국하는데, 그렇게 눈물이 나는 거예요. 대성통곡을 하면서 나갔는데 친구들 말이 제가 죽으러 가는 놈인 줄 알았대요" 그날 최재천의 눈물에는 이유가 있었다. 평생 무뚝뚝했고, 무서웠던 아버지가 마음에 안 드는 대학을 간 데다 공부도 안 했던 큰아들의 유학비를 마련하기 위해 직장을 그만둔 것이다. 다른 문을 열고 들어간 이는 최재천이었지만, 그 문이 닫히지 않게 붙잡아 준 사람은 아버지였다.**

아버지가 직장 그만두고 유학비 보태주셨으니 공부를 안
할 수가 없었겠네요.

없었죠. 진짜 비행기 타고 미국으로 가는 내내 잠도 안 잤고요.
계속 머릿속으로 나는 절대로 실패할 수 없다. 이제부터 나는
반드시 성공해야 한다, 그 생각뿐이었어요. 그런데 막상 미국에
가보니 그런 결심을 할 필요가 없었어요. 공부하는 게 너무 재
밌어서요. 그건 공부가 아니었어요. 놀이였어요. 너무 신나고
재미있어서 인간은 왜 잠을 자야 하는가, 이런 질문을 스스로에
게 던지면서 공부했어요. 시간이 아까운 거예요. 제가 서울대에
서 받은 성적표랑 펜실베이니아주립대학교에서 받은 성적표를
비교하면 같은 사람 성적표냐고 할 정도로 아무도 안 믿습니다.
올 A 받았거든요. 영어 연습도 무지하게 열심히 했습니다. 유학
가서 7~8개월 만에 누가 저한테 고향이 사우스캐롤라이나냐고
묻더라고요. 제가 그때 남부에서 온 녀석 성대모사를 종종 했었
거든요. 제가 미국에서 태어난 사람인 줄 알았대요. 그 말 듣고
한국에서 왔다고 대답하면서도 속으로는 '드디어 해냈다' 하고
쾌재를 불렀죠.

펜실베이니아주립대학교에서 석사 마치고 박사는 또 하
버드에서 하셨어요. 그 유명한 에드워드 윌슨 교수님의 제
자가 되셨는데 여기 쉽게 들어갈 수 있는 곳이 아니잖아요.

한국에서 저를 조수 삼아 하루살이 쫓아다녔던 조지 에드먼즈 교수님이 미국 와서 유학할 때 1순위로 꼽아주신 교수님이 하버드대학교 에드워드 윌슨 교수였어요. 펜실베이니아주립대학교에 다닐 때 너무 고마운 미국 친구가 있는데 그 친구가 저한테 "You never know until you try" 이런 표현을 쓰더라고요. 우리말로 하면 '해보기 전에는 모른다'는 거죠. 미국은 기회의 나라이니 네가 실제로 도전해보기 전에는 모르는 거다, 그러니 네가 하고 싶으면 뭐든 도전해보라, 그렇게 격려를 해줬어요.

그래서 하버드대학교에 계시는 윌슨 교수님한테 편지를 썼어요. 그걸 그 친구에게 보여줬더니 윌슨 교수님은 우리 같은 애들이 편지를 보낼 수 있는 그런 사람이 아니라는 거예요. 그 정도로 유명한 교수님이에요. 그런데 답장이 왔습니다. 그래서 제가 답장을 들고 친구한테 갔더니 친구가 너무 놀라가지고 어떻게 이럴 수 있느냐고 했어요. 그렇게 해서 하버드대학교 윌슨 박사님 밑에서 공부할 수 있게 된 거죠. 하버드라는 대학에서 공부한 덕에 제 인생에 거품이 많아졌어요. 사람들이 원래 저보다 훨씬 높게 평가해줘요. 너무 고맙죠.

**"해보기 전에는 모른다." 그 말을 잊지 않으려고 메모해두었다고 한다. 그 한 문장에 용기를 얻고, 그의 한마디 말이 마음을 움직여 지금의 최재천까지 오게 된 것이다.**

그래서 개미 박사가 된 거예요?

사실은 제가 박사 학위를 개미로 하지 않았습니다. 이거 많은 분들이 잘못 아시는데요, 개미 연구의 대가인 윌슨 교수님 제자로 가긴 갔지만, 거기는 박사 과정 학생만 이삼십 명 모여 있어요. 매일 개미만 들여다보는 사람들이에요. 그래서 제가 혼자서 말도 안 되는 고집을 부렸어요. 개미는 이미 연구가 많이 된 것 같다, 그런데 흰개미는 연구가 많이 안 됐고. 그래서 나는 그중에서도 흰개미의 사촌격인 민벌레를 연구하겠다 그랬더니 "왜? 그냥 개미하면 되는데" 그러시는 거예요. 그래서 제가 1년 동안 줄곧 민벌레 연구하겠다고 말씀드렸더니 윌슨 교수님이 "너처럼 고집 센 놈은 본 적이 없다. 정 그러면 해봐라" 그래서 제가 민벌레 연구자가 됐고, 지금도 민벌레 연구 분야에서는 세계 일인자입니다. 사실 세계 일인자 되는 게요, 생각보다 쉬워요. 남이 안 하는 거 하면 돼요. 그래서 졸지에 일인자가 됐어요. 그걸 연구하는 사람이 몇 명 없어서 아직도 일인자예요.

최재천 교수님 하면 '통섭'을 떠올리는 분이 많은데 에드워드 윌슨 교수님 책을 번역하신 거잖아요? 이 말을 우리나라에 처음 소개하셨는데, 무슨 뜻인가요?

2005년에 윌슨 교수의 책 《컨실리언스consilience》를 '통섭'이라고 번역한 겁니다. 사실 '컨실리언스'는 서양에서도 생소한 단어

"해보기 전에는 모른다."
너무 고마운 미국 친구가 그러더라고요.
미국은 기회의 나라이니
도전해보기 전에는 모르는 거다.
그래서 하버드대학교의 에드워드 윌슨 교수님한테
용기 내서 편지를 보냈는데 답장이 온 거예요.
그분 밑에서 공부할 수 있게 된 거죠.

예요. 그래서 이걸 어떻게 번역할까 1년 반 정도 고심했어요. 그러다 찾아낸 단어가 '통섭'입니다.

컨실리언스는 '넘나들다, 소통한다' 이런 뜻인데 일본에서는 '지식의 대통합' 이런 식으로 번역이 됐어요. 제 눈에는 뭔가 좀 아쉬웠죠. 그래서 별의별 단어를 다 찾아보다가 이희승 선생님의 《우리말 사전》에서 '통섭'을 찾아낸 거예요. 통할 통通 자에다가 건널 섭涉 자를 썼어요. 뜻풀이는 "사물에 널리 통함" 이렇게 되어 있더라고요. 이거 괜찮은데? 그런데 윌슨 교수님의 책을 읽어보면 그냥 통하는 정도에서 끝내는 게 아니라, 적극적으로 지식을 묶으라는 말씀을 하거든요. 그러니 통할 통 자 건널 섭 자만 가지고는 안 되겠더라고요.

어느 날 한문학 하는 선배님한테 제가 여쭤봤어요. 통 자를 다른 통 자로 바꾸고 섭 자도 다른 섭 자로 바꾸는 그런 짓을 해도 되냐 그랬더니, 그게 한문의 매력이라고 하시더라고요. 그래서 제가 바꿨어요. 쥘 통 자에다가 섭 자는 귀 이가 3개 들어 있는 섭리할 때 섭 자로요. 그렇게 '통섭統攝'이라는 말을 쓰게 됐어요. 이렇게 한자를 만들어놓고, 주변 인문학 하는 선생님들에게 이메일을 보냈어요. "'통섭統攝'이 무슨 뜻일 것 같습니까" 하니까 한양대 정민 교수님이 "큰 줄기로 쥔다. 큰 줄기로 잡는다"는 뜻 같다고 답을 주신 거예요. 그래서 됐다 싶었어요. 그런데 '통섭統攝'을 제가 만든 말인 줄 알았는데 나중에 알고 보니 이 한자가 중국에 있더라고요. '장관'이라는 뜻으로 쓰던 한자예요. 그리고 또 뒤져 보니까 조선 말기에 실학자이자 기 철학자인 최한기 선생이 썼던 말이었고요. 전 제가 만들었다고 자랑질 하면서 꺼내 놓은 거였는데.

　책 제목을 '통섭'으로 한다고 하니 출판사에서 뭐라고 하던가요?

출판사는 아주 우거지상이었어요. 그래도 제가 박박 우겼지요. 그렇지 않아도 안 팔릴 책에 무슨 말인지도 모르는 제목을 붙이면 우리는 어떻게 해야 하냐고 그러는 거예요. 그런데 실제로 책이 나오니 많이 팔렸습니다. 통섭이라고 지어서 쫄딱 망할 줄 알았는데 오히려 이것 때문에 성공한 거지요. 그 후로 제 삶에 생긴 변화 중의 하나가 출판사가 저와 제목을 상의한다는 겁니다.

　이제는 유튜브 채널도 인기가 대단한데 구독자가 60만 명이 넘었어요.

사실 1년은 거의 별 볼 일 없었어요. 우리 제작팀이 나중에 고백을 하는데, 일주일에 한 번씩 제가 가방 메고 이렇게 문 열고 들어올 때 자기들은 전부 곁눈질하고 있었대요. 언젠가는 제가 들어오면서 그만합시다, 이만큼 해도 구독자가 늘지 않고 참 수고

들 많이 하셨는데 이제 그만합시다, 그럴 줄 알았다는 거예요. 근데 제가 되게 꾸준해요. 계산이 좀 느려서 그런지 몰라도 이거 해서 나한테 이득이 되나 이런 걸 잘 못 따져요. 그냥 해요. 그런데 어떤 분이 심각한 주제를 한번 해보라고, 선생님은 그런 걸 하셔도 될 사람이라고 해서 저출생 문제에 대해 떠들었어요. 대한민국에서 애 낳으면 바보다, 이런 이야기를 했는데, 그게 빵 터지면서 그동안 했던 게 이른바 역주행을 하더니 수직 상승했어요. 애 낳는 게 유리하구나 계산이 되어야 하는데, 계산하면 마이너스예요. 여성은 경력이 단절되고, 애 하나 키우는 데 돈이 너무 많이 들잖아요. 교육비도 그렇고 출산장려금 몇십만 원 준다고 해결될 문제는 아니죠.

그런데 또 지구 전체로 보면 인구를 좀 줄여야 할 필요가 있다던데. 지구 전체에서 인간하고 가축이 차지하는 비율이 99퍼센트나 된다고요.

우리가 살고 있지 않은 곳은 지구상에 없습니다. 지구 생명의 역사에서 지구 전체를 뒤덮은 최초의 동물이 인간이에요. 공룡도 이렇게 지구를 점령하지는 않았어요. 농경을 하기 전에는 인간 비율이 1퍼센트 미만이었어요. 근데 지금은 80억 명이잖아요. 그뿐 아니라 우리가 온갖 동물을 다 키우잖아요. 인간과 인간이 기르는 동물을 합하면 그 중량이 거의 99퍼센트가 됩니다.

저는 코로나19가 대유행한 것도 생물 다양성 불균형 때문이라고 봐요. 이 바이러스가 박쥐에서 왔거든요. 박쥐는 기본적으로 열대에 살아요. 그런데 기후변화로 온대지방 기온이 올라가면서 박쥐들이 슬슬 서식지를 옮기게 된 거죠. 박쥐는 육상 포유동물보다 체온이 1~2도 높은데 그래서 바이러스가 들어와도 활동을 잘 안 해요. 바이러스는 약간 온도가 낮아야 활동하거든요. 우리가 주로 겨울에 독감, 감기 걸리는 것도 그런 이유예요. 아무튼 박쥐는 늘상 바이러스가 몸 안에 들락거려도 별 영향을 안 받으니 바이러스를 달고 살아요. 그러다 보니까 온대지방에 있는 동물들한테 박쥐가 바이러스를 옮겨준 거죠. 그리고 우리가 먹고살려고 동물들을 건드리다 보니까 바이러스가 퍼진 겁니다.

기후변화라는 것이 그냥 일방적으로 점점 더워지는 것만을 얘기 하는 게 아닙니다. 폭우, 폭염에 산불 나는 이런 이상기후들이 농사를 망치고 있어요. 식량 위기가 서서히 다가오고 있는 거죠. 식량 위기가 오면 잘 사는 나라 중에 제일 심한 타격을 받을 나라가 대한민국입니다. 거의 모든 전문가의 공통된 예측이에요. 우리만큼 식량의 해외 의존도가 높은 나라가 없거든요. 식량이 부족해지면 대체할 게 없어요. 어마어마한 재앙이 일어나는 거예요.

유튜브에서는 교육 문제도 많이 지적하셨던데요. 우리 교육에 불만이 많으신가봐요?

그냥 일단 너무 미안해요. 학생들 가르치면서 제가 이 아이들을 가르칠 자격이 있나 그런 생각도 많이 해봅니다. 왜냐하면 제가 가르치는 아이들은 제가 그만한 나이였을 때보다 적어도 열 배는 공부해요. 근데 이 아이들에게는 직장이 기다리지 않습니다. 뭐 이런 놈의 세상이 다 있어요. 이렇게 열심히 하는데 그냥 이대로 가르치는 게 옳은 건지 교수 생활하면서 내내 의문이 들었어요. 4차 산업혁명 전문가들은 지금 식으로 교육해서는 절대로 안 된다고 해요. 시대에 전혀 안 맞는다 그럽니다. 그러니까 그냥 뒤엎어보자는 거예요. 저는 대한민국 사람은 기본적으로 창의적이라고 생각해요. 끼도 많고 약간 엉뚱한 면도 있어요. 그냥 막 다 해보잖아요. 전자제품 설명서 잘 안 읽고 일단 꼽아보고. 눈치가 빨라요. 그러니 아이들의 생각을 좀 확 풀어줄 필요가 있어요.

대학 교육을 어떻게 바꿔야 한다고 보시나요?

같은 곳에 모아놓고 똑같이 만들고 있어요. 우리 아이들은 풀어주면 그중에 기막힌 놈이 쏟아져 나올 거예요. 하고 싶은 것 마음껏 할 수 있도록 하면 우리 아이들 펄펄 날 거예요. 평균수명이 80세가 넘는데 공부에 들이는 시간이 20년으로 인생의 4분의

1 정도 되잖아요. 그런데 공부하는 그 4분의 1의 시간을 견디지 못하고 스스로 목숨을 끊는 청년들이 너무 많습니다. 남은 인생 4분의 3을 살아보지도 못하고 세상을 떠나는 거잖아요. 이게 말이 됩니까? 차라리 그 4분의 1을 마음껏 즐기게 하자, 고생 그만 시키자는 거예요. 4분의 1 시간을 즐길 수 있는 권리를 우리 아이들에게 돌려주자, 자기가 하고 싶어 하는 공부를 무지무지 열심히 할 수 있게 바꿔주자는 거죠.

하버드대학교 다닐 때도 공부라고 생각 안 하셨다면서요. 한국에서 하던 공부는 하기 싫어서 억지로 한 공부고요, 미국에 가서 한 공부는 공부가 아니었어요. 너무 재미있었어요. 그래서 그냥 했어요. 누가 시키는 게 아니라 스스로 공부하는 환경이 만들어진 거죠. 자기가 이걸 왜 해야 하는지 알고 하는 일하고, 해야 하니까 하는 일하고 천지 차이라는 거 다 아시잖아요. 하고 싶은 것을 죽도록 하게 내버려두자는 거예요. 자신의 인생을 길게 설계하고, 살다 보면 어려움이 생겨도 헤쳐나갈 수 있는 아이. 제가 보기엔 그런 아이가 '통섭형 인재'입니다.

**그를 처음 만난 건 한 출판사에서 만든 '무동학교'에서다. 취업하지 못한 인문계 대학 졸업생에게 무료로 인문학 강의를 해주는 학교였다. 그는 교장 선생님이었고 나는 강사**

였다. 이후 이런저런 자리에서 그를 만날 때마다 선생은 특유의 인자한 미소로 나를 맞아주었다. 나는 그를 서 있는 자리에서 늘 최선을 다하는 분, 어느 자리에서 얘기하든 한 마디 한 마디가 진심인 분으로 기억한다.

장장 사흘 동안 이어진 인터뷰 시간에도 그랬다. 무뚝뚝하고 엄했던 군인 아버지를 얘기할 때는 눈시울을 붉혔고, 기후변화와 식량 대란 등 다가올 인류의 위기에 대해 말할 때는 목소리를 높였다. 그가 주창하는 '통섭' 또한 이론에만 머물지 않는다. 그는 한때 문인을 꿈꿨던 동물학자, 글 쓰는 과학자로서 통섭의 삶을 몸소 실천하고 있다. 어제와 오늘이 다르지 않고, 겉과 속이 한결같아 믿음이 가는 분. 어른다운 어른이 많지 않은 이 시대, '선생'이란 호칭이 딱 어울리는 분, 그가 바로 최재천이다.

최인아

사랑하는 이에게 묻듯
자신에게 질문하는 사람

"사장이라는 직책을 감당할 수 있는지 스스로 묻고 또 물었어요. 아무리 생각해도 제가 감당할 깜냥이 안 된다 싶었죠. 자신이 없었어요. 내 길이 아니라는 결론이 나자 주저할 이유가 없었죠."

최인아 대표가 제일기획 부사장을 끝으로 사표를 냈을 때 스스로에게 던진 질문과 대답이다. 그는 여성 채용이 드물었던 1984년 제일기획에 입사해 삼성그룹 최초의 여성 부사장이 되었다. 여직원들의 멘토이자 크리에이티브 업계의 전설이었다. "그녀는 프로다. 프로는 아름답다." 광고한 제품은 사라져도 영원히 회자되는 카피가 있다. 그는 자신이 만든 광고 카피처럼 존재해왔다.

잘하면 사장도 될 수 있었지만 29년 직장생활을 끝으로 과감히 회사를 그만뒀다. 스스로에게 "계속 직장 다니고 싶어?" "너한테 정말 중요한 게 뭐야?"라고 질문했더니 "이쯤에서 관두는 게 좋겠다"는 답이 나왔기 때문이다.

인생의 고비가 찾아올 때마다 최인아 대표는 스스로에게 질문한다. 내 인생은 나의 것이기에 스스로의 의사 결정이 무엇보다 중요하고, 그것이 나를 존중하는 방법이라고 생각해서다.

사회생활을 하다 보면 우리는 대개 '을'의 처지를 벗어나기 어렵다. 그가 광고회사 카피라이터로 일할 때도 그랬다. 클라이언트에게 맞춰야 할 때가 많았고 아무리 좋은 아이디어도 클라이언트를 설득해야 빛을 볼 수 있었다. 그런데 스스로에게 질문을 던지기 시작하면서 모든 것이 달라졌다. 내가 나를 대접한다는 느낌이 들었고, 내 인생의 '갑'이 될 수 있었다. 값진 질문을 통해서 끌려가는 삶이 아니라 끌고 가는 삶을 살고 있다.

그의 두 번째 선택은 책방이다. 강남 한복판에 서점을 연 지 어느덧 8년 차. 자신의 이름을 딴 '최인아책방'은 이제 동네 서점의 대표 브랜드가 되었다. 최인아책방은 큐레이션 된 양질의 도서를 판매하는 서점이기도 하지만, 다양한 강연과 모임을 통해 트렌드에 흔들리지 않는 인생의 본질과 시대의 흐름을 읽어내는 '생각의 숲'으로 자리매김했다. 최인아 대표는 오늘도 북 큐레이터, 문화기획자, 작가 등으로 살며 인생 2막을 화려하게 내달리고 있다.

프로필이 너무 화려한데 처음부터 이렇게 잘나가셨어요?

그럴 리가 있겠습니까. 제가 80학번이고, 대학 졸업하고 사회생활 시작한 게 1984년이었어요. 지금도 우리 사회에서 여성과 남성의 처우가 똑같지 않다 이런 얘기들 많은데요. 그때는 더했어요. 대졸 여성을 뽑지 않는 곳이 대다수였고요. 한번은 어느 대기업에서 신문에 입사 공고 낸 걸 보고 원서를 가지러 갔어요. 근데 거기서 "아유, 가세요. 여자는 안 뽑아" 그러는 거예요. "아니, 여기 신문에 났는데요. 여자도 뽑는다고?" 그랬더니 "그건 그냥 그렇게 하는 거죠, 가요" 그러더라고요. 그때가 그런 시절이었습니다.

유리 천장 정도가 아니라 그냥 여성에게는 철벽을 쳐놓은 시절인데, 그런 시절에 뭘 어떻게 했길래 부사장까지 올라가셨어요? 비장의 카드 같은 게 있었나요?

그런 게 어디 있겠어요. 저도 놀지 않고 열심히 했고, 제 몫을 하려 애썼고, 또 제법 잘해냈습니다. 그런데 열심히 잘한 것이 전부는 아닌 것 같아요. 저도 물론 열심히 했지만 그러는 사이에 사회 인식도 조금씩 달라져서 '여성 임원도 좀 있어야 되겠다'라는 게 생긴 거죠. 그게 저에게 맞아떨어진 것이라고 생각해요.

최초의 여성 부사장이라는 상징성도 있으니 사장도 가능했다고 보는데요, 3년 만에 그만두셨어요.

제 것 같지가 않았어요. 저는 제가 노력하고 애써서 얻은 것이 아니라면 욕심을 좀 덜 내는 편인 것 같아요. 그런데다 사장이라는 직책, 지위가 과연 내가 감당할 만한 일이냐 묻는다면 자신이 없기도 했고요. 급변하는 기업 환경에서 그걸 감당할 깜냥이 되냐고 스스로에게 묻고 또 물었어요. 그랬더니 안 된다는 답이 들렸어요.

사실은 누구나 다 겪는 문제인데, 마흔 넘고 중반 되면 고민하잖아요. 내가 이 일을 언제까지 할 것인지, 내 방식이 언제까지 통할 것인지, 혹은 통한다고 해도 계속할 것인지, 앞으로의 시간도 계속 이렇게 살 것인지. 저도 그런 고민을 품고 수년을 보냈거든요. 그런데 2002년에 장관직을 그만둔 영국의 여성 교육부 장관 에스텔 모리스의 이야기가 길을 알려줬어요. 그분이 임기 중에 자발적으로 그만뒀는데 사직의 변이 참 감동적이었어요.

"나는 이 막중한 교육부 장관의 일을 수행하기에 무능하다고 생각한다. 능력이 미치지 못한다고 생각하기 때문에 내려오는 것이 맞다고 결론을 내렸다." 이렇게 말하고 그만둔 거예요. 그걸 제가 본 게 마흔한두 살쯤이었던 것 같아요. 사람이 일을 오래하다가 그만둘 때 이거보다 더 정확한 변이 있을까 싶었어요.

그래서 그 신문 기사를 오려서 책상 앞에다 붙여놓고 보면서 다음에 내가 그만둘 때는 이거야말로 내 사직의 변이 될 거라며 마음에 새기고 살았는데 나중에 진짜로 그렇게 했죠.

그만둘 때 뭐 하고 싶은 게 있었던 거예요?
저를 다시 이렇게 들여다보니까 그래도 책을 붙들고 앉아서 뭔가를 읽고 새로 배울 때 꽤 큰 즐거움을 느끼는 사람이구나, 지적인 호기심이 꽤나 있구나 싶었어요. 그럼 내가 쉰두 살이니까 지금부터는 학생으로 공부하면서 살아야겠다, 이게 제 계획이었어요. 그리고 회사 그만두면 1~2년은 신나게 놀아야 하잖아요. 그래서 1년은 신나게 놀고 대학원에 갔죠. 서양사 전공으로 갔어요. 평소 관심사였거든요. 내가 재밌어하는 거를 공부하겠다고 갔는데 얼마 안 가서 그만뒀어요.

**카피라이터로 평생 글을 써왔는데 논문을 쓰는 것은 달랐다. 카피라이터는 논리 외에도 크리에이티브라는 무기를 써서 사람 마음을 움직일 수 있었다. 그런데 학문의 세계에서는 논리가 거의 다였고 감성은 지극히 제한됐다. 최인아는 그 속에서 답답함을 느꼈다. 꼭 한쪽 팔을 묶어두고 팔 한쪽만 쓰는 것 같았다.**

대학원 다니면서 스스로에 대해서 또 알게 되셨네요.

저는 크리에이티브가 중요한 사람이라는 걸 알게 됐죠. 그리고 하나가 더 있습니다. 대학원 그만둘 무렵에 제가 드라마 〈미생〉을 봤어요. 제가 봤던 회차가 오 차장 팀이 내년도 영업 전략을 사장님 이하 전 임원들 앞에서 발표하는 장면이었어요. 발표 내용이, 엎어진 요르단 사업을 다시 꾸려서 프레젠테이션을 하는 건데, 이게 제가 많이 했던 일이거든요. 콘텐츠를 준비해서 클라이언트 앞에 가서는 "이래저래 하니까 이걸 이렇게 하시는 게 좋겠어요, 사장님" 이렇게 제안하는 대표 프레젠터 노릇을 많이 했어요.

근데 〈미생〉에서 그걸 딱 보는데 제 맥박이 빨라지는 게 느껴지는 거예요. '나 저거 해야 되는데, 지금 뭐하는 거지.' 그런 생각이 들더라고요. 그때 알아차렸죠. '나보고 일을 하라는 소리인가 보다. 나 아직 할 줄 아는 게 좀 있는데. 그걸로 엄청난 게 생기지 않는다 해도 좋다. 내가 할 줄 아는 것에 내 시간과 노력을 들여서 뭔가를 만들어보자.' 이런 마음이 올라왔어요.

왜 물이 98, 99도까지는 액체지만 100도가 되는 순간에 확 기체로 날아가잖아요. 돌아보니까 그게 제게는 임계치를 넘어가는 지점이었던 것 같아요. 그래서 자, 그럼 이제 일을 하자. 제가 평생 했던 일이 광고 만드는 일이었으니까 당연히 그 일을 할 거라고 생각했어요. 그래서 선수 셋이 모였어요.

천생 일 중독이네요. 한 2년 쉬다 보니까 몸이 근질근질했던 거잖아요.

그런 것 같아요. 그런데 광고업계에서 머리가 좀 굵은 세 사람이 모여서 뭘 한다고 하니까 아직 회사는 차리지도 않았는데 솔루션을 좀 찾아달라면서 이런 프로젝트가 먼저 왔어요. '사람들이 책을 좀 더 많이 읽게 하려면 어떻게 해야 돼요? 이 해법을 찾아주세요.' 그런데 그 얘기를 듣자마자 제가 "이거 우리가 직접 하면 어때요?" 하고 제안했어요.

사실 모인 세 사람 다 광고회사에서 일을 했던 사람이라서 평생 '을'로 살아왔거든요. 그러니까 저희한테 굉장히 좋은 아이디어가 있어도 소위 광고주가 '좋아요'를 하지 않으면 아이디어가 집행이 안 되는 거예요. 그런 과정에서 좋은데 폐기된 것들도 굉장히 많고 속이 많이 상했죠. 근데 책 얘기가 나오니까 이거는 우리가 하자 얘기했는데, 놀라운 건 그때 다 쉰두 살을 넘긴 사람들이 그 자리에서 "좋아요. 그럽시다" 그랬던 거예요.


그래서 번잡한 강남 한복판에 책방을 차리게 된 거예요? 그것도 4층에 책방 낼 생각을 하셨어요?

강남 하니까 번잡한 유흥가를 먼저 떠올리셨잖아요. 근데 저희는 강남을 일하는 사람들이 많이 모여 있는 곳이라고 봤어요. 애초에 저희 책방을 찾아주실 주 고객을 일하는 사람들이라고 생각했어요. 일하는 사람이 저희가 제일 잘 아는 고객군이라고 판단했고요. 그러면 이 사람들이 어디에 많이 있어? 그래 강남 테헤란로에 많이들 모여 있지, 이렇게 생각한 거예요.

책방 준비하면서 몇 군데를 다녔는데 서점이 주로 홍대, 마포 이런 쪽에 많이 있잖아요. 젊은 친구들이 많으니까. 죽 돌아보면서 두 가지를 알아냈어요. 첫 번째가 서점에 뜻밖에 책이 그렇게 많지 않다는 것이고, 두 번째가 거기에 주로 갖다 놓은 책들이 제가 팔고 싶고 추천하고 싶어 하는 책하고는 성격이 조금 다르다는 점이었어요. 가벼운 에세이 같은 것들이 많았어요. 근데 그게 이해가 가는 것이, 직장인이 홍대 앞에 간다고 하더라도 홍대 앞에 간 직장인의 영혼은 일하는 자의 영혼이 아니고 놀러 간 사람의 영혼이에요. 근데 거기서 그렇게 진지하고 심각한 책을 집어 들고 싶겠어요? 그러니까 그 서점들은 자기 입지에 맞는 책들을 구비한 거죠. 근데 저는 그러고 싶지는 않았어요.

**"일하는 사람들이 일하는 자의 영혼으로 있는 곳에, 때로는 사람들의 머리에, 때로는 가슴에 도움되는 책들로 채우고 싶었어요."** 최인아책방은 시작부터 달랐다. 일하는 사람을 위한 공간이 콘셉트였다. 애초부터 책만 팔겠다는 생각은 없었다. 책을 중심으로 사람이 모이면 좋겠다고 생각했다. 그래서 서점이 아니라 '책방'이라고 이름 붙였다. 사람들은 모이고 싶을 때 '방'을 찾는다. 사랑방 같은 공간에서 북토크, 강연, 세미나, 클래식 콘서트까지 다양한 프로그램도 진행하겠다는 포부가 있었다. 그러기 위해서 공간이 중요했고 예뻐야 했다. 그래서 찾은 곳이 천장이 유난히 높은 지금의 최인아책방이다.

그렇게 차리고 싶었던 책방 문을 열었는데 고민이 생겼다. '책이란 뭘까. 사람들이 책에 관심 갖게 하려면 어떻게 해야 할까. 어떨 때 값을 지불하고 책을 살까.' 스스로 던진 질문에 그의 생각이 답했다. '사람들이 책을 안 읽다 보니까 점점 무관심해져. 관심이 없으니까 책에 대해 잘 몰라. 책을 펴보게 해야 해. 관심부터 갖게 해야 해.' 최인아책방의 진열이 남다른 이유가 여기에 있었다. 당장 책을 많이 읽게 하지는 못하더라도 책에 눈길이 갈 수 있도록 분류하고 진열해서 책을 펼쳐볼 수 있도록 만드는 데 주안점을 두었다. 책읽기의 선순환, 그 출발점을 '관심 갖게 하기'에 두었다.

최인아책방에서 특이한 점 가운데 하나가 책 분류가 다른 서점과 다르다는 거예요.
독자의 고민 중심으로 책을 분류했어요. 예를 들면 '서른 넘어서 사춘기를 겪는 방황하는 영혼들에게' '오늘 번아웃이 왔을 때'

이렇게 책 분류를 '문제'와 '고민'으로 정리했어요. 내 문제와 고민이 이건데 책이 이렇게 분류돼 있으면 관심이 생기지 않겠어요?

광고할 때의 경험을 책 진열에 접목시키신 거네요.
접목 정도가 아니라 제일기획에서 연봉 받고 훈련 받은 걸 여기에 지금 다 쏟아내고 있다고 생각해요. 예전에 광고를 하면서 타깃을 어떻게 정하고, 콘셉트를 어떻게 잡고, 아이디어를 어떻게 찾고, 해법이 뭐고 이거를 쭉 했잖아요. 지금도 똑같이 그 일을 하고 있어요.

카피라이터 때와 같은 일을 하지만, 일하는 위치는 을에서 갑이 되셨네요.
바로 그거예요. 제가 책방 열고 행사 마치고 나서 집에 가면 밤 11시가 돼요. 근데 그때 또 앉아가지고 새벽 3~4시까지 끙끙거리며 뭔가 일을 해요. 한 2년을 더 그렇게 했던 것 같아요. 그때는 에너지가 뿜뿜 솟아났어요. 누군가를 설득하거나 재가 받을 필요 없이 제가 결심해서 하면 되는 거니까요. 예전에는 내 아이디어를 클라이언트에게 승인받아야 다음 단계에 갔는데 지금은 제가 좋은 아이디어다, 생각하면 할 수 있는 거죠. 그게 신이 났어요.

**최인아** 책방 문을 연 지 벌써 8년 차인데, 고객들이 더 많아지고 있어요. 이유가 뭘까요?

책방 열 때 던진 질문이 '세상에 책방이 많은데 왜 우리 책방이어야 할까'였어요. 우리 책방에 오면 뭐가 더 좋을까, 우리 책방이 꼭 세상에 있어야 하는 걸까, 이런 고민 끝에 제가 찾은 답이 '생각의 힘'이에요. 아는 게 힘이 되는 시대가 있었는데, 이제 생각이 힘인 시대로 접어들었어요. 컴퓨터로 치면 새로운 OS가 필요해진 거죠. 생각의 힘을 혹자는 창의력이라고도 하고 상상력, 문제 해결력 같은 여러 가지 이름으로 부르는데 하여튼 이 새로운 가치들은 다 이 힘으로 만들어내는 것 같아요.

문제는 우리가 그런 교육을 받지 않았다는 거죠. 그런데 어떻게 창의성이 나오고 생각하는 힘이 나오겠나 싶었어요. 그때 가만히 보니까 책이야말로 생각하는 힘을 기르는 데 굉장히 좋은, 근본적인 콘텐츠인 거예요. 그래서 우리 책방은 책을 통해서, 책과 연결된 콘텐츠 기획을 통해서 생각하는 힘을 북돋우고 널리 퍼트리고 싶다, 책을 읽은 독자 1과 독자 2가 만나고 2와 3이 만나고 이렇게 되면서 생각이 훨씬 다양해지고 깊어지는 생각의 숲을 즐겁게 상상한다, 그런데 숲이라는 것은 나무 한 그루, 두 그루 갖고 되는 게 아니니까 우리가 먼저 여기 한 그루 심을 테니 여러분 같이 심어서 우리의 숲을 가꿔 나가시지요, 이런 의미예요. 그래서 슬로건을 "생각의 숲을 이루다"라고 지었죠.

아는 게 힘인 시대가 있었는데,
생각이 힘인 시대로 접어들었어요.
창의력, 상상력, 문제 해결력 같은
여러 이름으로 부르는데,
하여튼 이 새로운 가치들은
다 이 힘으로 만들어내는 것 같아요.

문제는 우리가 그런 교육을
받지 않았다는 것인데,
가만히 보니까 책이야말로
생각하는 힘을 기르는 데 굉장히 좋은,
근본적인 콘텐츠인 거예요.

스스로에게 던진 수없이 많은 질문의 답을 고민하며 생각을 키워갔다. 질문과 답을 통해 다져진 '생각'. 그것이 최인아의 가장 강력한 힘이다. 그리고 그는 '생각의 힘'을 키우는 것이 바로 책이라고 믿는다. 책을 통해 사람과 세상을 만나고 그러면서 내면은 깊어진다. 최인아 대표는 그러한 믿음과 의지를 담은 슬로건 "생각의 숲을 이루다"를 커다란 액자에 담아 책방의 가장 잘 보이는 곳에 걸어두었다.

카피라이터 최인아의 대표 카피 "그녀는 프로다. 프로는 아름답다" 딱 그렇게 사시는데요?

제가 8년 차 때쯤 쓴 카피였어요. 제 얘기예요. 어찌어찌해서 입사를 했는데 입사하고 보니까 '이게 아니네?' 이런 생각이 드는 거예요. 그때는 일하는 여자도 많지 않았지만 일하는 여자를 사무실의 꽃이라고 불렀어요. 저를 부르는 호칭도 '미스 최'였고요. 당시에 한창 회자되던 광고들에서 여자들은 '사랑받겠어요' 이런 식으로 묘사되었지요. 자, 그러면 내가 일은 해야 하니 때려치우지는 못하고 계속 하기는 하는데 과연 이런 거에 "네, 알겠습니다" 하고 따라야 할 것인가 고민이 있었죠. 당시 조직에 있는 여성들은 마치 미국의 히스패닉이나 흑인처럼 소수민족 같다고 느꼈거든요.

그때 제가 찾은 답이 그래 일을 잘하자, 프로가 되자, 이거였어요. 소수민족 같은 여성이 상황을 돌파하는 방법은 일을 잘하는 수밖에 없다고 생각한 거죠. '내가 흑인이든 백인이든, 나이가 많든 적든, 여자든 남자든 어떤 일을 위해서는 쓸 수밖에 없는 역량을 가진 사람, 그게 프로페셔널이야. 나는 그게 돼야겠어.' 그런 생각에 의지해서 버틴 거죠. 때마침 그 프로젝트가 저희 팀에 떨어졌어요. 처음에 제가 카피와 아이디어를 보여드리니까 팀장님이 "여자가 무슨 프로냐. 이건 아니다"라면서 치워놨어요. 그래서 제가 A, B 안이 있으니까 C 안으로 가져가달라고 부탁했어요. 그렇게 탐탁지 않게 C 안으로 가져갔는데 그게 채택이 됐고, 캠페인이 나간 다음엔 대박이 났어요. 저 같이 울분에 찼던 여자들의 마음을 건드린 거죠.

책만 파는 가게가 아니라 책을 통해 사람들이 모이는 공간으로 만들겠다고 했는데 정말 그렇게 되어가고 있어요. 북클럽 모임도 활발하고 또 책방 마님 역할을 하고 계신다고요?

북클럽은 시작한 지 곧 6년인데 회원이 650명 정도 됩니다. 회원제고 멤버십으로 운영돼요. 중요한 거는 그분들이 회원 가입할 때는 어떤 책이 올지 모르는 상태에서 가입한다는 겁니다. 그러면 저희가 매달 책을 골라서 댁으로 보내드리는데, 책만 보내지는 않고 제가 편지를 써요. 책방 마님 편지를 쓰는 거죠. 왜 하필 이 책을 골랐고 어떤 점에서 읽어볼 만한지 편지와 함께 보내드려요.

　　한 달에 한 번씩 선물 받는 느낌을 갖게 하는 거네요.
그렇지요. 이달은 무슨 책이 올까, 무슨 편지를 받을까, 이런 재미도 있으니까요. 저자분들을 모셔서 회원들을 위한 북토크 자리를 따로 만들기도 합니다. 그런데 북토크를 해보니까 참여하는 청중 가운데 책을 읽지 않고 오는 분이 더 많아요. 흐름이 달라진 거죠. 책을 읽고 관심이 생겨서 저자를 만나러 오는 분보다 그 저자의 얘기를 한번 들어보고 그러고 나서 괜찮으면 책을 사요. 그런데 저희 북클럽 회원 분들은 책을 다 읽고 오십니다. 책을 미리 보내드리니까요. 그러니 저자가 오셔서 책 얘기를 길지 않게 발제하듯 하고 읽은 분들이 소감을 서로 주거니 받거니 나누게 되죠. 그러면 저자 분도 이런 얘기를 직접적으로 들을 기회가 많지 않으니 좋고, 또 회원 분들도 '같은 책인데 저분은 또 저렇게 얘기를 하네' 하면서 굉장히 풍성한 경험을 하게 되는 거 같아요.

　　책방 마님 8년 차로서 "책을 어떻게 읽어야 해요, 어떤 책을 골라야 해요"라는 질문에 답을 주신다면요?
고민에서부터 출발하라고 말씀드리고 싶어요. 지금 가장 중요하지만 답을 찾기 어려운 문제가 있다면 친구와 얘기를 나누기도 하는데 그럴 경우 대개 수준들이 비슷하잖아요. 그래서 소위 멘토들을 많이들 찾는데 멘토를 꼭 주위에서만 찾지 마시고 책에서도 찾으시라 말씀드리고 싶어요. 책이 훌륭한 멘토니까. 내가 고민하는 문제를 먼저 고민해서 쓴 분들이 있습니다. 그리고 좋은 책이라 함은 다음에 읽을 책을 알려주는 책이라고도 생각해요. 한 권의 책은 저자가 혼자 쓴 게 아니니까 읽다 보면 본문 안에 분명히 다른 책이 또 나오잖아요. 그럼 또 그걸 이어서 읽어보고. 이렇게 해보시면 어떨까 합니다.

> 잘나가던 카피라이터에서 부사장까지 하다가 그만두고 책방 마님으로 살아가시는데, 결정적인 순간에 선택을 잘 하신 것 같아요. 인생의 전환점이라고 할 만한 순간, 이번 뿐이었을까요?

일 관련해서는 한 세 번 있었어요. 처음에 입사하고 나서 그냥 순응할 거냐, 튀어나갈 거냐 고민하며 차별과 싸웠다가 제 방식이 통한다는 것을 보여주리라 하면서 버텼고요. 두 번째는 9, 10년 차쯤 됐을 때인데 제가 회사를 그만뒀었어요. 사기꾼증후군이라고 하는데, 자기가 지금 성취하고 있는 게 다 진짜 같지 않고 사람들이 나한테 속아넘어가는 것 같다는 생각이 들었어요. 그때는 회사에서 인정도 받고 제가 했던 캠페인도 터지면서 확고하게 자리 잡고 있었는데, 이게 아닌 것 같은 거예요. 사람들이 다 저한테 그냥 속아넘어가는 것 같은 기분이랄까요?

이 일을 앞으로 1~2년 하고 그만둘 게 아니고 오래 할 거면, 그리고 만약 이게 거품이라면 한 살이라도 일찍 터뜨리고 새로 시작하는 게 낫지 않을까 싶었어요. 그래서 저를 한번 던지기로 했어요. 사표를 내고 그냥 밖으로 나갔죠. 한 아홉 달 프리랜서 생활을 했어요.

> 그럼 한 번 그만두셨다가 제일기획에 다시 입사한 거예요? 아무나 할 수 있는 게 아닐 텐데요.

다시 오라고 하셔서 다시 입사했어요. 제가 일을 못하지는 않았던 것 같아요. 세 번째는 40대 중반 때였죠. 감은 자꾸 무뎌지는 것 같고, 후배들은 치고 올라오는 것 같고, 앞으로 얼마나 더 할 수 있을지 생각이 많아졌어요. 저는 고민이나 질문을 품고 있으면 발효가 일어나는 것 같아요. 그래서 처음엔 질문이 A였는데 조금 지나니까 '핵심이 A가 아니라 B였네' 이런 순간이 오거든요. 그러니까 처음엔 '내가 이 일을 얼마나 할 수 있지? 얼마나 버티지?' 이랬는데 조금 더 가니까 '시간이 줄어들고 있네' 이렇게 바뀐 거죠.

돈은 지금은 없어도 앞으로 생길 수도 있잖아요. 근데 시간은 줄어들기만 할 뿐이에요. 통장 잔고만 갖고 사는 것과 비슷하죠.

188

저는 고민이나 질문을 품고 있으면
발효가 일어나는 것 같아요.
그래서 처음엔 질문이 A였는데 조금 지나니까
'핵심이 A가 아니라 B였네' 이런 순간이 오거든요.
'내가 이 일을 얼마나 할 수 있지? 얼마나 버티지?'
처음엔 이렇게 생각하던 것이 조금 더 지나니까
'시간이 줄어들고 있네' 이렇게 바뀐 거죠.

만 원 한 장을 쓰더라도 중요한 거에 아껴 쓰게 되잖아요. 자, 그 러면 시간이 지금도 줄고 있는데, 나는 내 시간을 아껴서 중요 한 곳에 가치 있게 쓰고 있나? 이런 질문을 하고 거울을 봤더니 눈동자가 풀려 있는 것 같았어요. 그때부터 시간을 가치 있게 쓰려고 노력하게 됐지요.

**그렇게 최인아책방으로 두 번째 인생을 시작하셨는데, 대 표님처럼 인생의 전환점을 두고 고심하는 분들에게 조언 해주신다면요?**

제가 하는 얘기의 상당 부분은 핵심이 질문이에요. 질문, 특히 자기 자신한테 던지는 질문이죠. 우리가 일터에서는 대체로 을 로 살아요. 다 을이죠. 사장님조차도 어느 순간에는 을이 되는 거예요. 그런데 그게 관성처럼 몸에 붙어서 자기 인생에서조차 스스로를 을로 대접하고 있는 걸 발견하게 됐어요. 사람들은 을 한테는 물어봐주지 않아요. 그냥 분식집 가면 뭐 많이 안 물어 봐요. 물도 갖다 먹으라 그러고. 근데 고급 식당을 가면 많이 물 어봅니다. 뭘 어떻게 해드릴까요? 음식은 지금 드릴까요? 고기 는 어떻게 해드릴까요? 대접할 사람한테 물어보거든요. 그런데 우리는 자기 자신을 그렇게 갑으로 대접하고 있나요? 자기한테 물어보지 않으니까 자기도 잘 몰라요. 모르니까 이것 도 해야 할 것 같고, 저것도 해야 할 것 같고 마음이 급해지죠.

쫓아가야 되니까. 그럴 때는 잠깐만 시간을 내서 스스로에게 물어보세요. 너 이거 하고 싶어? 왜 하고 싶은 거야? 너한테 정말 중요한 게 뭐야? 이렇게 자기한테 자꾸 물어보는 것이 자기 인생의 갑이 되는 길이고, 주도적으로 사는 길이 아닐까 싶습니다. 나답게 살고 싶어, 나를 사랑하고 싶어, 이런 얘기 하잖아요. 선생님도 연애하셨을 때를 생각해보면 누가 좋아졌을 때 궁금해지잖아요. 상대가 이 음식을 과연 좋아할까? 내가 이거 입고 나가면 좋아할까? 자기를 사랑하면 자기한테 궁금해야죠. 물어봐야 됩니다.

자신을 사랑한다면 스스로에게 질문할 것을 강조하는 최인아 대표. 그는 고비를 만날 때마다 스스로에게 물었다. 막막한 현실에서 길을 찾지 못한 어떤 고민들은 품고 있다가 어느 순간 발효되어 그제야 문제의 진짜 핵심을 짚어내는 새로운 질문이 되기도 했다. 최인아책방의 탄생이 그러한 질문의 결과다. '지금의 나는 얼마나 버틸 수 있을까'라는 품안의 질문을 꺼내 그가 했던 것처럼 바꿔본다. 내게 남은 시간은 얼마나 짧은가. 그 시간은 누구를 위해 살 것인가.

최인아

폴 김

꼴찌를 일등으로 뒤바꾼
질문과 코칭의 힘

"그야말로 새로운 세상이 열린 거죠. 한국에서 꼴등만 하던 학생이 미국에 가자마자 처음 들은 수업에서 A를 받았으니까요."

지금은 미국의 명문 스탠퍼드대학교 교육대학원에서 부학장으로 일하고 있지만, 폴 김 교수의 학창시절 성적은 바닥을 면치 못했다. 하위 1퍼센트의 학생이었던 그는 선생님들로부터 숱한 체벌을 받았고 친구들과도 잘 어울리지 못했다. 성적표도 부모님께 보여드리지 않았다. 고등학교를 졸업하면 독립해서 살라는 평소 아버지의 말씀대로 집을 떠나기로 했다. 중학교 영어 공부부터 다시 시작한 끝에 영어 시험에 통과한 그는 아버지가 사준 비행기표를 들고 마침내 미국 유학길에 올랐다.

서툰 영어 실력 때문에 고전을 면치 못하는 유학생이던 그는 음악수업 시간에 처음 칭찬을 받았다. 공부를 열심히 해서도 시험을 잘 봐서도 아니다. 클래식 음악에 관한 에세이를 써오라는 과제를 제대로 제출하지 못한 폴 김에게 "영어가 아닌 한글로 제출해도 좋다"는 교수의 코칭은 폴 김의 인생을 상상하지 못했던 방향으로 흘러가게 한다. 폴 김의 음악적 감수성을 끌어내 어떻게든 표현하도록 한 음악 교수의 가르침 덕분에 폴 김은 난생처음 좋은 점수를 받았고, 말할 수 없는 성취감을 경험했다. 그러면서 자연스레 교육에서 일방통행식 '티칭 teaching'이 아닌

'코칭coaching'의 힘이 얼마나 중요한지 깨달았다. 그 교수는 아이들을 다그치지 않고, 수준에 맞는 긍정의 피드백을 통해 동기부여를 해주고, 자신감을 갖게 했다.

그렇게 폴 킴은 달라지기 시작했다. 그는 자신의 이런 경험을 살려 미국 생활에 적응하지 못하는 우리 교포를 코칭해주며 교육자의 길에 들어섰고, 스탠퍼드대학교뿐 아니라 전 세계 수많은 대학의 교육 프로젝트에 직간접적으로 관여하는 미국 최고의 교육공학자로 자리매김했다. 또한 개발도상국과 분쟁 지역에서 '국경 없는 학교' 운동을 실천하고 있으며, 스탠퍼드대학교에서 교육대학원 부학장이자 기술혁신소장으로 일하며 글로벌 혁신 기업 창업을 컨설팅하고 실리콘밸리의 창업가들을 키워내 '혁신가들의 멘토'로 불리고 있다.

어렸을 때는 학교 다니기 싫어했던 하위 1퍼센트 학생이
었다고요?

저희 반이 60명인데 제가 58등 했거든요. 공부 못하니까 많이
맞았던 것 같아요. 그때는 체벌이 좀 많았잖아요. 공부도 못하
지, 선생님한테 맞으니까 학교 가기는 더 싫지, 수업 시간에 뒤
에서 엎드려 자고 그랬습니다.

학교생활이 그러면 부모님이 뭐라고 안 하셨어요?

전혀 모르셨어요, 애가 몇 등 하는지. 몇 학년인지 정도만 아셨
어요. 부모님께서 특별히 이래라저래라 말씀을 안 하셨고요. 저
도 학교에서 무슨 일이 일어났는지, 얼마나 매를 맞았는지 말씀
드리지 않았어요. 부모님이 상처받으실 것 같았어요. 우리 아들
이 또 맞고 왔네, 이러면 안 되니까요. 학교에서 부모님을 모셔
오라고 하면 당시에는 부모님들이 와서 돈봉투 같은 거 갖고 오
고 그러면 덜 때리기도 했는데, 저는 그냥 선생님한테 더 때리
라고 말했어요. 어차피 이래도 맞고 저래도 맞을 테니까요. 이
런 걸 전혀 말씀드리지 않아서 부모님은 제 상황을 모르셨어요.
성적표도 집에 안 보여드렸어요. 성적표가 우편으로 오면 제가
선수 쳤어요. 그리고 아버지가 항상 말씀하셨던 것이 너는 고등
학교 졸업하고 열여덟 살 되면 나가야 된다, 독립해야 된다, 이
거였어요.

그래서 고등학교 졸업하고 미국행을 결심하신 거예요? 공부도 꼴찌였으면 영어도 못했을 텐데, 무슨 배짱으로 미국 유학을 가겠다고 한 거예요?

사실은 아버지께 초등학교 5학년 때 미국 가고 싶다고, 지금 독립하겠다고 했는데 그때는 아버지가 어려서 안 된다고 하셨어요.

초등학교 5학년 때라니 혼자 외국 가는 게 무섭다는 생각은 안 했어요?

저는 이상하게 두려움과 불안을 즐기는 사람이에요. 불안하고 불편해도 도전해보고 싶고 경험해보고 싶어 하는 마음이 있어요. 거기서 뭔가 배울 게 있을 거라는 막연한 생각을 어릴 때부터 했던 것 같아요. 그래서 고등학교 졸업하자마자 부모님께 이제는 미국 가도 되겠냐고 말씀드렸더니 가라는 거예요.

그래도 학교 다니는 내내 꼴등이었는데 진짜로 유학 간다고 하니 가족들이 뭐라고 안 하시던가요?

가족뿐 아니라 친척들, 친구들도 "네가 하위 1프로인데 거기 미국에 가서 뭘 하냐. 영어나 좀 잘하면 모르겠는데 영어도 못하는데 뭘 하느냐"고 했어요. 저한테 사실 그런 말들이 제일 상처가 됐죠.

> 교수님은 워낙 배짱이 두둑해서 상처 안 받으실 줄 알았
> 는데.

상처가 됐죠. 아직도 기억이 납니다. 그래서 그 친척들에게 이렇게 말하고 싶어요. "지금도 그렇게 생각하시는 건 아니죠?" 제가 미국 유학 갔다가 학부 졸업하고 잠깐 귀국을 했는데, 그때도 지인들이 "너 거짓말 아니야? 너 정말 맞아? 너 공부한 책 한번 꺼내서 보여줘 봐" 해서 책을 꺼내서 이렇게 보여줬는데 "네가 이런 거 읽으면서 공부를 했단 말이야?" 하시더라고요. 하여튼 이 정도로 무시를 당했습니다. 그런데 이런 무시가 오기를 발동하게 하더라고요. 내가 보여주겠다, 뭔가 보여주겠다, 달라질 수 있다, 라고 생각했어요.

> 주위 반응이 이런데 유학 준비도 순조롭지는 않았을 거 같
> 아요.

영어 공부부터 했죠. 영어가 돼야 하니까. 공부를 전혀 안 했으니까요. 그래서 중학교 영어 교과서부터 다시 공부했어요. 그리고 제가 살던 부평 지역에 미군 부대가 있었어요. 미군 중에는 군부대 밖에 가족들이 사는 경우도 있었는데, 영어를 배우고 싶어서 미군 가족이 사는 집에 가서 똑똑 문 두드리고 들어가고 그랬어요. 말이 안 통해서 처음에는 손짓, 발짓 하면서 영어를 배웠어요. 저는 얼굴이 좀 두꺼운 편인지 낯선 사람과 대화하고

그런 게 창피하지 않았어요. 또 당시에는 주한미군방송 AFKN 채널이 있어서 이해는 못 했지만 계속 틀어놓고 봤어요. 뉴스 나오면 보면서 저기가 미국이구나, 저렇게 생겼구나 생각했죠. 그렇게 준비를 했더니 아버지가 미국행 비행기표를 사주시더라고요.

미국에 가면 뭘 하겠다는 계획은 있었어요? 아버지가 비행기표 사주시니까 무작정 가신 거예요?

전혀 어디 예약된 것도 없고, 아무것도 없었어요. 독학으로 영어 공부를 하기는 했지만 많이 부족해서 ESL부터 등록했어요. ESL이 뭐냐면 영어를 제2외국어로 하는 사람들이 다니는 학교인데, 누구나 들어갈 수 있어요. 영어를 못하니까 들어가기는 했는데 친구가 없잖아요. 그래서 친구를 어떻게 하면 빨리 만들 수 있을까 고민하다가 제가 기숙사 문 앞에다가 "프리 비어free beer"라고 적어놨어요. 프리 비어 방 번호 239. 이렇게요. 맥주가 공짜니까 그 방으로 와라 하고 기다렸더니 아니나 다를까 문 앞에 사람들이 줄을 섰어요. 사람들이 프리 비어는 어디 있냐고 물어봐서 제가 프리 비어를 진짜로 주니까 저보고 쿨 하다며 학교에서 갑자기 유명해졌어요. 그래서 빠른 시간에 친구들을 많이 사귀었습니다.

폴 김

영어를 해야겠다는 열의가 대단했네요. 무작정 미군 가족 집에 찾아가질 않나.

저는 두려움이 없었고 영어를 계속 들어야겠다는 생각을 해서 CNN 같은 영어 방송을 24시간 틀어놨죠. 당시에는 인터넷도 없었고 핸드폰도 없던 시대라서 라디오, 텔레비전을 24시간 들었어요. 잠들어도 귀는 작동할 거라고 생각해서 계속 틀어놨어요. 그렇게 공부해서 가까스로 ESL을 통과하게 됩니다. 필요한 성적을 갖춰서 대학 입학 조건이 된 거죠.

교수님처럼 공부하면 한국에서도 영어 공부 충분히 잘할 수 있겠는데요?

충분히 할 수 있습니다. 무의식적으로 24시간 영어를 듣는 거예요. 그다음에는 좋은 영화를 골라서 보는 건데, 예를 들면 톰 크루즈가 나오는 〈어 퓨 굿 맨〉 같은 법정 영화에 고급 영어가 나오죠. 그런 영화를 수십 번 보면서 외웠습니다. 한 장면에서 톰 크루즈가 뭐라고 얘기하면 다른 사람이 뭐라고 답하고 이런 거를, 그 상황을 다 외워버린 거죠.

**한국에서는 60명 중에 58등. 실력 격차가 너무 벌어지니 공부에 대한 의욕도 사라졌다. 하지만 한국을 떠나서 새롭게 채울 인생 백지를 받아든 폴 김은 달라졌다. 유학 생활을 제**

대로 하려고 영어 공부에 몰입했고, 영어로 말할 기회를 만들기 위해 외국인 친구들이 자기 주변에 모이도록 했다. 중고등학교 시절 인생의 바닥이 무엇인지 일찌감치 겪었던 폴 김은 뭘 해도 그때보다 더 내려갈 수 없다고 생각했다. 낯선 것에 두려움이 없는 성격은 미국 생활에 적응력을 높였다. 그렇게 폴 김은 늘 꼴등이었던 시절에서 서서히 멀어지고 있었다.

영어 시험에 통과해서 학부 수업을 들을 수 있는 자격이 됐는데, 전공은 뭘 선택했어요?

컴퓨터를 좋아해서 전공을 컴퓨터 쪽으로 선택했어요. 학부 수업 자격이 생겨서 처음으로 등록한 건 음악 수업이었어요. 컴퓨터사이언스로 전공을 정했지만 처음부터 전공 수업을 듣지는 않았어요. 음악을 좋아하기도 했고 음악 수업은 귀로 듣는 것이기도 하니 부담 없이 들을 수 있을 거라고 생각했어요. 그런데 첫 수업을 딱 갔는데 교수님이 베토벤, 모차르트 이런 음악을 틀어주고는 다음 주까지 감상 에세이 다섯 장을 써오라는 거예요, 큰일 난 거죠. 제가 생각했던 수업과는 완전히 달랐어요. 내가 실수했구나, 영어로 감상 에세이를 어떻게 다섯 장이나 쓰나 싶었어요. 그러다가 결국 그냥 한 줄로 이렇게 썼어요. "This music is good."

교수님이 황당해하셨겠는데요. F 받았겠어요.

그렇죠. 교수님이 보시더니 이게 뭐냐, 음악 감상문을 다섯 장 써오랬더니 한 줄을 써 왔냐, 왜 그러냐, 이런 반응이셨죠. 그래서 제가 생각은 많이 있는데 영어로 표현하려니까 너무 힘들다 그랬더니 그럼 넌 어느 나라 말을 할 줄 아냐 그래서 한국말을 할 줄 안다 그랬어요. 한글은 잘 쓰냐 그래서 잘 쓸 수 있다고 하니 그러면 한글로 한번 써봐라, 다섯 장을. 그래서 제가 이건 또 뭐지 하고 당황했어요.

미국 음악 교수가 한글로 음악 감상 에세이를 써오라고 한 거예요?

그렇죠. 그래서 한글로 다섯 장을 써서 교수님한테 제출했죠. 그랬더니 교수님이 사전 갖고 오라는 거예요. 그러고는 한 단어, 한 단어 빼먹지 말고 설명을 하라고 그러시더라고요. 네가 뭐라고 쓴 건지 나한테 설명을 해봐라 하셔서 사전을 찾아가면서 설명을 해드렸어요. 교수님께서 상당한 인내심을 가졌던 분인 것 같아요. 제가 다섯 장을 다 설명해드리니까 교수님이 이 수업은 영어 수업이 아니다, 나는 너의 영어 실력을 판단하지 않는다, 이 수업은 너의 음악 감수성을 보는 수업이기 때문에 지금 들어보니까 음악 감수성이 매우 훌륭하다, 그래서 너는 A를 받을 자격이 있다. A를 탁 써서 주신 거죠.

대단한 교수님이시네요. 그때 기분이 어떠셨어요?

새로운 세상이 저한테 열린 거죠. 처음으로 그런 A를 받았으니까요. 교수님께서는 제가 뭘 못하는지, 뭐가 약한지, 뭘 잘하는지를 아셨던 것 같아요. 티칭teaching을 하신 게 아니라 코칭coaching을 하신 거죠. 잘하는 코치는 무얼 잘하고 못하는지 잘 알고 잘하는 것들을 끌어내줄 수 있는 분이잖아요. 그에 반해서 그냥 일방적으로 가르치는 게 티칭이죠. 제가 알아듣든 뭘 하든 상관없이 가르치기만 하는 것은 티칭이지만, 코칭은 상대가 잘하는 것과 잘 못하는 것을 분석해서 잘하는 것을 끌어냅니다. 잠재력을 끌어낼 수 있는 능력을 가진 사람이 코치니까요. 그 교수님은 제 인생에서 가장 큰 역할을 한 코치가 아니셨나 이런 생각이 듭니다.

**티칭과 코칭의 차이가 이렇게 큰 것인가? 잠재력을 끄집어내는 음악 교수의 코칭은 폴 김 인생의 터닝포인트가 됐다. 사실 드러나지 않았을 뿐 폴 김은 상상력과 감수성이 풍부한 사람이다. 집안에서 막내였던 그는 형이나 누나가 보던 책을 읽는 경우가 많았는데, 물려받은 것이다 보니 찢어진 부분이 꽤 있었다. 앞부분이나 뒷부분이 사라진 책들을 읽으면서 이 내용은 어떻게 시작했을까, 어떻게 끝났을까 상상했다. 뜯겨 나간 빈 곳들을 상상으로 채우며 자연스럽게**

새로운 세상이 저한테 열린 거죠.
처음으로 그런 A를 받았으니까요.
교수님께서는 제가 뭘 못하는지,
뭐가 약한지, 뭘 잘하는지를 아셨어요.
그리고 일방적인 티칭이 아니라
잘하는 걸 끌어내는 코칭을 한 거죠.
제 인생에서 가장 큰 역할을 한 코치.
저는 그 교수님을 그렇게 생각해요.

상상력 훈련을 하게 됐다. 부족하고 모자란 환경이 창의력을 키워주었고, 오랜 세월 숨겨져 있던 그의 잠재력은 코칭을 통해 발현됐다.

그분이 교수님 인생에서 어쩌면 가장 결정적인 영향을 끼친 분이시네요?
큰 영향력을 미친 분이시죠. 양가양가수미양가 받던 학생이 갑자기 A를 받았죠. 미국에 가서 처음 들은 수업에서 A를 받은 겁니다. 제 인생에서 획기적인 사건이었죠. 그때부터 나도 A 학생이 될 수 있구나, 자신감이 충만해져서 이 자신감을 계속 지킬 수 있는 방법이 뭘까 고민했어요. 다음엔 무슨 수업을 들을까 하다가 수학 수업을 시리즈로 듣게 됩니다.
미국 대학의 수학 수준이 그렇게 높지 않아요. 물론 점점 어려워지긴 하지만 미국 대학에서 처음으로 듣는 수업들은 한국에 비해 그렇게 어렵지가 않아요. 수학은 영어가 필요 없잖아요. 숫자로 푸는 거니까 거기서 또 A를 받습니다. 이렇게 쭉 A를 받으면서 제 안에 자신감이 꽉 차게 됐습니다. 또 컴퓨터 전공이 너무 재밌는 거예요. 소프트웨어 개발, 코딩 같은 걸 너무 재미있게 열심히 했어요. 학부를 꽤 괜찮은 성적으로 졸업하게 됐죠.

컴퓨터공학을 전공했고 계속 그 길로 갈 수 있었는데, 교육 쪽으로 방향을 틀었어요. 어떤 계기가 있었나요?

우연한 기회로 제가 초중고 학생 과외를 하게 됐어요. 부모님이 안 계시는 아이들이 공부가 좀 안 되니까요. 우연히 할머니 한 분이 초등학교 4학년짜리 손녀가 아직도 글을 못 읽는다고 도움을 줄 수 있겠냐고 하시더라고요. 아이를 만나보니까 주눅이 들어 있었어요. 글을 못 읽는다는 게 얼마나 서러운 일이겠어요. 학교는 다니고 있는데 글은 모르지, 얼마나 마음이 힘들었겠어요. 그래서 그냥 물어봤죠. "오늘 뭐했니?" 그랬더니 아이가 "아침에 일어나서 이빨 닦고 세수하고 가방 챙겨서 학교 갔습니다" 이렇게 얘기를 해요. 또 "학교에서는 어땠니?" 그러면 학교에서 그냥 뒤에서 앉아 있다 왔다고 해요. 그럼 "뭐가 제일 힘드냐" 그랬더니 선생님이 뭐 시킬까 봐 걱정된다고, 몇 페이지 읽어보라고 하는 게 힘들다고 해요. 다른 아이들 앞에서 너무나도 창피한 거죠.

이런 아이가 어떻게 4학년이 됐는지 이해가 안 됐지만 미국에서 학년은 그냥 올라갔던 것 같아요. 그래서 제가 아이가 얘기한 것들을 종이에 적었어요. 오늘 한 일, 아침에 몇 시에 일어나서 이 닦고 세수하고 가방 챙겨서 학교 갔고 이런 걸 영어로 쓰고 같이 보면서 "자, 네가 금방 얘기한 거거든. 우리 이거 한번 읽어볼까?" 했어요. 글은 모르지만 자기가 한 얘기니까 짐작해서 읽을 수가 있잖아요. 아이가 그거를 하면서 신기해하더라고요. '읽는다는 기분이 이런 거구나' 하고 느꼈던 것 같아요. 그래서 "봐라. 네가 지금 아침에 일어났지. 그다음에 세수했지. 가방 챙겼지. 학교 갔지" 그랬더니 자기가 읽을 수 있다는 느낌이 들었는지 갑자기 웃더라고요. 재밌다 그러면서요. 그래서 계속 그다음에는 뭐 했는지 물어보고, 그 문장에 아이가 얘기하지 않은 단어들을 추가했어요. 그랬더니 아이가 읽다가 글이 막히니까 "선생님 이거는 제가 얘기한 것 같지 않은데요" 이렇게 말하는 거예요. 그럴 때 이건 무슨 단어고 이런 뜻이라고 설명하면서 새로운 단어를 가르쳐줬죠. 그런 식으로 서로 대화 나눈 걸 하나하나 적어서 읽게 만든 거예요. 어떻게 보면 읽는 것을 시뮬레이션 했다고 할까요.

　말과 글을 매치시키는 훈련을 한 거네요.
저도 제가 왜 그렇게 가르치게 됐는지 모르겠어요. 저는 교육하고 전혀 상관이 없는 사람인데. 근데 아이가 그걸 재미있어 하니까 한 6개월을 그렇게 했어요. 그리고 주변에 있는 동화책 전집 같은 것을 읽혔어요. 그랬더니 자기가 배웠던 단어들이 있으니까 그걸 읽는 거예요. 한 줄 읽다가 한 페이지 읽게 되고, 읽으면서 자기도 신기해하더라고요. 글을 읽는다는 게 이렇게 재밌는 거구나, 그러면서 동화를 다 읽는 거예요.

맨날 주눅 들어서 선생님이 뭐 시킬까 봐 숨어 살았던 아이가 달라졌네요.

아이가 읽기 시작하면서 얼굴이 환해지고 너무 좋아하더라고요. 그래서 도서관에 데려가서 읽고 싶은 거 마음대로 읽어라 그랬더니 얘가 읽더라고요. 그리고 산수도 못 했거든요. 제가 동전을 가져와서 2개 더하기 2개, 4개를 합해서 4개씩 하면 곱하기가 되고 나눗셈이 되고 이런 원리를 다 가르쳐줬죠. 이 아이가 되게 기뻐하고 자신감을 갖게 된 걸 보고 헤어졌는데, 나중에 한 10년 지나서 들어보니까 그 아이가 텍사스주립대학교 경영학과에 전액 장학금 받고 입학했다고 하더라고요.

코칭의 힘을 다시 한번 확인한 그는 컴퓨터공학자의 길을 걸으려 했던 발걸음을 잠시 멈추고 '교육'에 대해 생각하게 됐다. '교육은 사람의 인생을 바꿀 수도 있다. 나도 코칭을 통해 인생이 바뀌지 않았나. 그래 교육으로 눈을 돌려보자. 컴퓨터와 교육을 접목시킬 방법을 찾아보자.' 그때 만난 학문이 교육공학이었다. 새로운 교육 환경, 교육 혁신을 연구하고 개발하고 이끌어가는 이 분야는 그가 찾던 바로 그 일이었고, 석사와 박사 과정으로 교육공학을 선택하면서 학부 시절에 컴퓨터사이언스를 전공하며 배운 여러 가지 기술, 소프트웨어들을 교육계에 접목할 수 있었다. 교육공학

**을 통해 생각한 것을 바로 구현할 수 있게 된 것이다.**

지금 한창 유행하는 가상현실 메타버스 프로그램을 거의 25년 전에 개발하셨다고 들었어요.

그때가 1996~1997년이었는데요. 그때 관심 있던 게 '가상현실', 요즘 말로 하면 '메타버스'예요. 제가 상상하기를 미래의 교육 환경은 이렇게 바뀐다, 그래서 메타버스를 활용하게 된다, 이런 생각을 했었어요. 코딩을 하면서 당시에 VRML이라고 가상현실 모델링 언어Virtual Reality Modeling Language라는 게 있는데, 그걸 활용해서 가상현실 공간을 만드는 프로그램을 제작했어요. 가상의 공간에 병실을 만들어서 가상 환자를 세워놓고 의대생들이 오면 환자를 진단하고 검사하는 모든 것들을 다 기록에 남게 하는 시스템이에요.

그런 시스템을 구축해서 미래는 이런 식으로 공부를 하게 된다, 우리는 실제 현실과 가상현실이 잘 구분되지 않는 세상으로 가게 된다, 이렇게 발표를 했는데 그 수업에 미국 최대 온라인 대학교인 피닉스대학교에서 오신 분이 계셨어요. 직책이 상당히 높은 분이셨는데, 발표 내용을 듣더니 자기네가 필요한 게 그런 비전이라면서 우리 쪽에 와서 일을 하면 어떻겠느냐고, 부총장하고 미팅을 바로 했으면 좋겠다는 거예요. 제가 대학원을 졸업하지 않았다고 했더니 상관없다더라고요. 그래서 제가 부총장님하고 바로 미팅을 했는데 당장 내일부터 일할 수 있느냐고 물어보셨어요.

그렇게 바로 교수가 되신 거예요?

아니죠. 먼저 최고기술책임자CTO가 됐어요. 그곳에서 가상현실과 미래 온라인 대학교 운영에 대한 프로젝트를 진행하게 됐어요. 그때 돈을 상당히 많이 받으면서 일했어요. 새로운 것들을 많이 개발하고 실험했고요. 박사 학위 논문도 그 분야로 쓰게 됐어요.

선견지명이 있으셨네요. 지금은 메타버스, 사이버대학교가 대세잖아요. 특히 코로나 팬데믹 겪으면서 화상 미팅이나 줌 수업 등은 일상이 됐고요.

지금은 당연한 건데 인터넷이 막 보급되던 1990년대에는 전화선 연결해서 인터넷 들어가고 그랬기 때문에 상당히 느렸거든요. 그럼에도 제가 그런 시스템을 만드니까 이게 과연 될까 상당히 회의적인 시각으로 보는 사람들도 많았어요. 근데 저는 이게 분명히 된다, 앞으로 이런 사회가 온다는 얘기를 강조하고 다녔어요. 그랬더니 좀 외계인처럼 보더라고요. 그런데 그 과정에서 새로운 것들을 많이 개발하고 연구하다 보니까 이제 좀 업적이 쌓인 거죠. 그러다가 스탠퍼드대학교 학장으로 새로 부임

하신 분께서 우리 대학원에 이런 전문가가 필요하니 합류하겠느냐 그래서 2001년에 스탠퍼드대학교 교육대학원으로 들어가게 된 거죠.

그러니까 잠재력을 깨운 코칭이 계기가 돼서 만년 꼴찌였던 한국에서와 달리 아주 활기차게 하고 싶은 일을 하고 계신 것 같아요. 그런데 만약에 코칭을 한국에서 받으셨다면 어땠을까요? 한국의 교육은 무엇이 다른가요?

가장 큰 문제는 티칭 중심인 것이라고 할 수 있어요. 가르치는 사람이 티칭을 하기 시작하면 배우는 학생은 수동적으로 변합니다. 앉아서 그냥 듣기만 하게 되죠. 수동적으로 하다 보면 자기 주도적으로 '뭔가를 배워야 되겠다, 뭔가를 알고 싶다' 하는 호기심이 생기지 않아요. 과목도, 진도도 다 정해져 있기 때문에 내가 좋아하고 잘하고 즐기고 싶어 하는 것과는 전혀 상관이 없는 공부를 하게 됩니다. 진도 따라가다가 시험 잘 보려고 준비해야 되고요.

주입식 교육이 문제이긴 하지만 교육열은 세계 최강입니다. 세계 10대 경제대국이 된 이유 중 하나로 그런 교육열을 꼽기도 하지요. 하지만 이걸로 올라갈 수 있는 건 한계가 있는 것 같아요.

저도 대기업들하고 워크숍도 진행하고 많이 교류하고 있지만 지속 가능할지에 대해서는 의문이에요. 앞으로 인공지능과 경쟁해야 하고 불확실성도 더욱 심화되는 사회가 올 텐데, 그런 환경에서는 창의적이지 않으면 역량을 발휘할 수가 없거든요. 그런데 일방적인 티칭 교육으로는 창의성을 키울 수가 없습니다.

폴 김은 코칭의 한 예로 애드 아스트라 스쿨Ad Astra School의 교육 방식을 설명했다. 라틴어로 '별을 향해'라는 뜻을 품고 있는 이곳은 일론 머스크가 자기 자녀들을 교육시키려고 실리콘밸리에 세운 사립학교다. 이곳 학생의 나이는 일곱 살에서 열네 살까지 다양하지만 학년은 정해져 있지 않고 주제에 따라 팀을 나누어 묻고 답하고 탐구하는 식으로 교육이 진행된다.

수업을 참관했던 그는 초등학교 2, 3학년 학생들이 도시계획법을 배우는 모습에서 놀랐다. 학생들은 도시를 어떻게 하면 혁신적으로 디자인할 수 있을지 연구하고, 2억 달러짜리 다리 건설 예산을 안전과 노동 임금 등에 어떻게 분배해야 할지 토론한다.

이곳뿐 아니라 실리콘밸리에는 학생들에게 실질적인 문제를 토론시키면서 창의력과 소통, 공감 능력을 가르치는 학교가 많다. 이런 코칭은 문제 해결 능력을 키워준다. 사회에

**나왔을 때 실제 필요한 역량을 가르치는 것이다. 이런 상황에서 우리 교육의 경쟁력이 과연 어느 정도 수준인지 따져 묻는 그의 표정에는 걱정스러움이 묻어났다.**

한국의 티칭식 교육 방법을 바꾸지 않으면, 경쟁에서 밀리게 된다는 말씀인데요. 코칭 덕분에 인생을 바꾼 교수님은 어떤 방식으로 수업을 진행하는지 궁금해요.

저는 수업에 들어가면 뒤에 앉습니다. 그냥 오늘 이런 얘기할 거니까 한번 얘기해보자고 하면서 서로 얘기하고 질문하고 이런 방식으로 수업해요. 스탠퍼드대학교에서 강의하면 누가 교수인지 잘 모를 때가 있어요. 학생들이 말이 너무 많습니다. 시끄럽게 떠든다는 게 아니라 질문이 정말 많고요, 자기 팀원들끼리 얘기도 해야 하기 때문에 시끄러울 수밖에 없어요. 그게 너무 자연스럽습니다. 서로 질문하고 의견을 주고받는 데 아주 거침이 없어요.

그런데 우리 대학을 가보시면 어떤가요?

초대를 받아서 한국의 여러 대학에서 강의를 했는데 질문이 없어요. 아주 조용하고 질문을 안 하죠. 그럼 제가 혼자 다 얘기를 해야 되잖아요. 얘기를 너무 많이 하다 보면 상당히 피곤하고 힘들죠. 좀 황당한 질문도 가끔 나오고 그래야 수업이 재미있게

폴 김

진행되는데. 이게 왜 그럴까 생각해봤더니 저도 초중고를 한국에서 나와서 알지만 사실 질문 한번 잘못했다가 혼날 수도 있잖아요. 친구들이 왜 저런 질문을 하나 째려보기도 하고. 그래서 그런 것 같아요.

역시 질문이 중요한데 그래서 질문형 학습 플랫폼을 만드셨다고요?

제가 만든 '스마일SMILE'이라는 시스템이에요. 스탠퍼드 질문 중심 모바일 학습 환경Stanford Mobile Inquiry-based Learning Environment의 약자예요. 이 프로그램에서는 참여자들이 질문하고, 질문을 서로 평가하고, 질문에 대해 토론을 해요. 질문을 잘하고, 많이 하고, 양질의 질문을 할 수 있는 능력을 키우기 위해 만든 프로그램이에요. 이 프로그램을 전 세계에 보급하고 있는데 한번은 기업 강의를 할 때 사용했어요. 중역들이 대상이었는데 질문을 못 올리는 거예요. 그래서 제가 물어봤어요. 손을 들고 질문하는 것도 아니고, 써서 올리기만 하는 건데 왜 질문을 안 하시냐고. 질문이 없어서 그러냐고 여쭈어봤는데요, 중역 한 분이 "질문은 있는데, 제 이름이 안 나가면 안 될까요?" 이러는 거예요. 질문과 이름이 같이 나가는 거를 두려워하시더라고요. 그래서 제가 시스템을 변경했어요. 이름이 안 나와도 되도록 플랫폼을 개발했습니다.

> 질문한 사람 이름은 나오지 않는다니, 한국형이네요. 우리
> 가 참 질문이 없긴 해요.

질문이 없다는 건 심각한 문제인 것 같아요. 코칭의 시작도 질문이거든요. 유대인 가정에서는 "오늘 학교에서 무슨 질문을 했니?"라는 질문을 합니다. 부모님들이 '질문'에 대해서 관심을 가져주는 게 상당히 중요해요. 그런데 제가 한국 부모님들과 말씀을 나눠봤더니 이러시는 거예요. "우리 애는요, 쓸데없는 질문을 너무 많이 해서 귀찮아요. 질문을 좀 안 하게 할 방법이 없을까요?" 이걸 고민이라고 말씀하시는 거예요. 자녀들이 질문을 많이 하는 건 축복이에요. 감사해야 합니다. 그만큼 호기심이 많은 거잖아요. 아이가 엄마에게 묻습니다. "엄마, 하늘은 왜 파래?" 이때 엄마가 "하늘이 원래 파랗지, 그럼 빨갛냐? 그걸 질문이라고 하니?" 하면 아이는 입을 닫습니다.

> 아이의 질문에 어떻게 대답하느냐에 따라 아이의 생각이
> 멈추기도 하고 연장되기도 하겠네요. 질문과 답을 주고받
> 다 보면 자녀 코칭도 가능하겠어요?

그렇습니다. 하늘이 왜 파란지를 정확히 아는 부모는 없습니다. "나도 잘 모르겠는데 같이 찾아보자. 왜 하늘이 파란색일까?" 하면서 하늘이 파란 이유를 찾아보는 거예요. 노을이 물들거나 할 때는 하늘이 빨개지잖아요. "하늘이 파랄 때도 있고 빨갈 때

도 있네" 하면서 관심을 유도하는 겁니다. 이런 과정을 통해서 아이의 호기심과 관심을 증폭시켜주세요. 부모님들은 아이의 질문에 어떻게 답을 하고 있는지, 혹시 아이의 질문을 뭉개서 아이가 아인슈타인으로 성장할 수 있는 길을 가로막고 있는 건 아닌지 진지하게 생각해봐야 합니다.

> 자녀가 무언가 질문을 한다는 것은 관심이 있다는 것이고, 그 질문 안에는 자녀의 꿈이 될 만한 씨앗이 숨어 있다, 이렇게도 볼 수 있는 거네요.

될 수 있는 게 너무 많죠. 아이들이 얼마나 똑똑해요. 제가 아프리카, 인도 다 돌아다녀 봐도 아이들은 너무 똑똑하고, 할 수 있는 게 참 많고, 잠재력도 많고, 엄청난 발명가들인데 학교라는 통 속에다 집어넣고 똑같이 만드는 거예요. 과자 찍어내듯이. 그게 가장 안타까워요. 태어나는 아이들 한 명, 한 명은 관심을 두는 것부터 성격, 좋아하는 것, 잘하는 것까지 모두 다른데 하나의 틀에다가 집어넣고 똑같이 만들려고 하는 이 학교 교육 방식이 잘못된 거죠.

> 교수님이 쓰신《다시, 배우다 RE:LEARN》에 보면 "오늘도 다시 배울 용기를 낸다. 나는 영원한 학생이기 때문에"라는 카피도 있는데, 셀프 코칭도 하시는 것 같아요.

다시 배우기를 하지 않는다면,
그건 살지 않겠다는 뜻이라고 생각합니다.
아침부터 '오늘은 어떤 걸 새롭게 해볼까?'
'뭘 배울 수 있을까?'
생각하면 하루하루가 되게 즐거워요.
혹시 아직 발견하지 못한 특기가 내게 있는 거 아닐까.
그 특기를 찾는 재미가 있어요.

제가 만약에 다시 배우고 있지 않다고 말씀드리면, 교육자이기를 포기했다고 말한 것과 다름없어요. 다시 배우기를 하지 않는다면, 그건 살지 않겠다는 뜻이라고 저는 생각합니다. 다시 배우기 때문에 제 인생에서 뭔가 새로운 것이 또 있지 않을까, 나에게 끌어내지 않은 또 다른 잠재력이 남아 있지 않을까, 그런 생각을 가지고 있어요. 아침부터 오늘은 어떤 걸 새롭게 해볼까, 뭘 배울 수 있을까 생각하면 하루하루가 되게 즐거워요. 내가 혹시 발견하지 못한 특기가 있는 거 아닐까 생각하면서 그 특기를 찾는 재미가 있어요.

'다시 배우다'라고 하니까 어렵게 생각할 수도 있어요. 하지만 '내가 아는 게 이 정도고 내 위치가 이 정도인데 뭘 또 배워, 그냥 이 정도면 됐지.' 이렇게 생각하는 순간 앞으로의 어떤 발전이나 혁신을 포기하게 되는 거예요. 그래서 나 자신에게 자꾸 질문해야 합니다. 내가 혹시 모르는 게 있지 않을까 하면서 뭔가를 계속 도전해야 해요.

"새로 배운다는 것은 지금까지 배웠던 것을 내려놓는다는 의미도 있어요." 그는 다시 배우기를 통해서 체면도 오만함도 내려놓게 된다고 했다. 잘 못하고 잘 모르는 분야를 배움으로써 생각과 태도를 '새로고침' 하는 것이다. 이런 마음가짐으로 그는 2019년 비행기 조종사 자격증도 땄다.

비행기 조종사 자격증은 왜 따셨어요?

스탠퍼드대학교에서 석사 과정에 들어온 학생이 있었는데, 그 친구하고 점심을 먹을 때 마침 비행기가 캠퍼스 위를 지나가더라고요. 근데 학생이 무슨 기종이네, 이러는 거예요. 아니 그걸 한번 쓱 보고 어떻게 아느냐고 학생한테 물어봤더니 자기가 파일럿이라고 하더라고요. 그 말을 듣고 나도 조종사 면허를 따야겠다 싶은 거예요. 제가 그동안 교육 프로젝트를 진행하면서 개발도상국들을 찾아다녔는데 교통이 너무 안 좋았어요. 큰 비행기 타고 가서 또 차를 타고 이동해야 하고. 그런데 조종사 자격증이 있으면 그런 오지를 빠르고 편하게 갈 수 있을 것 같더라고요. 근데 파일럿 된다는 게 쉬운 일이 아니잖아요. 정말 간단치가 않았어요.

비행기 조종을 배울 때는 음악 교수처럼 코칭하는 교관이 없었나요? 그런 교관 만났으면 금방 배우셨을 텐데요.

처음으로 만난 비행 교관은 나이는 어리지만 어려서부터 비행을 했고, 비행 시간도 충분했어요. 그런데 그 어린 교관이 바로 비행부터 시키더라고요. 시동 걸라고 하고 활주로로 가자고 하고 그렇게 첫날 바로 이륙하고 착륙했어요. 시키는 대로 하긴 했지만 처음 비행을 하고 문 열고 나오자마자 땅바닥에 털썩 주저앉았어요. 다리에 힘이 풀려서요. 제가 두려운 게 별로 없는 강심장인데 하늘에 올라갔다 오는 비행 훈련은 너무 셌어요. 그런데 동기부여가 확실히 되더라고요. 어린 교관이 "할 수 있다. 이렇게만 하면 된다. 겁먹지 마라"라고 긍정적인 피드백을 주는 거예요. 충만하게 자신감을 얻었어요.

그런데 두 번째 만난 교관은 부정적인 피드백만 주더라고요. "그것밖에 못하냐? 아까 가르쳐줬는데 벌써 까먹었냐?" 이런 말을 계속 들으니까 주눅이 들어서 자신감도 떨어지고 우울해지는 거예요. 거기서 제가 또 알았어요. 부정적인 피드백은 정말 쓸데없구나, 코칭에 백해무익하구나.

교수님처럼 셀프 코칭으로 인생을 리부팅하고 싶다 하시는 분들에게 조언을 해주신다면요?

인생은 n모작입니다. 새로운 것을 자꾸 배울수록 내가 갖고 있는 역량들이 하나 더하기 하나로 덧셈이 되는 게 아니라, 제곱으로 커져요. 2n, 3n이 아니라 n의 제곱, 세제곱으로 시너지를 일으키는 속도가 엄청나게 빨라지는 거죠. 그림 배우고, 음악 배우고, 비행기 조종 배우면서 계속 제 능력이 곱절로 더해지고 있어요. 새로운 것을 배우면서 교육계 사람들이 아닌, 제가 전혀 경험하지 못했던 그룹을 만나게 되니까 할 수 있는 것들이 더더욱 많아집니다. 제 그림을 사가는 사람까지 생겼는데요, 그림을 판매한 수익금은 제가 운영하는 비영리 국제교육재단인 '시즈 오브

임파워먼트 Seeds of Empowerment'에 사용됩니다. 우리말로 하면 '역량을 키워주는 씨앗'인데요, 교육 환경이 열악한 전 세계 개발도상국을 다니며 아이들을 돕는 재단입니다. 여기서 하는 일은 아이들의 잠재적 역량이 발휘될 수 있도록 도움을 주고, 아이들이 스스로 자신을 돕게 하는 겁니다. 저희는 씨앗을 심어줄 뿐 싹을 틔우고 키우는 것은 아이들의 몫인 거죠.

**코칭을 통해 인생이 바뀐 폴 김 교수는 지금도 셀프 코칭을 게을리하지 않는다. 숨겨진 재능을 발견해줄 코치가 곁에 있다면 누구든 자신처럼 성장할 수 있다고 믿는 그는 이제 한국에서도 교육의 변화를 시도해보고 싶어 한다. 한국의 고등학교 교실에서는 밑바닥을 벗어나지 못했지만 이제는 미국을 시작으로 세계 곳곳에 테크놀로지와 결합한 미래 교육의 씨앗을 뿌리고 다니는 폴 김의 행보에서 나는 어떤 가능성을 엿본다. 어쩌면 그가 세계 어느 곳보다 공고한 한국 교육의 문제를 마침내 깨뜨릴 수 있지 않을까? 아이들이 세상에 오직 하나밖에 없는 존재로서 자기 잠재력을 마음껏 펼쳐낼 수 있는 사회, 그곳이 한국이 되기를, 폴 김의 교육 혁신이 그 마중물이 되기를 바라 마지않는다.**

박준영

# 재생하며 나아간 삶,
# 약자를 위한 재심은 내 운명

국내 유일의 재심 전문 변호사, 정의와 희망의 아이콘. 우리는 박준영 변호사를 이렇게 부른다. 변호사라고 하면 흔히들 출세 했다고 하지만 그는 경제적으로 그리 넉넉한 편이 아니다. 재심 변호를 부탁하러 오는 이들 대부분이 사회적 약자이다 보니 돈 을 받지 않고 변론할 때가 많아서다.

이쯤에서 그가 무슨 사명감으로 이토록 재심에 진심인지 궁 금해지지만, 그의 인생을 조금이라도 알고 나면 고개를 끄덕일 수밖에 없다. 재심을 신청하는 이들의 절박한 사정을 박준영 변 호사만큼 잘 아는 사람도 없기 때문이다.

전남 완도의 한 섬에서 태어난 그는 세 번의 도전 끝에 2002년 사법시험 합격증을 거머쥐었다. 사시 합격으로 순탄한 삶을 기 대할 법도 하지만 연고대 출신도, 판검사 출신도 아닌 그에게 선뜻 사건을 맡기는 사람은 없었다. 연고도 없는 수원에 터 잡 고 국선 변호를 하며 근근이 사무실을 꾸려가던 그에게 어느 날 '수원 10대 소녀 상해치사사건'이 운명처럼 다가왔다. 이 사건 의 재심을 맡아 2013년 범인으로 지목됐던 일곱 명 전원의 무죄 를 이끌어내며 '박준영'이라는 이름 석 자를 사람들의 뇌리에 각인시켰다. 이후 '나라슈퍼 3인조 살인 사건' '약촌오거리 살 인 사건' '낙동강 변 살인 사건' 등 외면당하던 사건들의 재심을 맡아 억울한 누명을 벗겨주며 세간의 주목을 받는 재심 전문 변호사로 우뚝 섰다.

그의 인생을 돌아보면 뭐든 한 번에 된 적이 없었다. 고등학교를 두 번 다녔고, 대학도 1학년만 다니다가 중퇴했고, 사법시험도 응시 세 번 만에 합격했으며, 사법연수원도 한 번에 끝내지 못했다. 그야말로 인생 자체가 '한 번만 더'였다.

"제 인생에서 한 번에 이룬 것은 거의 없습니다. 인생을 끊임없이 '재생'하며 여기까지 왔어요."

방황하던 청소년기, 어머니가 유언장에 남긴 '공부'라는 두 글자가 그를 다시 살게 했고, 그 후에 만난 여러 귀인들 덕에 재생의 에너지가 충전되면서 재심 전문 변호사로서의 길을 걸을 수 있게 됐다. 이제 그는 수렁에 빠졌던 자기 인생을 다시 건져 올린 경험으로 억울하게 옥살이했던 사람들의 인생을 재생시켜주고 있다.

재심이라는 게 정확히 뭔가요?

판결이 확정되면 다시 다툴 수 없는 게 원칙입니다. 하지만 판결에 어떤 중대한 오류가 있는 데도 다툴 수 없게 하는 것은 정의가 아니잖아요? 그래서 정의를 위해 그럴 때는 다시 재판하자, 그게 재심입니다. 그런데 재심 과정이 굉장히 어렵습니다. 제가 재심을 통해서 무죄를 받은 사건이 지금껏 10건이 채 안 되니까요.

그렇게 어려운 재심인데 의뢰받을 때 돈을 안 받으신다고 들었어요.

지금까지는 의뢰받으면서 돈을 받은 적이 한 번도 없어요. 그러다 보니 경제적으로 좀 어려운 상황이 오더라고요. 그런데 무죄 판결을 받은 사건 중에서 낙동강 변 살인 사건의 당사자 두 분이 재판 끝나고 보상금 중에서 상당히 많은 금액을 주셨습니다. 그래서 돈 안 받고 재심한다는 얘기는 이제 못 하게 됐어요. 다만 무죄를 받기까지 돈 안 받는다는 기조는 끝까지 유지하려고요. 돈이 있는 사람들은 능력 있는 변호사한테 맡기면 되죠. 저는 어쨌든 여러 가지 이유로 변호사를 구하기 어려운 사람, 억울한 사람의 사건을 해야 한다는 생각은 끝까지 가져가려고 합니다.

어떤 사명 같은 것이 느껴지는데, 그래도 먹고는 살아야
하잖아요. 돈은 뭘로 버세요?

주 수입원이 강연료였는데 많을 때는 강연을 한 달에 수십 건씩
했어요. 그러다 코로나 팬데믹 때 강연이 거의 없어서 많이 힘
들었죠. 이제는 좀 풀리는 것 같아요. 저는 강연료로 협상해본
적도 없고, 제가 필요하다고 하면 부르는 대로 다 갑니다. 통장
에 금액 찍히는 걸 보면 어떨 때는 놀라기도 하고 어떨 때는 서
운하기도 한데, 제 수준을 알기 때문에 괜찮습니다.

무료로 재심을 맡아주는 게 꽤 알려졌으니 의뢰도 많을 것
같아요.

정말 너무나 많습니다. 방문하는 분들도 있고 소셜미디어, 전화,
메일, 편지로도 옵니다. 특히 교도소에서 오는 편지가 끊이질 않
는데 그것만 봐서는 알 수 없기 때문에 판결문을 찾아보기도 하
고 제가 직접 만나러 가기도 합니다. 만나서 얘기를 나눠봅니다.

얘기 들었는데 사건 안 맡겠다고 하면 원망도 듣고 그럴
텐데요.

맞습니다. 그 부분을 제가 가장 많이 걱정해요. 저한테 희망을 걸
고 찾아왔는데 도움을 드릴 수 없다고 하면 악연이 되는 겁니다.
피해 다녀야 할 때도 있어요.

억울한 사람은 넘쳐나지만 그 억울함을 다 들어줄 수가 없다. 무죄 판결 가능성을 높여가는 작업을 해야 하고, 시도해볼 만하다는 판단은 검토와 준비에 꽤 많은 시간이 필요하기도 하다. 판결이 확정된 사건을 뒤집는다는 것 자체가 매우 어렵기도 하지만, 재심은 기각되면 동일한 사유로 다시는 청구할 수 없다. 재심은 단호하게, 절박한 마음으로 단 한 번의 '진검 승부'를 내야 한다. 지금까지 박준영 변호사의 재심 승소율은 100퍼센트, 전승이다.

이름만 들어도 알 만한 유명 변호사가 됐는데 원래는 변호사를 꿈꿔본 적도 없는 섬마을 소년이었다고요?

태어난 건 목포라고 들었어요. 부모님이 목포에서 건어물 장사를 하셨거든요. 그런데 아버지가 술과 도박을 좋아하셔서 장사가 망했어요. 그래서 부모님 고향인 노화도에서 자랐습니다. 노화도는 해남 땅끝마을에서도 배 타고 30분 정도 들어가야 하는 섬이에요. 거기서 고등학교까지 졸업했는데, 사실 중학교 2학년 때 어머니 돌아가시고 광주로 유학을 가긴 했었어요. 어머니 돌아가시고 집을 떠나고 싶었거든요. 광주로 보내주면 공부 열심히 하겠다고 아버지를 속였죠. 사실 제가 어머니 살아계셨을 때만 해도 공부를 곧잘 했습니다. 섬에 있는 학교이긴 해도 당시에는 인구가 많아서 반이 8개나 있었거든요. 동창생이 500여

명이나 됩니다. 노화중학교에서 전교 1등 했었어요. 그리고 중학교 3학년 때 광주에 있는 중학교로 전학 간 거죠.

> 그럼 광주 가서도 곧잘 했을 것 같은데, 거기선 완전히 망가졌다고 들었어요.

광주로 유학 가서는 공부를 안 했어요. 공부하기도 싫고 그냥 모든 게 싫었어요. 학교 가기도 싫었어요. 어머니 잃고 나서 아버지에 대한 불만도 굉장히 컸고요. 그래서 이제 학교 다니지 말자, 그만두고 일하자 해서 고등학교 몇 달 못 다니고 그만뒀습니다. 서울, 인천 등지 왔다 갔다 하면서 공장에서도 일하고 나이트클럽 종업원도 하고 그랬어요. 그러다가 아버지가 고등학교 졸업장이라도 따자고 하셔서 다시 노화도로 내려갔습니다. 원래는 중학교 졸업으로 끝내려고 했는데 섬으로 돌아가는 바람에 고등학교까지는 졸업을 한 거예요.

> 그럼 사법고시는 어떻게 준비하게 된 거예요? 법조인이 꿈은 아니었던 것 같은데.

고등학교 졸업하고 목포대학교 전자공학과에 입학했다가 1학기 마치고 바로 군대를 갔어요. 가서 생각했죠. 내가 한때는 정말 공부 잘했는데 어떻게 이렇게 망가졌을까? 저보다 못했던 애들이 잘나가는 것에 대해 시기나 질투 같은 게 생겼어요.

무엇보다 결정적인 이유가 하나 있었는데, 어머니 유언장이에요. 어머니는 생전에 어떻게든 자식 잘 가르쳐서 성공시키고 싶어 하셨거든요. 정말 각별하셨어요. 장사하고 돌아와서 피곤하신데도 시험기간 되면 밖에서 놀던 저를 데려와서 책상에 앉혀 놓고, 제가 졸고 있으면 눈가에 안티푸라민까지 발라버릴 정도셨어요. 그런 어머니가 돌아가시기 전에 두 장짜리 유언장을 써 두셨더라고요. "공부하고 말 잘 들으면 도와주는 사람이 있을 거다." 그 내용을 읽는데 공부를 해야겠다는 결심이 생겼어요. 어머니는 저에게 두 가지를 기대하셨던 것 같아요. 공부를 통해서 우리와 다른 삶을 살 수 있을 거다. 엄마 없어도 성실히만 노력한다면 도와주는 사람이 있을 거다, 사회가 지켜줄 거다. 그런 믿음을 갖고 계셨던 것 같아요. 결국 저는 공부해서 부모님과는 다른 삶을 살 수 있게 됐죠.

어머니 말씀이 맞았네요. 공부하고 성실히 노력하다 보면 도와주는 사람이 있을 거다.

도와준 사람들 덕분에 제가 이 자리에 왔죠. 변호인으로서 재심 결과에 대한 빛은 제가 보고 있지만, 그분들 덕에 이 자리에 왔습니다. 사법고시 준비를 선택한 것도 군 복무할 때 배 병장이라는 분 덕분이었어요. 그때 배 병장님이 사법고시 준비하고 있었는데 그분 따라 저도 고시촌에 갔던 거예요. 그분은 지금 판

어머니가 돌아가시기 전에
두 장짜리 유언장을 써두셨더라고요.
"공부하고 말 잘 들으면 도와주는 사람이 있을 거다"
엄마 없어도 성실히만 노력한다면
도와주는 사람이 있을 거다, 사회가 지켜줄 거다.
그런 믿음을 갖고 계셨던 것 같아요.
결국 저는 공부해서 부모님과는
다른 삶을 살 수 있게 됐죠.

사가 됐습니다. 사법고시 공부할 때도 도움 많이 받았죠. 신림동 고시촌도 산자락 아래에 있는 윗동네는 방 값이 좀 싸요. 그때 월세가 22만 원이었는데 사실 그것도 제때 못 냈어요. 많이 밀렸는데 고시원 사장님이 합격하고 갚으라고 하시더라고요. 그렇게 또 힘든 시기를 지나올 수 있었습니다.

재미난 얘기가 있던데, 머리에 탈모가 와서 공부를 했다? 이런 얘기도 있어요.

어디 가서 그 얘기하면 장난인 줄 아는데요, 진짜입니다. 머리가 일찍 빠지기 시작했어요. 근데 머리 빡빡 깎아도 자연스럽게 할 수 있는 게 공부였던 거예요. 누가 너는 왜 머리 빡빡 깎았냐고 물으면, "숱이 없어서 그래야 덜 빠질 것 같아요" 이렇게 얘기하는 거보다 "공부 좀 해보려고요" 하는 게 좀 있어 보이고, 덜 창피한 얘기가 될 것 같아서 공부를 선택한 것도 있습니다. 전역하고 복학 안 하고 바로 사법고시 공부했어요.

탈모 덕도 좀 보신 것 같고. 사법고시 5년 만에 합격하셨어요. 대학 1학년 중퇴하고 준비한 거니까 대학 4년 다닌 사람하고 비교해보면 그렇게 늦은 것도 아니에요.

빨리 됐죠. 운이 좋았던 것 같아요. 2002년 월드컵 때 합격했거든요. 2001년에 아버님이 건설 현장에서 일하시다 굴삭기 사고로 돌아가셨는데 그때부터 공부 거의 안 했거든요. 그런데 다른 경쟁자들도 월드컵 보느라고 공부 안 했던 것 같아요. 큰 운이었다고 생각해요. 근데 성적은 별로 안 좋았습니다. 1000명 뽑았는데 제가 1점 차로 합격했거든요. 사법고시는 커트라인 주변에 엄청나게 많은 사람이 몰려 있어요. 제가 만약 1점 차로 떨어졌으면 인생이 바뀌었을 거예요. 욕심은 많아서 그 욕심을 다른 걸로 채웠을 수도 있어요. 불법적인 일로요.

오랜 시간 방황 끝에 인생 확 바꾸고 싶어서 사법고시 공부한 건데, 막상 합격하고 보니 어땠어요?

사법고시 합격했으니 변호사 돼서 돈도 좀 벌고 편하게 살고 싶었어요. 그런데 사법연수원 성적이 안 좋아서 판사와 검사는 할 수가 없었고, 수원의 한 변호사 사무실에 취업했죠. 성적이 좋지 않으면 취업문이 좁을 수밖에 없고 인맥이나 배경이 없으면 부족한 성적을 만회하기가 어려운 게 현실입니다.

차라리 개업을 하지 그랬냐는 사람들도 있는데, 돈이 있어야 개업을 하죠. 연수원 시절에 아버지 돌아가시고 많은 도움을 주셨던 친척 분에게 대출 받아서 돈을 빌려드린 적이 있는데 그게 잘못됐어요. 그래서 제가 사법연수원 역사상 처음이자 마지막으로 채무증명서로 휴학했습니다. 연수원을 다닐 수가 없었어요. 매달 카드 8개 갖고 돌려막기를 했으니까요.

꼬여도 이렇게 꼬일 수가 있나 싶은 인생이다. 중학교 때 전교 1등 하면서 섬마을 수재 소년으로 성장하고 있을 때 어머니가 암으로 돌아가시면서 방황이 시작됐고, 어렵게 사법고시 합격해서 판사, 검사로 폼 나게 살아가나 했는데, 돈도 인맥도 없는 고졸 출신 사법연수생에게는 기회가 없었다. 빌려준 돈이 사고가 나면서 졸지에 빚쟁이까지 됐고 선택의 여지없이 변호사 사무실에 취업해야 했다. 곡절 많았던 살아온 날들을 박준영 변호사는 막힘없이 담담한 목소리로 전했다.

변호사 사무실 취업했는데, 변호사 일도 영업이잖아요. 영업 잘하셨어요?

너무 어려웠습니다. 서울대, 연고대 나온 분들 많고 판검사 출신 변호사들도 많은데 저한테 사건을 맡길 이유가 없잖아요. 그래서 제가 선택한 것이 국선 변호였어요. 국선 변호는 건당 20~30만 원 받는데, 수임료는 적지만 일을 많이 하면 돈이 되니까요. 한 달에 수십 건씩 했습니다. 당시만 해도 국선 변호는 변호사들이 꺼려 해서 일을 많이 할 수 있었어요. 문제는 국선 변호를 하도 많이 하니까 제가 의뢰한 피고인도 헷갈릴 때가 있었어요. 창피한 얘기죠.

돈 벌려고 국선 변호 일을 선택하셨는데, 그 일이 박준영 변호사 인생을 바꾸었다고요.

그때 경기도 수원 10대 소녀 상해치사사건을 만나게 된 거죠. 2007년 발생한 사건인데 다섯 명의 가출 청소년과 두 명의 노숙인이 10대 소녀를 죽였다고 누명을 쓴 사건입니다. 그중에 성인인 노숙인은 지적장애인이었습니다. 2011년 10월 대법원 항소심에서 일곱 명 모두에 대해서 무죄를 이끌어냈습니다. 이게 저의 첫 번째 재심 승소 사건이에요. 진범이 아직 잡히지 않았는데 2014년에 공소시효가 만료되면서 영구 미제 사건으로 남게 됐지요.

맞아요. 그 사건으로 박준영 변호사가 유명해졌어요. 그것 말고도 영화 〈재심〉의 모티브가 된 사건도 있었는데, 약촌 오거리 사건이죠. 어떤 사건이었어요?

2000년 8월 10일 전북 익산 약촌오거리에 있는 버스 승강장 앞에서 택시 기사가 살해된 채로 발견됐습니다. 택시 기사를 살해했다는 이유로 당시에 열다섯 살 소년이 징역 10년을 받았어요. 근데 아이가 복역하던 중에 진범이 따로 있다는 제보가 있었어요. 제보를 받은 곳이 군산경찰서였고, 제보에 따라서 수사를 진행했죠. 진범을 잡아들이고 진범을 숨겨준 친구의 자백도 받았어요. 근데 진범이 풀려난 거예요. 그리고 열다섯 살 소년은 10년 동안 거의 만기 복역을 했습니다. 이 사건을 제가 맡게 된 것이 2010년이고, 2013년에 재심 청구를 해서 2016년에 최종 무죄 판결을 받았습니다. 그때 풀려났던 진범은 다시 잡혀서 지금 징역 15년 받고 복역 중이고요.

재심을 해서 진범을 잡으면 누명을 벗은 사람은 웃지만 누군가는 또 잡혀갑니다. 죄를 지었으니 죗값을 치러야 하는 게 당연하지만 한편으로는 착잡한 마음도 들 것 같아요. 또 박준영 변호사 때문에 잡혔으니 진범에게 원한을 살 수도 있겠고요.

진범 재판 때 방청석에 앉아서 진범이 재판받는 모습을 지켜보다가 흐느끼는 한 여성을 봤어요. 가족인 것 같았는데 참 미안했습니다. 세상 사람들은 진범을 잡아서 처벌하는 게 정의라고 하고 정의를 실현하는 과정에서 제 역할에 주목하지만, 누군가를 굉장히 가슴 아프게 하고 슬프게 한 사람으로서 미안한 생각이 들기도 합니다. 그리고 사실 저도 해코지당할까 두렵기도 하고요. 그래서 어디에서도 절대 가족을 공개하지 않아요.

재심을 원하는 사람이 늘어났다는 것은 억울한 사람이 많다는 건데요. 우리 법이 그렇게 허술합니까? 법이 정의롭지 않은 것 같아요?

우리 형사사법을 보면 약자의 권리와 목소리를 담아낸 제도가 꽤 많습니다. 그런데 집행 과정에서 약자가 배려받지 못하고 오히려 강자가 법을 악용하는 사례들이 많은 거죠. 저는 그렇게 봐요. 진술거부권 제도도 모든 피의자에게 보장되어야 할 권리이지만 현실에선 약자보다는 힘 있는 사람들이 자신의 책임이나 잘못을 감추기 위해서 행사하는 경우가 많잖아요. 형사법 절차상의 여러 권리가 현실에서 약자를 보호하지 못하고 강자가 악용하는 경우가 상당히 많습니다. 법을 집행하는 과정에서 법과 제도의 취지에 맞게끔 운영하는 게 정말 중요하고요, 약자를 배려하고 약자의 인권을 고민하면서 법을 적용하는 게 중요하다고 봐요. 인간에 대한 존중, 배려 이게 정말 가장 기본이 되어야 된다고 생각합니다.

　　사람들의 처한 사정이 다르고 각자의 환경이 있는데, 그런 걸 도외시하고 쉽게 단죄하는 것 아닌가, 이렇게 보이기도 해요.

결국 법과 제도도 사람이 집행하는 거죠. 사람이 사람을 바라보는 시선, 관점 이게 정말 중요해요. 소셜미디어만 봐도 너무 쉽게 사람을 규정짓고 선악을 구분하고 혐오, 갈등, 대립이 난무하잖아요. 인간의 어떤 복잡함과 다면성에 대한 고민이 너무 부족한 것 같아요. 누구든 비슷한 처지와 환경을 겪으면 그렇게 살 수도 있다는 생각이 중요하다고 봐요. 어떤 범죄자 혹은 혐의자를 대할 때도 그들이 살아온 인생 역정을 함께 들여다보면 배려할 수 있거든요.

재심을 하다 보니까 그런 걸 많이 보셨나 봐요. 사람을 좀 더 깊이 들여다보고 여러 가지를 고려해야 하는데 우리 사회는 그냥 낙인찍고 사람을 규정해서 몰아가고 있으니.

많이 보여요. 현재 청구한 사건 중에 과학적 증거가 문제되는 사건이 있어요. 과학적 증거라고 하면 굉장히 신뢰받거든요. 그런데 과학에도 재량이 들어가고 어떤 권위에 따라 쉽게 편승하는 모습들도 있어요. 또 그런 권위를 갖고 강단 있게 얘기해야 될 사람들이 검사의 어떤 정해진 결론에 따라가는 경우도 있고요. 억울한 사람이 쓴 누명과도 관련이 있을 수 있는데, 너무 쉽게 검사의 논리만 따르는 거죠. 그래서 억울하게 무기징역을 받은 사건이 있어요. 이 사건의 재심을 진행하고 있는데요, 이 사건을 통해서 과학적 증거에 대해서도 얘기하고 싶습니다.

요즘에 변호사로서 의미 있는 선례가 되고 싶다, 이런 이야기도 많이 하시는데.

저는 신영복 선생님 말씀을 좋아합니다. 이런 말씀이 있어요. 한 사람에 대한 어떤 평가, 한 사람의 인생에 대한 평가는 그 사람이 살아온 시대의 모순이나 아픔을 얼마나 담아내는지가 기

결국 법과 제도도 사람이 집행하는 거죠.

사람이 사람을 바라보는 관점. 이게 정말 중요해요.

누구든 비슷한 처지와 환경을 겪으면

그렇게 살 수도 있다는 생각이 중요하다고 봐요.

어떤 범죄자 혹은 혐의자를 대할 때도

그들이 살아온 인생 역정을 함께 들여다보면

배려할 수 있거든요.

준이 되면 좋겠다는 말씀이에요. 제가 변호하는 사건, 앞으로 변호할 사건을 통해서 우리 사회의 어떤 모순이나 아픔을 많이 담아내고 싶습니다. 아픔을 그냥 담아내는 게 아니라, 따뜻한 애정을 갖고 미래 지향적인 얘기를 하고 싶어요.

재심도 제 개인의 역량의 한계 때문에 맡아서 진행할 수 있는 사건은 소수입니다. 하지만 제가 할 수 있는 사건 속에서 의미 부여를 계속하죠. 의미 부여가 되면 일에 대한 열정이 생깁니다. 그러면 반드시 좋은 결과를 내야겠다는 욕심을 갖게 되고요.

> 의미 부여가 일할 수 있는 에너지를 채운다. 스스로도 '박준영 너 정말 달라졌구나' 이런 생각이 들 것 같아요.

저는 많은 사람과의 관계 속에서 희망을 캤고, 희망을 붙들고 살며 여기까지 왔어요. 방황하는 청소년들, 못된 짓 하는 애들 낙인찍지 마시고 저 박준영을 보면서 온정 어린 시선으로 바라봐주면 좋겠다는 기대도 있습니다. 저만 봐도요, 사람은 바뀔 수 있습니다. 저 같은 놈이 여기까지 올 수 있었던 데에는 관계 속에서 키워주는 만남들이 있었거든요. 저는 그런 관계 속에서 성장했고, 제가 사는 세상의 주인공이 됐습니다. 삶의 주체가 됐어요. 그런 거 보면 부족한 사람은 없습니다. 저 박준영이 그런 분들에게 좋은 자극이 됐으면 합니다.

"저를 두고 정의의 아이콘이라고 하시는데, 제가 진짜 드리고 싶은 말씀은 저 같은 놈도 인정받을 수 있구나, 부족하지만 세상의 주인공이 될 수 있구나, 라는 거예요." 사람은 고쳐 쓰는 게 아니라고 하지만 박준영 변호사는 사람은 바뀔 수 있다고 믿는다. '셀프 재생'을 통해서 스스로를 바꾸어나갔기 때문이다. 희망과 단절했던 사람들에게 새 인생을 찾아주는 지금이 가장 행복하다는 그를 '재생의 아이콘'이자 '희망의 증거'라고 부르고 싶다.

김동식

---

# 세상에 묵직한 펀치를 날리는
# 변방의 이야기꾼

"아직도 제가 작가라는 게 실감 나지 않아요. 하루에도 수십 번씩 제 이름을 검색해봐요. 제 글에 '좋아요'를 누르고 구독도 해요. 댓글도 달고요."

　김동식 작가는 자신이 수천만 원의 인세를 받는 스타 작가라는 사실이 아직도 신기하다. 자신의 인기를 여전히 실감하지 못하고 있는 것 같다. 김동식이 살아온 얘길 들어보면 왜 그런지 이해가 가고도 남는다. 이보다 더 흙수저일 수 있을까 싶다. 그를 만났던 2023년 현재 서른여덟 살인 김동식은 인생에서 31년은 지독히 가난했고, 중학교 1학년 때 학교를 그만둔 후로 손에 기름때가 가실 날이 없었다. 그런데 지금은 소설을 쓰는 작가가 됐다. 그의 소설을 기다리고 책을 사보는 독자가 있다. 여기저기서 강연을 해달라는 요청이 쇄도한다. 키보드를 두드리며 글을 썼는데, 수입은 공장노동자 시절보다 열 배 이상 많다. 김동식 작가 입장에서는 자고 일어나면 연기처럼 사라지는 꿈같은 하루하루를 살고 있는 것이다.

　도대체 무엇이 그를 완전히 다른 삶으로 이끌었을까. 그와 얘기를 나눠보니 특별한 계획이 있던 것도 아니었다. 그저 절망하지 않고 하루하루를 버텨낸 힘이랄까. 산동네 쪽방에서 월세도 내지 못해 쫓겨나야 했고, 학교에서도 매일 야단만 맞았지만

'나는 왜 이런 집안에서 태어났을까?' 원망하거나 도망치지 않았다. 현실을 인정했고 내일이면 더 나아지리라는 희망을 품으며 주어진 일상을 성실히 살았다. 그러다 보니 가보지 않은 길이 보였고, 그 길에 발을 디뎠다가 재능을 발견했다. 귀인들도 만났다. 그리고 생각지도 않았던 베스트셀러 작가가 됐다. 마침내 소망을 이룬 것이다.

이제 김동식의 이름 앞에는 대한민국 대표 흙수저 작가, 인터넷이 낳은 작가, 스마트폰보다 재미난 작가, 공장노동자 출신 베스트셀러 작가 등 따라붙는 수식어가 많다. 하지만 내가 만난 김동식은 학교 가는 걸 학교 다닐 때보다 더 좋아하는 작가, 독서의 맛을 이제 막 깨달은 작가, 카페에서 글을 쓰면 오가는 사람들에게 맞춤법 틀린 거 들킬까 봐 부끄러워하는 작가, 글을 써서 먹고사는 걸 인생 날로 먹는다고 행복해하는 작가였다. 낮은 곳에서 시작해 한 단계 한 단계 올라서고 있기에 매일이 신나고 즐거운 작가다.

중학교 때 자퇴를 했어요. 너무 이른 것 같은데 왜 굳이 자퇴를 선택했어요?

중학교 1학년 때 학교를 그만두었어요. 잘은 기억이 안 나지만 학교 가는 게 너무 싫었던 것 같아요. 가면 맨날 혼나기만 하더라고요. 솔직히 공부도 잘하지 못했어요. 공부를 한다고 뭔가 될 것 같다는 생각도 전혀 들지 않았고요. 집이 되게 가난했거든요. 아버지도 일찍 돌아가셨고요. 산동네 쪽방에서 엄마랑 누나랑 저랑 셋이 살았는데, 너무 가난해서 쪽방에서조차 쫓겨난 적도 있어요. 그래서 차라리 일이라도 일찍 시작하자는 생각에 학교를 그만둔 거죠.

반항심 생기고 가출하거나 삐뚤어질 수도 있었을 텐데, 그러진 않았네요.

저는 원망은 안 했던 것 같아요. 누구를 원망해본 적이 없어요. 엄마도, 가난도 원망한 적이 없었어요. 왜냐면 엄마가 저한테 뭘 강요하지 않으셨거든요. 어렸을 때부터 모든 선택을 제가 했어요. 물론 환경이 좋지 않았기 때문에 주어진 선택지는 좁았죠. 그 안에서 제가 선택할 수 있는 삶을 살았습니다. 그랬더니 불행하지는 않더라고요. 저는 살면서 불행하다고 느낀 적이 한 번도 없었어요.

> 그래도 중학교 1학년 중퇴면 열네 살이에요. 그 나이에 할
> 수 있는 일이 많진 않았을 거 같은데.

인쇄소, 건설 현장, 전화국에서 배선 까는 일, 바닥에 타일 붙이는 일, 배달 일을 주로 했었는데요. 열네 살짜리가 뭘 안다고 일을 제대로 했겠어요. 대부분 한 달도 못 버티고 그만뒀어요. 그나마 오래 한 일이 열여덟 살 때 했던 PC방 아르바이트였는데, 당시 시급이 1900원이었어요. 한 달 일하면 60만 원 벌었고 방세 16만 원, 어머니에게 20만 원 보내드리고, 남은 돈을 생활비로 쓰며 한 3년 살았죠.

그러다가 서울에 자리 잡은 외삼촌이 불러주셔서 성수동 공장에서 일하게 됐어요. 성수동에는 구두로 유명한 거리가 있어요. 구두에 들어가는 작은 금속 장식품 같은 걸 만드는 공장이었어요. 월급을 130만 원이나 준다는 거예요. PC방 아르바이트의 두 배잖아요. 갑자기 돈을 많이 벌어서 이것저것 먹고 싶은 것 다 사 먹고 아주 살판났었어요. 그 공장에서 가장 오래 일했어요. 2006년 3월에 시작해서 2016년 12월까지 10년 8개월 정도 일했으니까요.

> 그럼 처음 글을 쓰신 게 공장 다닐 때였어요? 어떤 계기가
> 있었나요?

시간이 참 많았거든요. 시간 때우려고 재미있는 것들 많이 찾아

김동식

다녔어요. 그때 인터넷에 무서운 글 올라오는 게시판 있잖아요, 공포게시판. 그게 너무 재밌는 거예요. 그거 보면서 시간을 때 웠는데 게시판을 보니까 아무나 글을 쓰더라고요. 나도 이 정도 글은 쓸 수 있겠다 싶었어요. 심심해서 주말 아침에 가벼운 마음으로 태어나서 첫 글을 한번 써봤어요.

**첫 글이 뭐였어요?**
제가 일하는 공장은 아침부터 퇴근할 때까지 혼자 벽 보고 계속 같은 일을 해야 하는 환경이에요. 공장에서 누구와도 얘기를 못 했어요. 500도까지 달궈진 아연을 녹인 용광로가 위험하기 때 문에 한눈을 팔면 안 돼요. 그렇게 직원들 각자 자기 맡은 일만 하고 돌아가요. 그런데 혼자 벽 보고 하루 종일 일을 하다 보면 이런저런 공상을 많이 하게 되요. 그때 제가 자주 했던 공상 중 하나가 영화 스토리 짜보기였는데 그중에 한 편을 주말 아침에 쓴 거예요.
아이디는 영화 〈봄날은 간다〉를 패러디해서 '복날은간다'로 했 고요. 부부가 사람을 죽이는 약간 스릴 있는 내용을 써서 게시 판에 올렸어요. 그런데 댓글이 6개나 달린 거예요. 댓글 내용이 충격적이었어요. "더 보고 싶어요" "잘 쓰셨어요" "재밌어요" 하 나같이 저를 칭찬하는 내용이었어요.

학교 다닐 때 맨날 야단만 맞다가 칭찬을 받으니까 어땠
어요?

공장에서 단추를 5만 개 만들어도 이 물건이 어디에 어떻게 누
구에게 쓰이는지 알지도 못하고 관심도 없었어요. 그런데 글을
써보니까 이 글이 누구한테 읽히는지 보이는 거예요. 그리고 댓
글로 반응을 받으니까 그게 또 너무 좋고요. 살면서 처음으로
'아 내가 뭔가 하고 있구나. 인정받고 있구나' 이런 느낌을 받았
어요.

**칭찬에 충격받았다는 김동식 작가는 그만큼 칭찬과는 거리
가 먼 삶을 살아왔다. 서른한 살에 처음 받아본 6개의 댓글
칭찬은 김동식의 인생을 완전히 바꿔놓기에 충분했다. 지
루한 가난의 선로를 달리던 김동식은 어느덧 희망의 선로로
방향을 튼 것이다.**

글쓰기를 배워본 적도 없는데 첫 글부터 그런 댓글이 달린
걸 보면 글재주가 있었나 봐요?

아니에요. 첫 글은 진짜 엉망진창이었어요. 맞춤법도 많이 틀렸
고요. 그 게시판에 창작자를 무조건 칭찬해주는 분위기가 좀 있
었던 것 같아요. 지금 다시 읽어보면 초등학생이 쓴 글보다도
못한데 그때 응원해주듯이 재밌다, 잘 봤다고 칭찬해주셔서 신

공장에서 단추를 5만 개 만들어도
이 물건이 어디에 어떻게 누구에게 쓰이는지
알지도 못하고 관심도 없었어요.
그런데 글을 써보니까
이 글이 누구한테 읽히는지 보이는 거예요.
댓글로 반응을 받으니까 그게 또 너무 좋고요.
'아 내가 뭔가 하고 있구나. 인정받고 있구나.'
살면서 처음으로 이런 느낌을 받았어요.

나서 계속 쓰게 된 거죠. 그런데 어느 순간부터 그분들이 댓글로 문장 개연성에서 틀린 부분도 지적해주고, 맞춤법도 알려주시더라고요. 그렇게 댓글로 배운 거예요. 그 전까지는 글쓰기를 배운 적이 없었는데 게시판에 수많은 스승이 계셨어요. 당시에 댓글을 남겨주셨던 분들 중에는 대학에서 글을 가르치는 분들도 계셨고 작가님들도 계셨던 것 같아요.

**댓글 칭찬에 힘입어 글을 쓰기 시작했다. 댓글 스승들이 맞춤법도, 문장 쓰는 법도 가르쳐주었다. 댓글 독후감은 다음 작품을 쓰는 데 원동력이 됐다. 신바람이 나서 하루에 세 편의 글을 올린 적도 있다. 글이 쌓이고 나자 출판사에서 책을 내자는 연락이 왔다. 그리고 2017년 12월 27일 김동식은 세 권의 책을 동시에 내면서 출판계에 등장했다. 국내 최초로 댓글이 키운 작가가 출현한 것이다.**

책 내자고 할 때 처음에는 거절하셨다고요.
제가 50편쯤 썼을 때부터 책을 내자는 제안이 계속 들어왔어요. 책을 내자는 제안뿐 아니라, 어떤 분은 제가 글을 쓰면 월급을 준다고 했고, 웹툰 데뷔를 하자면서 글은 제가 쓰고 그림은 다른 작가가 그리면 된다는 제안도 받았어요. 이런저런 제안이 엄청나게 쏟아졌는데 다 거절했어요. 그때는 제가 공장 다니고 있었고 해야 할 일이 있었으니까요. 글로 돈을 벌 생각도 없었고요. 저는 댓글 반응 보려고 글을 쓴 거라서 댓글만 있으면 됐어요.

그런데 왜 책을 내기로 마음을 바꿨어요?
김민섭 작가님이 계셨거든요. 초창기부터 계속 칭찬해주시고 응원해주신 분이에요. 그분이 어느 날 저한테 인터뷰하고 싶다고 하셨어요. 책을 내자는 제안은 제가 거절했는데 인터뷰는 신기하잖아요. 《기획회의》라는 출판 전문 잡지가 있는데 거기에 인터뷰가 실린다는 거예요. 저 같은 사람이 잡지에 실린다는 게 있을 수 없는 일이잖아요. 일반인 입장에서 너무 신기해서 처음으로 제안을 받아들이고 나가서 인터뷰했는데, 그분이 저를 출판사에 연결해주신 거예요. 저는 책을 내는 과정이 되게 복잡하고 어렵다고 생각했거든요. 그런데 작가님 말씀이 게시판에 올렸던 글 스무 편을 골라서 보내주면 그걸로 끝이라는 거예요. 그런 거 뭐 10분이면 되거든요. 그래서 집에 오자마자 바로 추려서 보내드렸어요.

작가님 이름으로 첫 책이 나온다니까 어땠어요?
너무 부담스러워서 기쁘지도 않았어요. 책 3권을 한꺼번에 출간하고 6000부를 찍는다는 거예요. 그럼 한 권에 만 원이라고 계산해도 6000만 원이 넘잖아요. 엄청 비싸잖아요. 100권 팔기도 힘든데 6000부를 찍으면 어떻게 하나, 저 때문에 이 출판사 망하면 어쩌지, 이런 생각이 들었어요. 그래서 제가 계약했다는 사실을 누구에게도 말 안 했고요, 책이 출간되고서도 가족한테도 말 안 했어요. 정말 죄송한 마음인데 그대로 망할 줄 알았거든요. 그럼 그냥 나만의 좋은 작은 추억으로 남기고 잊어버릴 생각이었어요.

그랬는데 책이 출간되고 얼마나 팔렸어요?
그때 《회색 인간》《세상에서 가장 약한 요괴》《13일의 김남우》세 권이 동시에 출간됐는데 《회색 인간》만 12만 부 팔렸어요. 처음에 안 팔릴 거라 생각했는데, 게시판에서 저를 응원해주셨던 분들이 갑자기 구매 영수증을 올리기 시작하는 거예요. 책 구입하셨다고 매일 인증샷을 올려주셨어요. 영수증 댓글이 수백 개 올라왔어요. 어떻게 이럴 수 있지 하고 봤더니, 나흘 만에 1쇄 6000부가 다 팔린 거예요. 정말 깜짝 놀랐어요. 이 분들이 그냥 책만 구입한 것이 아니라 입소문을 내주셨어요. 어떤 분은 "이 작가, 책이 망하면 다시 공장으로 돌아가야 한다." 이런 글을 올려주신 거예요. 그랬더니 책이 더 잘 팔렸어요. 와, 어떻게 이런 일이 일어날 수 있지, 했어요.

김동식

그동안 고생한 걸 한 방에 보상받으셨네요. 1쇄 다 팔고 가족한테 알리셨어요?

책 들고 부산에 계신 엄마한테 내려가서 보여드렸죠. 책 보여드리니까 엄마가 "네가 글을 썼다고? 무슨 책을 냈다고 그래" 그러는 거예요. 근데 마침 전화가 와서 받았는데 신문사에서 인터뷰하자는 연락이었어요. 전화 받고 있는데 엄마 눈이 점점 커지더니 표정이 바뀌는 거예요. '재 지금 무슨 전화를 받고 있는 거야?' 이런 표정으로 저를 계속 보고 계셨어요.

어머니 표정이 그려지네요, 그려져요.

전화 끊고 어머니가 "너, 너…" 하면서 깜짝 놀라면서 엄청 좋아해주셨어요. "야, 너 진짜 책 낸 거 맞구나." 기뻐하면서 그때부터 저를 "김동식 작가님"이라고 부르시는 거예요. 특히 어머니는 꼭 옆에 누구 있을 때 "작가니임" 이러시면서 저한테 전화를 거세요.

시작이 좋습니다. 첫 책부터 잘 팔려서 돈도 많이 버셨는데 어디에 쓰셨어요?

부산에 어머니 집 사드렸어요. 마당이 있는 이층집이에요. 저희가 내 집이라는 게 없었잖아요. 평생 월세로 살았거든요. 그때 어머니가 태어나서 처음으로 내 집을 갖게 되신 거예요. 어머니에게 집 사드리고 정말 기분 좋았어요.

　　출간되자마자 12만 부나 팔렸다니, 소설집《회색 인간》은
　　어떤 내용인가요?

〈엑스파일〉 같은 SF 시리즈를 보면 여러 음모론이 나오는데 그
중에 유명한 게 땅속에 다른 인류가 살고 있다는 이야기가 있어
요.《회색 인간》의 배경이 지구 속의 그런 '지저세계'예요. 어느
날 갑자기 지구인 만 명이 지저세계로 납치를 당합니다. 지저인
들이 지구인 만 명한테 우리가 지상세계를 침공하지 않을 테니
까 너희들이 우리가 살 도시 하나를 파라고 명령합니다. 지구인
만 명은 곡괭이를 들고 지저세계인들을 위해 도시 파는 일을 하
게 되요. 그런데 하루 종일 곡괭이질만 하다 보니까 사람들이
점점 감정을 잃어갑니다. 먹을 것도 조금만 주고 일만 시키다
보니까 주변에서 사람이 죽어 나가도 신경 쓰지 않게 되죠. 사
람들은 이렇게 '회색 인간'이 되어서 감정 없이 일만 하며 살아
가게 되는데요, 노래 부르는 여인과 소설가, 화가 등이 등장하
면서 회색 인간으로 살아가던 사람들이 색깔을 찾게 되요. 기계
같았던 회색 인간이 다시 인간이 되어가죠.

사실 이 이야기는 제가 주물공장에서 일하던 모습과 똑같아요.
일할 때 저는 기계라고 생각하고 색깔 없이 일만 했거든요. 그
런데 소설을 쓰고 사람들과 소통을 하면서 기계 김동식에서 인

간 김동식이 됐어요. 《회색 인간》은 공장에서 기계처럼 일만 하던 기계 김동식이 소설을 쓰면서 인간 김동식이 된 그 과정을 그대로 담았다, 이렇게 볼 수 있습니다.

쓰시는 글이 '초단편 소설'이고 《초단편 소설 쓰기》 책도 내셨어요. 초단편 소설은 쓰는 법이 좀 다른가요?
솔직히 글을 써서 게시판에 올릴 때는 그 글이 초단편 소설이라는 생각조차 없었어요. 그런데 장르가 초단편 소설이라는 거예요. 제가 초단편 소설을 쓴 건 짧은 글밖에 못 쓰는 사람이기 때문이에요. 다른 글은 전혀 못 쓰거든요. 그래서 《초단편 소설 쓰기》를 출간할 때 굉장히 부담스러웠어요. 제가 글을 쓰는 방식이 어디서 배운 게 아니라서 그냥 제 생각대로 딱 세 단계로 나눴었어요. 첫 번째 단계가 착상하기, 두 번째 단계가 살 붙이기, 마지막 단계가 결말 짜기예요.

단계는 간단해 보이는데, 작가로서 어느 때가 가장 중요할까요?
저는 첫 번째 착상하기 단계가 진짜 즐거워요. 그때는 하나의 설정을 하는 거예요. 예를 들면 마트에서 수박 보면 통통 두들기고 지나가잖아요. 근데 안에서 누가 "누구세요?" 하고 대답하면 재미있겠다, 이런 설정을 해봐요. 그러고 나서 대답하는 사

일할 때 저는 기계라고 생각하고
색깔 없이 일만 했거든요.
그런데 소설을 쓰고 사람들과 소통을 하면서
기계 김동식에서 인간 김동식이 됐어요.
《회색 인간》은 공장에서 기계처럼 일만 하던
기계 김동식이 소설을 쓰면서 인간 김동식이 된
그 과정을 그대로 담은 거라고 할 수 있죠.

람을 누구로 하는 게 좋을지 일어날 수 있는 모든 경우의 수를 다 써보는 거예요. 그중에서 가장 흥미로운 것 하나를 잡고 이야기를 진행해나가요. 경우의 수 쓰는 작업을 많이 할수록 이야기가 좀 더 풍성해지더라고요. 그렇게 살을 다 붙이고 나면 이야기의 흐름이 어떻게 진행되는지가 보이고, 독자가 이런 결말을 예상하겠구나, 라는 것도 짐작이 돼요. 저는 무조건 그 결말을 피하거나 역이용해요. 뒤집기 반전 결말을 내는 거죠. 그런데 결말을 너무 엉뚱하게 내면 독자들이 개연성이 없다고 뭐라고 하더라고요. 그래서 일단 말도 안 되는 결말을 낸 다음 다시 이야기의 앞으로 돌아가서 말이 되도록 수정합니다. 말이 되게 바꾸는 거죠.

소설을 쓸 때 전하고 싶은 어떤 메시지가 있나요?
세상에 하고 싶은 얘기를 쓰지만 메시지를 중심으로 글을 쓴 적은 없어요. 저는 인터넷 독자를 대상으로 글을 썼잖아요. 인터넷 독자분들이 제일 싫어하는 게 가르치려 드는 거더라고요. '극혐'하시더라고요. 그래서 저는 최대한 메시지를 숨겨요. 티 나지 않게 숨기면 독자들이 댓글로 토론을 합니다. 저는 그 댓글 보는 게 좋아요. 그리고 댓글에서 독자들이 어떤 얘기를 하고 싶어 하고, 듣고 싶어 하는지 힌트를 많이 얻어요.

댓글 보는 게 좋아서 글 쓰신다고 했는데 악플도 있잖아요. 저는 악플 무서워서 댓글 못 보겠던데요.

저도 악플을 이겨내진 못해요. 악플 보면 슬퍼지고 우울해지고, 마음이 안 좋아요. 그런데 그게 오래 가진 않아요. 왜 그러냐면 누군가 악플을 다는 순간 제가 가만히 있어도 다른 분이 다 몰려와서 화를 내주세요. 저 대신 화내주시고 하니까 오히려 제가 말리는 경우도 있어요. 그래서 악플 때문에 제가 계속 화를 낼 수가 없어요. 저를 이해해주시는 분들에 대한 배신 같아서요. '모두를 만족시킬 수 없다'고 하잖아요. 그래서 '그래 내가 만족시킬 수 있는 분들을 위해서 글을 쓰자. 만족시키지 못하는 사람들에게 휘둘리지 말자' 이런 생각으로 약간의 '정신 승리'를 합니다.

**어떤 작품도 모두를 만족시킬 수는 없다. 김동식 작가는 악플을 감내하고 자신의 독자 편에서 독자의 의견을 깊이 고민하고 소설에 반영하여 작품 쓰는 일을 멈추지 않는다. 그런 태도가 김동식만의 판을 뒤집는 베스트셀러의 원동력이 아니었을까.**

학교 다닐 때보다 학교를 더 자주 가신다고요?

학교에서 강연 요청을 많이 해주셔서요. 제 책을 읽었다는 학생

김동식

들은 살아 있는 인간 댓글이거든요. 그런 게 너무 좋아서 학교 강연은 무조건 가요.

김동식 작가가 중학교 중퇴인데 베스트셀러 작가가 된 거 보고 "학교 그만둬도 돼요?" 이런 질문을 많이 받을 것 같아요. 주변에 선생님들도 계셔서 대답 잘해야 될 텐데, 뭐라고 얘기하세요?

무조건 "그만두지 마세요"라고 합니다. 다만 그만두고 할 게 확실히 있으면 그만둬도 된다, 지금 학교 다니기 싫고 공부하기 싫어서가 아니라 하고 싶은 게 있어서라면 추천까지는 아니지만 그만둬도 된다는 말은 합니다. 단 뒷말은 꼭 붙여요. "나는 책임지지 않습니다."

자퇴했던 중학교 1학년으로 돌아간다면 어떤 선택을 하시겠어요?

다시 돌아가도 같은 선택을 할 것 같긴 해요. 제가 공부에 미련이 전혀 없어요. 학교를 그만둔 것이 큰 잘못을 했거나 후회할 짓을 한 게 아니니까요. 중학교 중퇴는 했지만 공장 다니면서 검정고시는 고졸까지 다 통과했어요. 검정고시를 본 것도 공부 의욕이 많아서라기보다 공장에서 제 학력이 꼴등이라서예요. 꼴등이라고 놀림받을 수는 없으니까요.

작가는 책 많이 봐야 할 텐데요. 근데 일하느라 책하고는 담 쌓고 살았을 것 같기도 하고요. 요즘은 책 좀 보세요?

지금도 많이는 아니지만 책을 봅니다. 사실 그동안 책에 대해 편견이 있었어요. 책만 펼치면 잠이 온다, 책은 재미없는 거다, 이런 생각에 책을 싫어했어요. 관심이 없었어요. 그런데 제가 책을 내면서 책 선물을 많이 받게 되었어요. 받았으니까 한 권씩 읽게 됐는데 책이 재밌는 거예요. 책에 대한 고정관념이 깨진 거죠. 책이 영화보다 재미있을 수 있는데 내가 그동안 편견이 있었구나 싶었어요. 다만 여전히 저는 좀 더 나은 사람이 되기 위한 책이나 공부를 위한 책, 이런 목적의 책은 안 보고 그냥 약간 장르영화 보듯이 재미있게 볼 수 있는 책 있잖아요, 그런 책만 봐요. 추리나 SF 소설 같은 것들요.

작가를 꿈꾸는 사람들에게는 어떤 조언을 해주시나요?

올인하지는 말라고 해요. 부캐(부 캐릭터)로 키우라고 하죠. 작가는 사실 부캐로 키우기 정말 좋은 직업이잖아요. 부캐로 작가를 하다 보면 세상의 반응이 온다. 작가가 될 만한 사람이면 저절로 부캐가 본캐(본 캐릭터)로 역전하는 순간이 점점 온다. 그러니까 부캐로 글 쓰는 것을 즐길 수 있을 만큼 즐기라, 이렇게 얘기해요. 본캐로 하면 즐길 수가 없어요. 작가로 올인하면 불안감으로 마음이 가득 차고, 실패하면 끝이거든요. 부캐로 즐기다

김동식

가 좋은 순간이 오면 부캐와 본캐를 역전시켜라, 이렇게 말해줘요. 저도 주물공장에서 일하면서 글 썼잖아요. 저에게 본캐는 공장노동자였어요.

**열네 살부터 노동자로 살았으니 도망치고 싶을 법도 하지만 김동식은 글을 쓰면서도 공장 일을 그만두지 않았다. 도망 대신 댓글 칭찬과 격려에 신나게 글을 썼다. 그랬더니 소망이 이뤄진 것이다. "작가가 되면서 내가 인생을 이렇게 날로 먹어도 되나 이런 생각을 했어요. 와, 세상에 이렇게 좋은 직업이 있다니. 충격을 받을 정도로 좋았어요. 지금 제 생활에 너무 만족합니다."**

김동식 작가에게 글을 쓴다는 건 어떤 의미인가요?
글쓰기는 제가 제일 재미있게 즐길 수 있는 취미 같아요. 사실 저는 게임을 가장 좋아한다고 생각했어요. 게임을 할 때 가장 행복한 사람, 즐거운 사람이라고 생각했는데 게임이 아니었던 거예요. 글이었던 거예요. 서른 살에 제일 좋아하는 것을 찾은 거죠. 그때부터 지금까지 글을 쓰면서 행복이 유지되고 있어요. 만약 죽기 전에 1시간 동안 한 가지만 할 수 있다면 저는 글을 쓸 거예요.

이미 원하는 걸 이룬 삶처럼 보이는데, 앞으로의 꿈이 있 다면요?

지금과 똑같은 걸 유지하는 게 목표입니다. 사흘에 한 편씩 글을 쓰자는 규칙을 정했거든요. 제가 첫 글을 썼을 때 정한 규칙인데, 지금까지도 계속 지키고 있어요. 지금처럼만 해서 지금이 유지되는 것, 그게 저의 목표입니다.

**노력해도 안 되는 게 세상에는 너무 많다. 그러나 김동식은 환경이 열악하다고 도망치지 않았다. 즐겁고 재미나게 살기 위해 노력했다. 그 과정에서 글 쓰는 재능을 발견했고, 작가가 됐다. 세상을 원망하며 도망치기보다 나아지기 위해 노력하다 보면 잘하는 일을 찾게 된다는 걸 김동식의 삶이 증명한다. 흔히들 '개천에서 용 나는 시절은 끝났다'고 하지만, 나는 그런 용들이 많아지는 사회를 꿈꾼다. 앞으로도 또 다른 김동식이 출현하기를 간절히 바란다.**

고명환

# 끝이 아름다운 삶으로
# 정진하는 치열한 독서가

"모든 독서가$^{Reader}$가 다 지도자$^{Leader}$가 되는 것은 아니지만, 모든 지도자는 반드시 독서가가 되어야 한다."

미국의 33대 대통령 해리 트루먼의 말이다. 국내외 가릴 것 없이 유명 리더들의 삶에는 책을 가까이 했다는 일화가 늘 등장한다. 개그맨 고명환도 지난 18년 동안 3000여 권의 책을 읽으며 성공한 리더가 됐고, 자신의 삶을 이끌어가는 인생 리더가 됐다.

시작은 개그맨이었지만 지금은 배우이자 요식업 경영자, 베스트셀러 작가, 동기부여 전문가, 강연자로 자신의 포트폴리오를 계속해서 늘려나가고 있다. 고명환, 그는 분명 보통내기가 아니다. 하늘의 별 따기라는 개그맨 공채에 방송사를 바꿔가며 두 번이나 합격했다. 대학교 1학년이던 1994년 KBS대학개그제에서 금상을 수상했고, 1997년에는 MBC개그맨 공채에 합격했다.

개그맨으로 무대에 서며 이름을 알렸지만, 지금의 그를 있게 한 것은 개그가 아니다. 2005년 죽음의 강을 건널 뻔한 대형 교통사고 이후 잡은 '책'이었다. 책을 통해 삶을 주도하는 방법을 찾았고, 자기 인생의 철학을 만들어냈다. 확고한 자신만의 철학을 갖고 있기에 주변 상황에 휘둘리는 법이 없다. 소신대로 판단하고 행동한다. 책을 읽기 전에는 사업에 네 번이나 실패했지만, 책이 시키는 대로 길을 걸은 후 지금은 메밀국수집 등 4곳의 식당을 운영하고, 육수소스 공장까지 차렸다. 혹독한 코로나 시국 때도 오히려 매출이 늘어 10년째 연매출 10억 원 이상을 올리고 있다. 고명환은 어딜 가든 책과 동행한다. 인터뷰하러 온 날도 가방에 책이 잔뜩 들어 있었다.

"평소에 7권 정도 갖고 다니는데요. 제가 책에 낙서를 많이 하는 편이에요. 아이디어가 떠오르면 그때그때 적어두는 거죠. 이 책에도 뭔가 잔뜩 적어놨는데, 저자보다 제가 더 많이 썼을 거예요."

책을 스승 삼으며 기적을 만들어내는 사람, 고명환을 만나보자.

하루 일과를 도서관에서 시작하신다고요?

일주일에 닷새는 남산도서관에 갑니다. 문 여는 시간에 맞춰가요. 하절기에는 오전 7시에 열고 동절기에는 8시에 여는데, 딱 30분만 책을 읽자는 마음으로 가요. 주차비가 한 시간 무료인데 대부분 주차비를 내요. 한 시간 좀 넘게 책을 읽는 것 같아요. 그런데 그거 아세요? 그렇게 이른 아침에 도서관에 가보면 고급 차들이 되게 많아요.

도서관 문 여는 시간에요? 골프장도 아닌데.

도서관 문 열리자마자 1등으로 들어가고 싶은 마음에 문 열기 전에 도착하면 문 앞에서 꼭 할아버지들 서너 분이랑 경쟁을 합니다. 그런데 그 시간대 주차장을 보면 고급 승용차들이 쫙 들어차 있어요. 이 차들은 한 시간 좀 넘으면 싹 사라집니다. 그걸 보고 이런 생각이 들었어요. '어떤 사람들인지 모르겠지만 책을 읽든, 자기 생각을 정리하든, 일을 계획하든 하루의 시작을 도서관에서 하고 가는 사람들이구나. 이런 사람들이 실패할 리가 있을까.'

**고명환의 '미라클 모닝'은 도서관에서 시작된다. 그곳에서 실패하려고 해도 실패할 수 없는 사람들을 만난다. 누가 봐도 부자로 보이는 이 사람들의 하루 시작은 도서관이**

었다. 이들을 보면서 어쩌면 실패하지 않는 삶이 어려운 게 아닐 수 있겠다는 생각을 했다. 성공의 시기를 우리가 정할 수는 없지만 언제 올지 모를 기회를 마냥 기다리기보다 도서관에서 일주일에 다섯 번 30분 책을 읽는 삶을 선택하는 것이다.

책 속에는 태도를 변화시키고 마음을 움직이는 문장들이 많다. 최근 고명환은 데일 카네기의 책을 읽다 울컥했다. "바람이 불지 않을 때 바람개비를 돌게 하려면 당신이 바람개비를 들고 뛰어가면 된다. 앞으로." 경기가 좋지 않아 한숨만 나오는 상황에서 경기가 잘 돌아갈 때까지 손 놓고 기다릴 것이 아니라 지금 상황을 헤쳐 나갈 돌파구를 찾아 나서라는 조언으로 들렸다.

교통사고가 아주 크게 났는데, 그 일이 인생을 바꿨다는 이야기가 또 화제가 됐어요.

2004년에 장보고 얘기를 다룬 KBS 드라마 〈해신〉 촬영할 때였어요. 최수종, 송일국, 채시라, 수애 씨 등이 출연한 드라마로 51부작이었는데, 그때 제가 송일국 씨 오른팔인 판술 역을 맡았어요. 18부 촬영하고 올라오다가 서해안고속도로에서 매니저가 졸음운전을 해서 앞서 가던 트럭을 받은 거예요. 죄송한 얘기지만 시속 190킬로미터로 과속을 하다가 트럭 바로 앞에서

고명환

매니저가 눈을 떴어요, 차를 틀긴 했는데 트럭이 제가 타고 있
던 조수석에 부딪히면서 저는 뇌출혈, 심장 출혈에다 폐에 피가
고이고 뼈는 수백 군데가 부러진 거죠.

그 정도면 생명이 위독할 정도 아녜요?
위독한 정도가 아니고 교수님이 "고명환 씨 곧 심장이 터져서
이틀 안에 죽습니다" 그랬어요. "그냥 죽습니다." 의식이 서서히
사라지는 게 아니라 심장이 갑자기 팡 터지면 의식이 사라지기
때문에 미리 신변 정리도 하고 유언도 남기라고 하더라고요. 저
는 원래 늘 뒷자리에 탔는데 그때가 2월이라 날이 추웠거든요.
야외촬영하다 너무 추웠고 감기몸살기가 느껴져서 열선이 있
는 조수석에 탔어요. 만약 그날 뒷자리에 탔으면 그 정도는 안
다쳤겠죠. 매니저는 많이 안 다쳤으니까요. 그리고 매니저도 그
날 딱 하루 졸았던 거예요.

의사 말이 거의 사망 선고 수준인데 충격이 컸겠어요. 그
래서 어떻게 하셨어요?
중환자실로 이동하면서 엄마하고 누나한테 감사하다, 죄송하
다, 사랑한다 이런 말을 했어요. 사람이 죽기 전에 살아왔던 인
생이 주마등처럼 스쳐 지나간다고 하잖아요. 그 당시에 제가 서
울에 집이 두 채나 있었어요. 죽는다고 하니까 이 집은 누굴 주

고 뭐 이런 것도 해야 되잖아요. 그런데 그런 생각은 1초도 안 나는 거예요. 그냥 제 뇌가 '너 죽기 전에 이렇게 살았어' 하면서 틀어주는 영상만 보고 있었죠.

정말 영화 같은 일을 경험하신 건데, 그 영상에 뭐가 나왔어요?

일주일 내내 보았던 영상이 제가 재수할 때 상황이었어요. 재수할 때 8월부터 11월까지 진짜 순수한 의지로 4개월 동안 땅바닥에서 한 번도 안 자고 공부를 했어요. 졸리면 엎드려서 잤어요. 공부를 하루에 이렇게 17~18시간 했어요. 모나미 볼펜을 하루에 한 자루씩 썼어요. 17시간 정도 깜지를 만들면 볼펜 한 자루가 다 닳더라고요. 17시간 동안 볼펜을 손에 쥐고 있었으니 검지 쪽이 얼마나 아프겠습니까? 그 아픈 느낌, 볼펜 잉크 냄새, 독서실 나무 냄새, 새벽 3시쯤 나와서 계단에 앉곤 했는데 엉덩이에 닿았던 차가운 느낌, 저 스스로에게 '명환아! 지금 만큼은 네가 전 세계 입시생 중에서 제일 열심히 공부한 거야'라고 얘기했던 기억들. 이런 게 주마등처럼 스치는 거예요. 계속 그것만 반복해서 보았어요.

그때 제가 삶의 목표를 다시 세우게 된 거죠. 지금까지 34년 살았는데, 내가 다시 죽음과 마주했을 때 내 뇌가 보여주는 영상이 아름다운 인생 영화 한 편이 되도록 해야겠다. 지금 보고 있

271 　　　　　　　　　　　　　　　　　　　　고명환

는 재수생 시절 4개월짜리 짧은 삶이 아니라 정말 풍성했던 내 인생 전체를 보여주는 영상을 보며 죽음을 맞이하리라.

**시한부 선고를 받은 고명환의 뇌는 14년 전의 기억을 소환했다. 중환자실에 누워 사경을 헤매던 서른네 살의 고명환은 재수하던 스무 살의 고명환을 만났다. 누가 시켜서가 아니라 스스로 죽어라 공부했던 순도 100퍼센트의 고명환이었다. 뇌가 보여주는 영상을 반복해서 보며 그가 얻은 결론은 '끌려다니면서 살지 말자'였다. 내 삶을 주도하는, 내 인생의 리더가 되기 위한 방법을 찾아야 했다. 이때부터 고명환은 '책'을 잡았다.**

그때부터 본격적으로 책을 읽기 시작하신 거군요?

끌려다니지 않는 삶을 살아야겠다고 다짐은 했는데, 방법을 모르겠는 거예요. 사람들에게 물어볼 수도 없고. 너무 갑갑해서 사람들이 병문안 오면서 "뭐 사갈까" 이러면 "책 사다줘" 그랬어요. 제 자신에게 '끌려다니지 않으려면 어떻게 살아야 될까?'라는 질문을 수시로 던지면서 책을 읽었죠.

교통사고가 꽤 심했는데 책을 읽을 수는 있었어요?

여기 눈 위 쪽에 눈동자가 움직이질 않았어요. 그래서 처음에는

내가 다시 죽음과 마주했을 때
내 뇌가 보여주는 영상이
아름다운 인생 영화 한 편이 되도록 해야겠다.
정말 풍성했던 인생 전체를 보여주는 영상을 보며
죽음을 맞이하리라.
이렇게 삶의 목표를 다시 세우게 된 거죠.

한쪽 눈을 가리고 책을 읽었어요.

　　한쪽 눈을 가리고 가능한가요? 그렇게 몇 권이나 읽으신 거예요?
중환자실에 두 달 정도 입원했는데 50권 정도 읽었어요. 하루에 1권씩 읽은 셈이죠. 그만큼 절박하고 절실했어요.

　　그래서 내 삶을 이끄는 방법을 찾으셨어요?
그때 알게 됐죠. 내가 끌려다니지 않으려면 나를 위해서 돈을 벌어주는 생산 수단이 있어야겠다. 그중에 제가 할 수 있는 게 글쓰기라고 생각했어요. 개그맨 중에서도 저는 작가에 가까웠는데, 제가 뭔가 쓸 수 있겠다는 걸 책을 통해서 깨닫게 됐어요. 그래서 대학원을 글쓰기로 가게 된 거예요. 글쓰기를 배우면서 자기계발서를 쓰기로 했는데, 뭘 하나 차려서 잘되면 좋고 망해도 '이렇게 하면 망합니다' 하고 망하는 과정을 쓰면 내가 들인 돈보다는 더 뽑아낼 수 있다는 자신감이 생겼어요. 그때 제가 책을 1000권 정도 읽었을 때였어요. 그런데 생각해보니까 책을 그렇게 많이 읽었는데 왜 책이 시키는 대로 할 생각을 안 해봤을까 싶었어요. 아, 요거 좋은 아이템이다. 책이 시키는 대로 세팅해서 장사가 잘되는지 안되는지 확인해보자, 이런 생각을 하게 됐죠.

그럼 책에 적혀 있는 대로 실제로 해봤어요?

《손자병법》에 쓰인 대로 기본 틀을 만들었어요. 이 책이 전쟁에서 이기는 법에 대한 이야기인데 사업가도 고객과의 전쟁, 세상과의 전쟁, 경쟁자와의 전쟁을 치르잖아요. 사업가가 전쟁에서 승리해야 하는데 이기는 방법을 가르쳐주는 책으로 《손자병법》 말고 더 좋은 게 있을까 싶었어요. 이 책에 따르면 이기는 방법 첫 번째는 '싸우지 말고 이겨라'인데, 그게 안 되면 '이겨놓고 싸우라'는 거였습니다. 여기서 승리를 이끄는 다섯 가지 전략전술이 '도천지장법道天地將法'이에요. 길 도, 하늘 천, 땅 지, 장수 장 그리고 법 법입니다. 이걸 장사에 적용해본 거예요.

전쟁에서 이기는 전략이 어떻게 음식 장사에 적용이 돼요?

우선 도道는 장사의 가치와 명분입니다. '왜 장사를 하려고 하느냐' 이게 반드시 있어야 되더라고요. 물론 돈을 벌고 싶은 마음도 있지만 저는 사고 전에 돈만 좇으며 살았잖아요. 그래서 이번에는 내가 요식업을 하기로 마음먹었으니까 내 음식을 통해서 사람들을 좀 이롭게 해주자, 건강하고 맛있는 음식을 제공하고 가격도 바가지 씌우지 말고 적당한 가격에 좋은 서비스를 제공하고 고객에게 좋은 가게를 운영하자, 이렇게 이념을 세웠습니다.

그다음 천天은 때입니다. 저는 이게 트렌드라고 생각했어요. 트렌드에 관련된 책을 읽어봤더니 온난화, 고령화, 1인 가구, 인구 감소 같은 키워드로 정리가 됐어요. 제가 식당을 여러 번 해봤는데 1년 내내 장사가 잘되는 메뉴가 흔치 않아요. 그렇다면 지구온난화로 여름이 길어졌으니 여름에 많이 먹는 메뉴로 정해야겠다는 생각이 들었죠. 그리고 노인 인구가 많아지는데 이분들은 건강을 신경 쓰겠구나 싶었어요. 또 인구 감소로 인건비가 비싸지고 있으니 야간이나 심야 영업을 하지 않는 업종을 선택하자. 이렇게 정리를 했어요. 메밀국수집 차릴 때 그런 식으로 세팅을 했더니 2014년 5월 8일 오픈 첫날부터 장사가 잘됐어요. 코로나 시국에도 매출이 20퍼센트나 늘었고요.

메밀국수집을 열면서 지구온난화까지 계산에 넣었다니 기가 막힙니다. 지, 장, 법은 또 어떻게 적용되는지 더 궁금해지는데요.

지地는 목, 입지예요. 내 가게가 될 곳의 인접한 도로에서 차는 어떤 속도로 다니는지, 사람들의 보행 속도는 어떤지 점검했어요. 예를 들면 포장마차 같은 경우에는 사람들의 걸음이 느릴수록 좋겠죠. 그래서 포장마차는 골목 안에 있는 거예요. 선릉역 대로변에는 포장마차가 없잖아요. 사람들의 걷는 속도가 느린 곳이 좋은 상권이에요. 볼 게 많아서 걸음이 느려지는 거거든요. 간판도 보고 진열된 상품도 보다 보니 걸음이 느려지는 거죠.

그런 곳에 사람들이 많이 모입니다. 이런 입지 조건을 유현준 교수 책에서 찾았어요. 장(匠)은 명장을 의미합니다. 요식업을 하는데 나에게 필요한 진정한 장수가 누구일까를 떠올려보니까 엄마와 누나가 생각나는 거예요. 엄마는 요식업을 50년 하셨어요. 누나도 아버지가 돌아가신 후에 엄마와 요식업을 같이 해서 경력이 한 30년 됩니다. '관우'와 '장비' 둘 다 제 곁에 있었는데 명장을 못 알아보고 있던 거죠. 관우 엄마, 장비 누나와 함께 메밀국수를 배우러 갔습니다. 그렇게 메밀국수집 문을 열었어요. 마지막이 법(法)인데요. 저는 장사의 법을 '얼마를 남길 것인가'로 정했어요. 사마천의 《사기》를 보면 상인에 대한 얘기가 나와요. "무릇 상인 중에 3분의 1 이상의 이익을 취한 상인은 상스럽고 결말이 안 좋다."

그럼 사마천은 얼마를 남기라고 하던가요?

제대로 된 상인이라 하면 5분의 1의 이익을 취함이 마땅하다고 나옵니다. 그래서 저는 이윤을 무조건 20퍼센트만 남기겠다는 '법'을 정했어요. 사실 많이 남기겠다고 하면 한 40퍼센트까지도 될 것 같더라고요. 그런데 저는 딱 20퍼센트만 남기고 좋은 재료를 썼어요. 그랬더니 어르신들이 메밀국수 드시고 가시면서 "고사장네서 밥을 먹고 나면 맛있기도 한데 집에 가서도 속이 그렇게 편해" 이런 말씀을 하시는 거예요. 밀가루 음식 먹으면 속이 부대끼고 그러는데, 그게 질이 나쁜 밀가루를 먹어서 그렇거든요. 저는 '황금 알을 위해서 거위 배를 가르지 않겠다. 꾸준하게 1년에 20퍼센트씩만 벌어서 100년 기업을 만들겠다' 이런 작전을 세운 거죠.

**식당 문을 열면서 지구온난화를 고려한 사람이 얼마나 될까. 매출과 이윤을 계산할 때 사마천의 《사기》를 기준으로 한 사람은 또 얼마나 될까. 요식업의 대가인 엄마와 누나를 알아보게 된 것도 모두 책 덕분이었다고 했다. 책이 시키는 대로 했더니 탄탄대로를 걷게 됐다. 돈을 좇지 않고 고객 입장에서 '가치'를 나누었더니 돈이 따라왔다. 메밀국수를 먹은 손님이 '돈이 아깝지 않다'는 느낌을 주는 것이 '가치'다.**

고명환은 책을 읽기 전 손댔던 식당들이 왜 망했는지 생각해보았다. 강남에 차렸던 감자탕집은 친구 말만 믿고 덜컥 인수했다가 감자탕 끓이던 중국인 아주머니가 비자 만료로 중국으로 돌아가면서 망했고, 실내포장마차를 할 때는 장사는 잘됐지만 매출을 위해 매일 소주 예닐곱 병을 마시다 보니 건강이 상해서 그만두게 됐고, 닭가슴살 사업에 손을 댔을 때는 다른 선배 개그맨이 제품을 먼저 출시하면서 사업을 접어야 했다. 준비 없이 남 얘기만 듣고 섣불리 사업을

**시작했고, 나만의 전략 없이 남들이 하는 방식을 그대로 따라한 결과는 참담했다.**

개그맨 시절에도 돈을 많이 벌었던 것 같은데 그때와 비교하면 돈 벌고 모으는 방법이 완전히 달라진 것 같아요?

돈에는 건강한 돈, 허망한 돈, 나쁜 돈이 있습니다. 연예인들이 버는 돈은 주로 약간 허망한 돈이에요. 많이 벌긴 하지만 연기처럼 사라져요. 1999년까지 문천식 씨랑 저랑 연봉이 4000만 원 정도였는데, 개그 코너가 뜨면서 2000년도에는 한 10배 뛰었어요. 20년 전에 4억이면 엄청난 금액이죠. 그때 문천식 씨랑 저는 우리가 어디서 얼마 벌었다고 다이어리에 전부 적어두었어요. 12월 말에 다이어리 보면서 "천식아 우리 수입이 상위 1퍼센트 안에 드는 사람들이야" 하고 자랑스러워했는데 통장에 얼마 있는지 확인해보니까 문천식 씨는 270만 원, 저는 한 450만 원밖에 없는 거예요. 너무 허망했어요. 이런 게 허망한 돈이죠. 허망한 돈은 고정적으로 들어오지 않고, 어느 날 훅 들어왔다가 빠져나가요. 불규칙하게 들어오니까 계획을 세우지 못해요. 그리고 나쁜 돈은 말 그대로 불법 도박 같은 걸로 버는 돈이죠.

그럼 건강한 돈이란 뭔가요?

꾸준히 들어오는 돈이 건강한 돈이죠. 《돈의 속성》을 쓴 김승호

회장이 말하길 꾸준히 들어오는 만 원의 힘이 어느 날 갑자기 들어오는 1000만 원이나 1억 원보다 힘이 더 센데, 건강한 돈이 그런 돈입니다. 식당을 하는 제게는 돈을 지불하는 소비자가 음식을 먹고 기분 좋게 내고 가는 돈. 이게 건강한 돈이에요. 그분이 다음에 친구들까지 데려오면 만 원이 2만 원이 됩니다. 건강한 돈은 그런 힘이 있어요. 건강한 돈 만 원이 지닌 힘을 제가 아니까 1인분에 9900원짜리 돼지갈비 그거 굽는데 정말 행복합니다. 건강한 돈이 될 거라는 걸 알기 때문에 9900원이 9900만 원, 9억 9000만 원 같은 느낌이 들어요. 그래서 진짜 기분 좋게 일할 수 있는 거죠.

그 건강한 돈으로 뭘 하고 싶으세요?
건강한 돈이 선순환될 수 있도록 도서관을 짓고 싶어요. 제가 다니는 남산도서관이 교통이 좀 불편해요. 지하철역에서 경보 선수처럼 걸어가도 40분 걸립니다. 그래서 저는 서울이나 경기 지역에 지하철역까지 5분, 10분이면 가는 도서관을 지으려고 해요. 제가 원하는 도서관은 시끌벅적 엉망진창 도서관입니다. 도서관 안에서 떠들고 회의도 하고 토론도 하고 그런 곳이요. 유대인들의 하브루타 도서관 같은 걸 짓고 싶어요. 와글와글한 도서관이요.

책을 이제 본격적으로 읽겠다 마음먹어도 어떤 책을 어떻게 읽기 시작해야 할지 막막할 수 있는데, 고명환 씨만의 독서법이 있다면요?

처음 공개하는 건데, 제 독서법에는 두 가지가 있어요. 첫 번째는 뇌를 속이는 겁니다. 우리 뇌는 익숙한 걸 좋아해요. 그래서 책보다 핸드폰에 손이 가는데요. 아침에 영혼이 맑을 때 책을 손으로 만져보고 책장을 넘겨봅니다. 그러면 소리가 들리거든요. 그다음에 종이 냄새를 맡아보는 거예요. 그러면서 "명환아! 많이 안 읽어도 되니까 한 줄만 읽어줘" 하면서 책 한 줄을 읽는 거예요. 그러면 제 목소리를 제 뇌가 듣게 되죠. 이렇게 오감으로 책 읽기를 하루 1분에서 5분씩 3개월 정도 하다 보면 책이 읽혀요. 뇌가 핸드폰이 아닌 책을 찾게 됩니다.

뇌를 속이는, 오감으로 책 읽기가 첫 번째 독서법이고 두 번째는요?

이건 정말로 여기서 처음 독점 공개하는 겁니다(웃음). 일명 '10쪽 독서법'이에요. 제가 책 읽기 초보 단계일 때 포기한 책이 《총, 균, 쇠》였어요. 서울대학교 도서관에서 대출 1위라는데 저는 진짜 묻고 싶었어요. "과연 끝까지 이 책을 읽은 사람이 몇 명이나 될까?" 그만큼 어려운 책이더라고요. 그런데 이 책을 제가 '10쪽 독서'로 끝까지 다 읽었어요. 하루에 10쪽씩 읽는 거예요. 그렇게 30권 정도 하면 아무리 어려운 책도 다 읽을 수가 있습니다. 그렇게 5권짜리 《레미제라블》도 읽었어요. 하루 10쪽씩 읽으니까 한 6개월 걸렸던 것 같아요. 조금씩 읽으니까 6개월 내내 《레미제라블》 전체 내용이 제 머리와 마음속에 있는 느낌이 들었어요. 그 느낌이 너무 좋았습니다.

> 자영업 하시는 분들에게 이만큼 피부에 와닿는 조언이 또 있을까 싶은데, 마지막으로 그분들께 꼭 해주고 싶은 말씀이 있다면요?

어떤 것을 하기 전에 무엇을 하지 않을지를 먼저 생각하세요. 누굴 만날지보다 누구를 만나지 않을지를 생각하세요. 저는 핸드폰에 저장된 이름도 매년 지웁니다. 한때 전화번호 개수가 3000개까지 있었어요. 근데 그분들을 다 만날 수도 없고 시간도 너무 많이 빼앗기기 때문에 하지 않아야 될 것들을 정리하는 게 필요합니다. 식당 하는 분들은 메뉴를 줄이셔야 합니다. 한 가지 요리만 잘하려고 해도 시간이 모자라거든요. 그다음에 '왜'를 '어떻게'로 바꿔보면 답이 보입니다. 절대로 "왜 장사가 안 되지"라고 얘기하면 안 됩니다. "어떻게 하면 장사가 잘될까?" "어떻게 하면 손님을 오게 할까?" 이렇게 질문해야 합니다. 마음이 우울하다면 "왜 우울하지?"가 아니라 "어떻게 하면 기분이 좋아지지? 어떻게 하면 힘이 나지?" 이렇게 물어봐야 해요. 그러다 보면 답이 보입니다. 질문 하나만 바꿔도 엄청난 차이가 생깁니다.

책을 만난 고명환은 끌려다니는 삶이 아니라 스스로 이끄는 삶을 살면서 자신감이 충만해졌다. 운영하는 식당이 다 망한다 해도 그동안 차곡차곡 쌓아둔 역량이 있기에 얼마든지 스스로를 다시 일으켜 세울 자신감이 있다. 방법을 알기 때문이다. 이 모든 것을 가르쳐준 것은 결국 책이었다. 그리고 마침내 그는 책 읽는 사람에서 수많은 독자가 기다리는 책 쓰는 사람이 됐다. 자신이 책에서 배운 인생 노하우를 이제 사람들과 나누고 있는 것이다.

고동진

갤럭시 세계 신화를 창조한,
목표가 이끈 삶

역사학자 아놀드 토인비는 《역사의 연구》에서 문명은 척박하고 거친 환경에서 생겨났고 힘든 역경에서 발전한다고 했다. 이 같은 토인비의 주장은 비단 인류 문명에만 적용되는 것은 아니다. 개인도 결핍과 역경 속에서 발전하고 성장한다. 시련을 통해 우리가 배울 수 있는 최고의 가치란 바로 이런 것이다.

38년간 삼성전자에 몸담은 고동진 전 사장의 삶은 토인비의 말을 입증하는 과정이었다. 자신의 부족한 점이 무엇인지 깨닫고 그 빈 공간을 채우려고 부단히 노력했다. 목표는 단순했다. 마흔 살에는 원할 때 점심으로 불고기를 먹을 수 있으면 했다. 어제보다 나은 오늘이고 싶었다. 오늘을 열심히 살면 내일이 달라질 수 있다는 신념으로 남들보다 20~30퍼센트 더 열심히 일했다. 네 일, 내 일도 구분하지 않았다. 덕분에 190명 동기 중에 유일하게 사장 자리에 올랐다.

과정이 순탄치만은 않았다. 과로로 쓰러져 왼쪽 귀 청력을 잃었고 오른쪽 귀도 온전치 않다. 사장 자리에 오른 지 1년 만에 야심 차게 준비했던 갤럭시노트7의 배터리 폭발 사고로 위기가 찾아왔다. 아내가 건강이 안 좋아 수술까지 해야 했던 시련의 시절이었다. 그러나 그는 물러서거나 회피하지 않았다. 위기에는 물러서지 않고 맞서야 한다는 신념으로 정면 돌파했고 깔끔한 사후 처리로 회사의 위상은 오히려 더 높아졌다. 그의 뚝심이 위기를 기회로 만든 것이다.

어려운 집안 형편 때문에 졸업과 동시에 회사에 입사한 그는 38년간 하루도 빠짐없이 투두리스트to do list를 작성하고 관리했다. 그날의 투두리스트를 100퍼센트 완수하지 못하는 날이 많았지만, 오랜 습관으로 자리 잡은 투두리스트는 결국 그를 100퍼센트의 성공으로 이끌었다. 숱한 실패를 성공의 필요조건으로 활용했다. 평사원으로 입사한 그는 쉰 살에 부사장이 되겠다고 투두리스트에 썼고 그대로 됐다. '갤럭시 성공 신화'를 선도해내며 삼성전자를 세계 최고의 기업으로 성장시켰다. 목표가 이끈 삶, 고동진은 치열한 열정과 철저한 자기 관리로 마침내 모든 꿈을 다 이루었다.

한 직장에서 38년 일하고 사장까지 되셨으니 천수를 누리
신 것과 다름없는데, 삼성은 어떻게 입사하신 거예요?

입사를 1984년 1월에 했어요. 원래는 대학교 4학년 때 대학원
진학을 하려고 했거든요. 그런데 당시 삼성전자 반도체통신 강
진구 사장께서 제가 있는 대학 교수님한테 연락을 하셨던 것 같
아요. 교수님이 기숙사에서 같이 공부하고 있던 저하고 제 친구
를 불러서 그러셨어요. "둘 중에 한 명은 삼성에 좀 갈 수 없겠느
냐? 둘 중에 한 명은 무조건 삼성에 가라." 그래서 그 친구하고
얘기를 했죠. 그 친구가 카이스트에 가서 공부하겠다고 해서 저
는 삼성에 들어갔어요. 집안 형편이 어려워서 보탬이 되려고 입
사한 것도 있고요. 그러니 삼성전자 입사했을 때 가족들이 별로
안 좋아했어요. 제가 여섯 남매 중 막내인데 형, 누나 들이 돈 벌
지 말고 필요한 대학원 공부하지 왜 안 했느냐 하면서 계속 공
부하기를 바라셨어요. 제가 집안 사정 감안해서 회사 선택한 것
을 많이 안타까워하셨죠.


삼성에 입사하고 나서 집안에 보탬이 좀 됐습니까?

그때 월급이 23~26만 원이었는데. 당시로는 굉장히 큰돈이었
어요. 월급 받아서 한 달에 쌀 한 가마니, 연탄 200장 들여놓으
면 좀 든든했어요. 집안이 어렵다 보니까 제가 중학교 2학년 때
세웠던 목표가 제 나이 마흔 살이 됐을 때는 불고기 백반을 먹

을 수 있는 사람이 되겠다는 것이었거든요. 맛있는 거, 좋은 거 먹는 게 중요했어요. 고기는 1년에 몇 번만 먹는 것으로 생각했을 때니까요.

당시 '삼성'은 지금과 같은 위상이 아니었다. 오히려 내가 몸담았던 회사인 '대우'가 더 잘나가던 시절이었다. 그러나 고동진 사장이 입사했던 1984년은 삼성으로서는 중요한 시기였다. 바로 1년 전에 삼성이 국내에서는 최초로, 전 세계에서는 미국, 일본에 이어 세 번째로 64K D램 시제품을 만들어냈기 때문이다.

1973년에 터진 오일쇼크로 전자업계가 타격을 입자 삼성은 전자공업의 핵심인 반도체 산업 진출을 모색했고, 마침 자금난에 허덕이던 한국반도체를 인수했다. 그로부터 10여 년 후인 1984년 드디어 경기도 기흥에 본격적으로 공장을 설립하면서 인재가 많이 필요했던 것이다.

하지만 당시에는 인터넷 검색을 해볼 수도 없었으니 회사에 대한 정보가 많지 않은 데다 반도체 자체는 더욱 생소하여 삼성이 지금과 같은 선호도 높은 기업이 아니었다. 그런 시기였기에 그는 진학과 입사 사이에서 갈등할 수밖에 없었다.

삼성에 입사해서 어느 부서에 배치 받았어요?

신입사원 때 처음 간 곳이 삼성반도체통신연구소였어요. 생긴 지 얼마 안 되서 개발관리부서 소속이었지만 인사 총무 같은 지원 업무도 다 했어요. 주특기가 없었죠. 대학 갓 나와서 무슨 주특기가 있었겠습니까.

그래도 집안에 보탬이 되려고 취직했으니 그저 열심히 일하는 수밖에는 없었겠네요.

열심히 일하는 것은 기본이고 당연하다고 생각했어요. 집안 형편이 어렵긴 했지만 어려서부터 부모님께 보고 배운 것이 '성실'이었거든요. 아버지는 청과업을 하셨는데 매일 새벽 4시면 시장에 가셨고요, 평생 술, 담배도 안 하고 오로지 가족만 생각하고 일하셨어요.

큰형님은 인문계 고등학교 졸업하고 지하철 공사장에서 막노동하셨는데, 열심히 노력해서 대기업 정유회사에 입사하셨어요. 어머님도 제가 대학 다닐 때 보험회사 입사해서 모집인으로 일하셨고요. 큰누나도 집안 형편으로 대학을 못 갔는데, 고등학교 졸업 후 국민은행 행원 시험에 합격했어요. 큰형님도 나중에야 대학을 졸업했고, 둘째 형님도 돈이 없어서 대학을 못 갔는데 마흔 넘어서 대학원을 졸업했어요. 온 가족이 다들 열심히 노력하며 사셨어요. 그런 걸 보고 자랐기 때문에 사람이 성실하지 않으면 안 된다, 이런 인식이 기본적으로 있었어요. 근면, 성실이 자연스럽게 몸에 밴 거죠. 그런데 묵묵히 노력만 해서는 안 된다는 걸 알게 된 사건이 있었어요.

　　그렇죠. 직장에서는 묵묵히 노력하는 것만으로는 승부가 나지 않지요. 무슨 충격적인 일을 겪으셨나 봐요.

입사해서 저희 연구소가 바로 옆 동으로 이사를 하게 됐어요. 지금이야 전문이사업체 분들이 이삿짐 다 포장하고 날라주지만 그때는 직원들이 책상, 의자, 카펫, 캐비닛 뭐 다 옮겼어요. 그런데 동기 중 한 친구가 점심시간에 뽀얀 얼굴로 나타나더라고요. "우리 다 이삿짐 나르는데 너 어디 있다가 왔냐?" 했더니 일본어 계약서 번역할 일이 있어서 도서관에 있었다는 거예요. "아 그러냐" 하고 넘어갔는데 그날 저녁에 연구소장님이 이사하느라고 고생했다고 저녁을 사주시는 거예요. 그때 소장님이 그 동기한테는 소주를 주시면서 "야, 너 일 아주 잘한다" 그러는 거예요. 저한테는 약간 굳은 얼굴로 소주 따라주면서 "입사할 때 기대를 많이 했는데, 일이 잘 안되나 봐" 그러시고.

　　열심히 이삿짐 나르고 고생한 건 고동진인데, 칭찬은 일본어 계약서 번역한 동기가 다 받고, 이삿짐 나른 건 인정도 못 받고. 기분 나쁘셨겠는데요?

제가 이삿짐 나르는 모습은 소장님 눈에 안 들어왔던 거죠. 제가 몸이 좋아서 무거운 거 엄청 날랐는데. 그때 망치로 한 대 맞은 거 같았어요. 동기는 일본어 좀 한다고 인정을 받고, 저는 땀을 뻘뻘 흘리고 일한 게 눈에 띄지도 않았던 거죠. 그때는 일본인 고문들도 회사에 꽤 많아서 일본어 하는 사람과 못하는 사람이 구분되던 시기였어요. 그 일을 겪고 나서는 퇴근하고 집에가면 11시쯤 됐는데 진짜 양말도 안 벗고 손만 씻고 일본어 공부했습니다.


해야겠다고 마음먹으면 독하게 실천하는 분인가봐요.

젊었으니까요. 그리고 삼성에 입사해보니 제가 너무 부족한 거예요. 노력할 수밖에 없었어요. 제가 들어간 데가 통신연구 분야인데 그 부서에는 석사, 박사도 있고 해외에서 공부하고 들어오신 분들도 많았어요. 당시 교환기를 개발하던 연구소였는데 얘기하는 내용을 들어보면 개발과 관련된 말을 제가 알아듣질 못하는 거예요. 그때 '과연 내가 가진 게 뭔가' 이런 생각이 들더라고요.

확실하게 제가 가진 것은 건강한 신체와 누구에게나 주어진 24시간뿐이었어요. 그래서 이 시간을 어떻게 쓸 것인가 생각하고 원칙을 세웠어요. 동기들이 8시간, 10시간 일하면 나는 12시간, 15시간 일한다. 그래서 늘 막차 타고 퇴근을 했고, 특히 어학은 남들과 차별화할 수 있는 요건이기 때문에 공부 열심히 했죠. 그리고 전날에 다음 날 해야 할 일을 정리했어요. 투두리스트를 만든 거죠.

매일 11시 넘게까지 일하고, 다음 날 할 일 다 정리해놓고, 그럼 언제 쉬어요?

자유 시간은 있었어요. 토요일 오후 7시부터 일요일 새벽 2시까지. 그래도 친구 만날 시간은 없었죠. 일은 워낙 많고 사람은 적었으니까요. 그래서 일에 우선순위를 둘 수밖에 없었어요. 몇 시부터 몇 시까지 뭘 끝낸다, 이런 걸 정해놓지 않으면 시간이 휙 지나가니까요. 그런데 계획을 세워놓아도 중간에 새롭게 들어오는 일이 있기 때문에 변수가 생깁니다. 그래서 미리 해야 할 일을 적어두지 않으면 일을 놓치기 쉬워요. 또 이렇게 할 일을 적어놓으면 같이 일하는 사람들에게 "이걸 챙겨주세요. 요건 제가 챙길게요" 이런 대화가 가능해집니다.

투두리스트는 어떻게 작성했고, 어떻게 실천하셨어요?

아침 8시 반에 일을 땡 하고 시작한다면, 그때부터 한 시간 단위로 해야 할 일들을 적습니다. 대개 한 시간 단위고 두세 시간 걸리는 일은 그에 맞게 시간 배분을 했어요. 그리고 일을 끝내거

고동진

나 퇴근 전에 항상 평가를 했습니다. 예상대로 한 시간 안에 끝냈는지, 시간이 더 걸렸는지, 일의 품질은 괜찮았는지 A, B, C, D로 평가했어요. 처음 서너 달은 거의 C, D였어요.

> 스스로에 대한 평가가 너무 인색하신 거 아니에요? 그렇게 하면서 어떤 걸 느끼셨어요?

여기서 제가 배운 게 뭐냐면, 전날 적은 투두리스트라고 하는 게 실제로 일을 해보니까 100퍼센트 다 하기 어렵더라는 거예요. 계획 세운 것의 60퍼센트까지 해내면 그게 최대치였어요. 회사 일이라는 것이 나 혼자서 하는 게 아니잖아요. 중간에 뭐가 자꾸 들어와요. 갑자기 "고동진 씨 이거 한번 챙겨 봐" 이럴 수도 있고, 아니면 더 높은 부장님이 갑자기 다른 일을 시킬 수도 있고요. 중간에 회의 들어갈 수도 있고요. 그래서 계획을 세울 때부터 30~40퍼센트는 시간적 여유를 둬야 한다는 걸 알게 됐죠.

> 38년 동안 매일 이걸 하셨다는 건데, 하루하루를 전투적으로 사셨네요.

그땐 그렇게 살지 않으면 안 됐어요. 그런데 투두리스트도 한 석 달 쭉 하면 습관이 되요. 몸에 배면 자기 근육이 되고 머릿속에 습관으로 자리 잡게 됩니다. 어학이든 독서든 최소 석 달 이상 무조건 지키다 보면 뇌가 기억을 하면서 계속 실행하게 됩니다. 그렇게 투두리스트를 작성해서 실천하니까 윗사람들에게 고동진한테 일을 시키면 제 시간에 딱딱 해오고 퀄리티도 좋다는 평가를 받게 됐어요. 신뢰도 쌓였고요. 그래서 저는 젊은 후배들에게 투두리스트 작성을 꼭 한번 해보길 권하고 싶어요.

계획 세우고 실천하는 게 습관처럼 몸에 배이게 됐군요.
그렇지요. 제가 입사 2년 차 겨울 휴가 때였는데 12월 30일 날 부산에 가서 여관방에서 이틀 동안 나오지 않고 계획을 세운 적이 있어요. 서른 살에 뭐가 되겠다, 마흔 살에 뭐가 되겠다, 쉰 살에 뭐가 되겠다, 이런 식으로 10년 단위의 계획을 세우고, 이 목표를 달성하려면 시간 관리와 건강 관리, 교양 관리를 어떻게 해야겠다, 어학 공부는 어떻게 해야 한다, 과장이 되면 회사 지원받아서 해외 유학도 가겠다, 이런 것들을 손으로 다 썼죠.

사장이 되겠다는 목표도 있었나요?
쉰 살에 부사장이 되겠다고는 썼어요. 운도 좀 따라야 하겠지만 목표와 계획을 세울 때 이 정도로 일하면 사장도 될 수 있을 거다, 이런 생각은 했죠.

그래서 부사장 언제 되셨어요?
딱 쉰 살에 됐습니다.

고동진

입사 2년 차 겨울 휴가때였어요.
12월 30일에 부산에 가서 여관방을 잡고
이틀 동안 안 나오고 계획을 세웠어요.
서른 살에 뭐가 되겠다.
마흔 살, 쉰 살에는 뭐가 되겠다.
10년 단위 목표에 따라 뭘 해야겠다.
이런 것들을 손으로 다 썼죠.
쉰 살에 부사장이 되겠다고 썼고
딱 쉰 살에 됐습니다.

> 와, 정말 목표대로 됐는데요? 한편으로는 목표대로 딱딱
> 이루는 분들 보면 독하다 싶기도 한데, 일을 대하는 태도
> 가 남달랐던 것 같아요.

일을 통해 자기계발, 자기 발전을 했어요. 저는 사람들이 안타까운 게 네 일, 내 일 따지는 거예요. 사람들이 일하고 자기계발을 분리하잖아요. 저는 그렇지 않아요. 내 일은 당연히 해내야 하고요, 회사 일을 하다 보면 내 일은 아니지만 뭔가 내 일하고도 겹치는 분야가 있는데, 그런 걸 해야 자기계발이 되는 거예요. 일을 도와주면 사람들이 '내 일 빼앗는다'고 생각 안 합니다. 오히려 고마워하죠. 하기 싫은데 누가 도와준다고 하면 좋죠. 그런 일을 나서서 도와주다 보면 사람 관계의 폭도 넓어지고 자기계발도 되는 거예요.

상사들이 볼 때도 네 일, 내 일 구분 안 하고 나서서 처리하는 직원이 눈에 띄게 돼 있어요. 그런 직원 끌어다 쓰는 거죠. 저는 일을 그렇게 했습니다. 그랬더니 통신연구소에 있다가 종합기획실로 옮기게 됐습니다. 그때 부장님이 환송회식 해주시면서 "우리 고동진 대리는 일을 무서워하지 않는다. 기획실 가서도 잘할 거다"라고 말씀해주셨던 기억이 납니다.

> 그럼 일을 할 때 가장 중요하게 생각한 게 뭐였어요?

스피드가 중요합니다. 속도를 맞춰야 해요. 성과에서 가장 중

요한 것은 일의 끝을 보면서 타이밍을 맞추는 겁니다. 퀄리티가 좀 부족하다면 선배나 주변에서 보완을 해줄 수가 있거든요. 그런데 일하는 사람이 스피드를 놓쳐버리면 그건 아무것도 안 됩니다. 사람들이 속도가 먼저야, 품질이 먼저야 물으면 저는 속도가 먼저라고 얘기합니다. 품질 높인다고 계속 혼자 일을 들고 있다가 고치지도 못하고 시간만 낭비하는 사람들이 많거든요. 타이밍을 놓치면 활어가 건어물 되는 거예요.

  속도를 놓치지 않으려면 실무자들을 다그치게 되지 않
  나요?

그러면 안 됩니다. 실무자들이 일을 편하게 잘할 수 있도록 도와줘야 해요. 실무자들만 다그치는 것은 좋은 관리자가 아닙니다. 관리자는 솔선수범을 해야 해요. 만약 중간관리자라면 바로 위 상사하고 소통을 계속하면서 지금 하는 일이 목표 달성을 위해 맞는 방향으로 가고 있는지 체크해야 해요. 그런데 상황에 따라서는 그 방향이 바뀔 수가 있어요. 이럴 때는 빨리 실무자에게 피드백을 줘야 합니다. 중간관리자와 실무자가 바라보는 관점이 조금씩 다를 수가 있거든요. 중간관리자는 일의 목표와 방향이 일치하는지를 계속 모니터링해야 해요. 그러다 보면 일이 자발적으로 돌아갑니다.

고동진은 전형적인 목표지향적 인물이다. 목표를 달성해가면서 자신에게 부족한 것들을 채워나갔다. 심지어 결혼할 때도 목표와 계획을 세워서 속도를 냈다고 한다. 서른 살 넘기지 않고 결혼하겠다고 마음먹고 스물아홉 살에 지금의 아내를 만났다. 시간을 쪼개서 연애하느라 택시를 타고 다니며 4~5개월 동안 100여 번쯤 만났다. 만나는 시간은 주로 밤 10시였다.

늘 바쁘게 살고 있으니 아내가 결혼을 앞두고 삼성에서 어디까지 올라갈 건지 물은 적도 있다. 그는 사장이라고 답하면서 아내에게 이렇게 약속했다. "50대가 되면 돈 걱정 없이 살게 해주겠다." 결혼한 지 20여 년이 지나고 고동진은 약속을 지켰다. 퇴직금만 100억 원을 받았으니 말이다. 하지만 세상에 공짜는 없었다. 직위가 높아질수록 더 바빠졌다. 매 순간 시속 200~300킬로미터를 달리는 자동차처럼 살았다.

쉴 틈 없이 일해서 일 잘하는 고동진으로 인정받고 사장까지 됐는데, 사장이 되면 도대체 얼마나 바쁜가요?

일반인들은 좀 상상이 안 될 것 같아요. 하다못해 가족들도, 형제들도 잘 이해를 못했거든요. 아내는 안타깝게 지켜만 봤죠. 개인 시간 같은 건 없었어요. 새벽 4시 반, 5시에 일어나서 회사에 6시 반쯤 도착해서 한 50분 운동하고 7시 반부터 하루 일과를 시작했습니다. 미팅이 30분 단위로 하루에 12~15개가 있어요. 약속 없는 날은 저녁 늦게 퇴근하고, 1년에 한 180일은 해외 출장을 다녔습니다.

그렇게 살면 너무 힘들고 지칠 것 같은데 그걸 다 견디셨어요. 최근에 책도 내셨는데, 책 제목처럼 일이란 무엇인가요? 고동진의 인생에서 일이 뭘 의미할까요?

일 자체가 제 삶이었고 목표였고 성공으로 가는 길이었어요. 20대를 돌이켜 보면 저에게도 일이 생계 수단이었어요. 그런데 일을 하면서 성과를 내다 보니까 일이 제 삶의 목표가 된 거예요. 대리, 과장, 차장, 부장, 임원, 부사장, 사장으로 가면서 땅이 단단하게 굳어진 거죠. 그래서 한눈팔지 않고 한길을 걸으려고 노력했고요.

쓰신 책에서 일 잘하는 사람에게는 세 가지 요소가 있다고 하셨어요.

스피드가 있어야 하고, 열정이 있어야 하고, 그다음에 돈을 어느 정도 가지고 있어야 한다고 썼죠. 거기에 돈이 들어가는 이유는 맹자님 말씀 중에 '무항산無恒産, 무항심無恒心'이라고 있어요. 항산이 없으면 항심이 없다. 즉, 돈이 어느 정도, 그러니까 재산이 어느 정도 있고 생활이 안정되지 않으면 바른 마음을 유지할 수 없다는 거예요. 돈이 어느 정도 있어야 의사결정을 하거나 어떤 행동을 할 때 흔들리지 않거든요.

> 일에서는 완벽하셨는데 건강 관리는 빵점이었던 것 같아요. 일하다가 쓰러지셨다고요?

상무 4~5년 차 때예요. 제가 영국에서 5~6년 근무하다가 2006년 4월에 한국에 들어와서 상품 기획을 맡았어요. 당시 상품 기획은 스마트폰 도입 전이라 피처폰을 쓸 때였는데, 모델 하나하나가 어떻게 보면 전쟁이었어요. 거기다가 제가 미국 수출을 담당했었어요. 그 부서가 업무 강도가 굉장히 높은 곳 중에 하나였죠. 갑자기 변화된 환경에 적응을 못했던 것 같아요. 사무실에서 바깥을 쳐다보는데 뭉크의 〈절규〉가 눈앞에 나타나는 거예요. 바깥의 건물, 나무, 가로수, 도로가 전부 360도로 뱅그르르 도는 거예요. 사무실을 보면 멀쩡하고 다시 바깥을 보니깐 돌고 그러면서 쓰러졌죠.

그러고 나서 병원에 갔는데 원인을 못 찾았어요. 한 열흘 입원하고 퇴원했는데 이번엔 왼쪽 귀가 안 들리는 거예요. 돌발성 난청이라고 그러더라고요. 지금 왼쪽 귀는 아예 안 들리고, 오른쪽도 한 70퍼센트만 들려요. 그래서 오른쪽 귀에 보청기를 끼고 있습니다.

청력까지 잃을 정도로 건강이 나빠졌는데 가족들이 당장 그만두라고 하지 않았어요?

난리 났었죠. 아내가 회사 그만두라 하고 저도 많이 힘들었습니다. 그런데 그때가 제일 열심히 일하던 때였어요. 상무를 8년 했는데 상무 때 연봉이 떨어지기도 했습니다.

상무 때 유독 우여곡절이 많았는데 이보다 더 큰 위기도 있었죠?

온 국민이 다 아는 유명한 사건이죠. 사장 되고 1년도 안 돼서 2016년 가을에 출시한 모델이 갤럭시노트7인데 배터리 폭발 사고가 났었죠. 100만 대 중에서 3~4대 정도가 폭발을 했어요. 비행기에 갖고 타지도 못하게 하고 그랬죠. 게다가 당시 아내가 몸이 안 좋아서 수술까지 해야 했던 상황이었어요. 아마 그때가 직장생활에서 가장 큰 시련이 아니었나 싶습니다.

안 좋은 일은 희한하게 혼자 안 와요. 동반자를 데리고 옵니다. 그런데 그 정도 사고면 사장에서 바로 잘리든지, 자발적으로 사표를 내든지 하지 않나요?

잘리는 게 맞죠. 엎친 데 덮친다는 말을 그때 제가 확실하게 깨달았어요. 그래서 아내한테 오히려 잘됐다, 연말이면 잘릴 테니까 이 일 마무리만 확실하게 하겠다고 했어요. 사표를 내고 자리에서 물러난다고 일이 해결되는 게 아니잖아요. 특히 당시에는 경쟁사들이 이건 배터리만의 문제가 아니다, 생산 공정의 문제다, 휴대폰 설계를 잘못해서 그렇다, 이렇게 휴대폰의 문제로 몰아가는 분위기였어요. 특히 모방 범죄 하듯이 터트려서 휴대폰 폭발로 집이 탔다고까지 했어요. 그런데 휴대폰이 폭발했다고 해서 불이 붙을 수는 없습니다. 그건 그렇게 될 수가 없어요.

그래서 위기를 어떻게 해결해나가셨어요?
모든 임직원한테 이런 말을 했어요. 이건 내 책임이다, 내가 책임을 진다, 이 일로 인해서 어느 누구도 자르지 않겠다. 그러니까 우리 모두 달려들어서 원인 규명을 하자. 왜 이렇게 말했냐면 이런 일이 생기면 자기가 피해를 볼까 봐 남 탓을 하게 되거든요. 실제로 서로 손가락질해가며 싸우기도 하더라고요. 그때 제가 화를 냈어요. 자, 내가 약속하는데 이 일로 어느 누구도 잘리는 사람 없을 테니까 힘을 합쳐서 원인 규명은 하자. 그렇게 시작했어요.
3~4주 지나고 나니까 감이 잡히더라고요. 이건 배터리 문제다. 그런데 말을 조심해야 하니까, 확실히 배터리 문제라는 검증을 받아야 하기 때문에 당시에 스탠퍼드대학교 같은 세계 유수의 대학들하고 전 세계 배터리 관련 권위자들, 표준기관 전문가들을 전부 다 한국에 들어오게 했어요. 본격적으로 원인 규명 작

**303**

업에 들어간 거예요. 모든 걸 객관적으로 검증받기 위해서였죠. 투명성과 책임성, 이 두 가지 키워드를 가지고 움직였죠.

그때 진짜 고마웠던 게 당시 무선사업부, 지금은 MX사업부인데 부서 임직원들이 전부 혼연일치가 돼가지고 움직였어요. 원인 규명하고 대책 수립하고. 원인을 규명할 때도 삼성에서 검증한 결과를 미국, 일본 기관에 보내서 그걸 또 삼자 검증을 받았어요. 당시 삼성이 약 7조 원을 손해 봤는데, 이거를 비용으로 생각하지 말고 우리가 투자로 만들어줘야 된다고 스스로 다짐하기도 했고요.

당시 이재용 부회장이 제 손을 꼭 잡으면서 "잘 마무리하실 거죠?" 딱 그 한마디 하고 저에게 맡겨주셨어요. 그때 진짜 감사했어요. 저도 물론 최선은 다했지만 임직원들이 진짜 하나가 돼가지고 열심히 일했어요.

전 임직원이 하나가 됐다는 말씀은 고동진 사장의 리더십이 한몫했다는 건데 '소통왕'이라는 별명도 갖고 계세요.

저도 그 얘기 들었어요. 제가 '소통왕'이라는 얘기 듣고 이게 무슨 말이냐 했어요. 사실 저는 배우려고 듣는 거거든요. 진짜 잘 몰라서 듣는 거예요. 소통이라는 게 제게는 그냥 제 방식대로 먼저 충분히 듣고 얘기를 하는 거예요. 듣지 않으면 모르니까. 들어야 거기 언저리에라도 좀 갈 수가 있거든요.

제가 '소통왕'이라는 얘기를 들었어요.
그게 무슨 말이냐 했죠.
사실 저는 배우려고 듣는 거거든요.
진짜 잘 몰라서 듣는 거예요.
소통이라는 게 제게는 그냥 제 방식대로
먼저 충분히 듣고 얘기를 하는 거예요.
듣지 않으면 모르니까.

자녀들하고도 그렇게 소통을 잘하시나요?

지금은 아들들하고 친구같이 지냅니다. 사실 저도 40대 중반, 쉰 살 되기 전에는 굉장히 가부장적이었는데, 큰애가 대학원 다닐 때부터인가 친구처럼 지내기로 했어요. 똑같은 인격체로서 눈높이 맞추고 얘기하면 되더라고요. 그랬더니 자기 얘기도 다 하고 아빠가 잘못한 것도 얘기하고 그래요. 큰아들이 그러더라고요. "어렸을 때 아빠랑 얘기하면 몸에 석고 발라놓은 것 같았는데 지금 와서 보니까 그게 전부 근육으로 돼 있는 것 같아요." 너무 고마웠어요.

말씀 나눠보니까 38년 동안 끊임없이 내면의 결핍을 채우면서 자가발전해왔던 분이라 사람 보는 눈이 생겼을 것 같은데요. 누구나 좋은 인재와 일하고 싶어 하거든요. 좋은 인재는 뭘 보면 알 수 있을까요?

신입사원의 경우 6~7개월 정도 같이 일해보면 100퍼센트 그 사람에 대해서 파악을 합니다. 그 기준이 뭔가 보면, 일단은 출퇴근이 깔끔해야 합니다. 전날 똑같이 회식했는데 다음 날 누구는 늦고 누구는 제대로 온단 말이에요. 제대로 출근하는 게 기본이기 때문에 일단 기본에서 차이가 납니다. 그다음에 점심이나 회식 자리나 차 마실 때 얘길 나눠보면 부모와 형제 간 관계를 알 수 있어요. 부모한테 효도하고 형제간에 우애가 좋다는 이야기가 들리면 직장생활에서 50퍼센트의 자질은 돼 있는 사람이라고 봅니다.

어떻게 보면 고리타분한 것 같지만, 잘 생각해보시면 우리 뇌가 세 살 때부터 형성되기 시작해서 스물서너 살 되면 완성이 돼요. 이때 부모 형제들 사이에서 자랐던 가정은 하나의 작은 사회생활이에요. 가정교육이라고 하는 게 부모 형제들 사이에서 보고 배우는 거잖아요. 그런 작은 사회생활을 미리 잘 거치고 사회로 나온 후배들은 기본적으로 좋은 인재의 자질을 어느 정도 갖췄다고 보는 거죠.

타고난 역량이나 재능에 대해서는 어떻게 생각하세요?
역량과 재능을 타고난 사람들이 있어요. 하지만 그것보다 더 중요한 것은 끝까지 도전하고 매달리는 거예요. 저는 항상 그런 생각을 하거든요. 턱걸이 10개 할 수 있는 사람이 5~6개 하는 것보다, 5개밖에 못하는 사람이 4개 하고 다음에는 5개 하려고 철봉에서 안 내려오는 것. 저는 그런 행동을 더 값어치 있게 봅니다. 역량이나 재능이라는 거는 끊임없이 개발을 해나가는 거죠. 본인이 얼마나 꾸준히 노력하느냐에 따라서 역량은 얼마든지 개발될 수 있다고 봅니다. 저 역시 그렇게 제자리를 찾아갔거든요.

우리 사회가 참된 리더에 대한 목마름이 큰데요. 어떤 리더가 좋은 리더, 필요한 리더일까요?

일단 중간관리자가 됐을 때는 밑에 있는 사람이 뭔가 해내지 못할 것 같을 때 커버할 수 있는 능력이 있어야 합니다. 그렇게 아랫사람을 끌어주는 능력이 계속 쌓이면 사람들은 저절로 따라오게 돼 있습니다. 그게 바로 솔선수범인 거죠. 근데 솔선수범 없이 입으로만 하는 얘기는 절대로 사람들이 따르지 않아요. 따르는 시늉을 하겠죠. 더 높은 곳으로 올라가려면 솔선수범은 기본으로 깔려야 하는 하나의 자기 자산이고, 겸손과 배려가 거기에 더해져야 합니다.

자기 스스로를 낮추면 남이 따라오고, 자신을 과시하면 남들이 의심한다고 그랬어요. 청나라 때 중국 사람이 한 얘기인데, 저는 이게 요즘 사회의 가장 큰 문제 중 하나를 반영하는 것 같아요. 자기가 아는 것도 기억 속에 존재하는 거지, 진짜 아는 건지는 모르잖아요. 기억이 틀릴 수도 있는 거예요. 그래서 사람은 겸손하고 배려하고 역지사지해야 합니다. 그럼 사람 사이에 갈등이 생길 이유가 없어요. 선후배 간에 사이가 나빠질 이유가 저는 없다고 봅니다.


**고동진 전 사장은 나와 결이 다른 사람이었다. 나는 고난, 역경, 시련은 가급적 피해가려고 애쓴다. 능력 밖이거나 힘**

에 부치는 일을 만나면 아예 시도조차 하지 않는다. 하지만 고동진 전 사장은 어렵고 힘든 일을 마다하지 않는다. 어떻게든 문제를 해결하고 결실을 맺기 위해 노력한다. '더 이상 하다가는 죽을 것 같다'는 극한까지 자신을 몰아붙인다. 게다가 고난과 역경을 견뎌내는 최적의 근육을 갖췄다. 2022년 3월 삼성전자 사장에서 물러난 지금은 일터에서 쌓아온 그 노하우를 후배들에게 풀어내며 제2, 제3의 고동진을 길러내고 있다.

박미옥

# 타인의 삶에서 자신을
# 발견하는 시선의 차이

170센티미터가 훌쩍 넘는 키에 탄탄한 체격은 사람을 압도하기에 충분했다. '국내 최초 강력계 여형사'라는 사실을 몰랐다 하더라도 박미옥은 첫눈에도 범상치 않아 보였다. 짧은 커트에 염색을 하지 않아 흰머리가 가득했지만 자신감과 당당함에서 뿜어져 나오는 강렬한 에너지는 백발마저도 반짝이는 은색으로 빛나게 했다.

전국의 경찰을 다 합쳐도 여성 비율이 고작 1퍼센트도 되지 않았던 시절, 박미옥은 강력계 여형사의 역사를 쓴 '전설'이다. 경찰 생활 33년 3개월에서 강력계 형사로 지낸 날들이 30년. 그 긴 세월 동안 형사 박미옥은 세상에 없던 길을 만들어왔다. 최초의 강력계 여형사, 최초의 여성 강력계 반장, 최초의 여성 강력계 계장. 계급장을 하나씩 달 때마다 '최초'가 됐다. 이쯤 되면 자부심이 차고 넘칠 것 같은데 박미옥은 "한 사건, 한 사건 감당하며 또박또박 처리하는 사이에 30년이 다 됐다"며 긴 세월의 소회를 담담하게 전했다.

"호칭을 어떻게 불러드릴까요?"

"박 반장이라고 불리는 게 참 좋습니다. 경위를 달면 반장이 되는데, 소신껏 구속영장을 신청할 수 있는 도장도 찍을 수 있고, 직원들을 이끌어야 하니 리더로서의 마음가짐도 새로이 가져야 하죠. 지금은 은퇴했으니 제 인생의 반장으로 살겠다는 의미에서도 그게 좋습니다."

퇴직한 지 3년 차, 박미옥은 이제 자기 인생을 리드하는 '박반장'으로 살고 있다. 그동안 경찰로 살아온 삶을 돌아보며《형사 박미옥》을 출간했고, 제주에서 자기 이야기를 마음껏 할 수 있는 '돈 안 받는 책방'을 운영하고 있다.

"매번 다른 시선이 다른 성과를 가져옵니다. 저를 키운 것은 시선을 달리하게 한 많은 사건이에요."

오늘의 박미옥을 만든 것은 '시선의 차이'다. 모퉁이 하나만 돌아도 불현듯 죽음과 맞닥뜨릴 수 있었던 시절, 그를 나아가게 한 것은 피해자의 아픔에서도 가해자의 왜곡된 모습에서도 자신의 모습을, 인간 본연의 모습을 발견하고 서로 관점을 바꿔볼 수 있는 긍정의 힘이었다. 그 힘이 오늘도 그를 앞으로 나아가게 한다.

최초의 여성 강력계 형사이자 살아있는 여경의 전설. 아무
래도 적성에 딱 맞는 거 같은데, 어릴 적부터 꿈이 경찰이
었어요?

아버님이 회사에서 일찍 퇴직하시고 귀농을 하신 게 제가 중학
교 2학년 때였어요. 집안의 경제력이 일찍 끊겼죠. 생활에 대한,
앞날에 대한 고민이 많았어요. 그때 책을 많이 읽으면서 뭐가
되고 싶은지 진지하게 생각하게 됐어요. 우리 어린 날에 다 꿈
꾸잖아요. 경찰관 되겠다, 기자 되겠다, 그 꿈대로 살아보자. 그
런데 실제로 알아보니까 경찰관 시험이 고등학교만 졸업하면 충
분히 해볼 만하더라고요. 고등학교 졸업 2월에 하고, 그해 9월
에 경찰시험 합격했습니다.


집에서 뭐라고 안 했어요?

부모님한테 말 안 하고 시험 봤죠. 학력고사 보는 날도 경주 불
국사에 가 있었고요. 나중에 시험 안 봤다고 하니까 어머님이
노발대발하셨죠. 일본 순사를 기억하시는 분이거든요. 제가 형
사 되고 경장 되고 경사 될 때까지도 어머님은 줄곧 못마땅해하
셨어요. 제가 좀 집안에서 별종인 편이에요. 경사 할 때쯤 되니
까 어머님이 축하금을 주시더라고요. 시집 가라는 소리도 열심
히 들었죠.

땡땡이를 치고 거길 갈 정도면 배포가 보통이 아닌데. 순
응하는 성격은 아니었던 거 같아요.

일곱 남매 중에 막내였는데, 막내라서 봐주신 것 같아요. 언니,
오빠 들은 부모님의 가치관에서 자유로울 수 없는 어린 시절을
살았다면, 저는 방임형으로 자랐죠. 그런데 제가 그 방임을 결
핍으로 보지 않고 독립으로 보지 않았나 싶어요. 나중에 돌아보
니 제가 경찰관으로 도전할 수 있었던 것도 그런 방임 끝에 이
루어진 독립이 아닐까 싶습니다.

소신대로 경찰이 됐고 순경으로 근무했는데, 여형사가 됐
어요. 어떻게 된 건가요?

순경이 되고 첫 배치가 기동대였어요. 교통경찰관으로 일하는
데 주차 단속을 했더니 아저씨들이 "여자가 아침부터 재수없이"
이런 말을 하는 겁니다. 제복 입은 경찰인데 이런 모멸감을 느
껴야 하나 싶었어요. 과연 나는 여자 경찰로 성공할 수 있을까
고민하던 차에 마침 여자형사기동대를 모집한다는 공고가 떴
습니다. 1991년 9월 6일이었지요. 그렇게 여형사가 됐습니다.

그해 기록을 보면 여자형사기동대에 스물한 명이 뽑혔는
데, 교통경찰 할 때와는 좀 다르던가요?

당시 봉고차로 여성을 납치하는 일도 많아서 여자분들이 주로

315                                                          박미옥

있는 곳을 단속했어요. 여성전용 사우나, 집창촌 같은 곳이죠. 부녀자 납치 사건을 해결하기 위해 노력을 많이 했던 것 같아요. 특히 심야 단속이 많아서 3개월 내리 야간에만 근무를 했습니다. 그러다가 소매치기 잡는 일도 하고, 무면허 의료시술 현장도 단속하면서 본격적으로 형사 업무를 하게 됐어요.

아무래도 처음에는 낯설고 어려웠을 것 같은데.
정서적으로 혼돈이 많았습니다. 일을 하고 집에 들어갈 때 뭔가 머릿속에 쓰레기가 가득 찬 느낌이었어요. 그때가 스물셋이었는데 그 나이가 범죄를 알 나이가 아니잖아요. 그런데 만나는 사람들이 도박꾼, 조폭, 암달러상, 여성전용 룸살롱 운영하는 사장들이었으니까요. 그런 사람들 스물세 살에 처음 봤습니다. 그래서 1년 만에 떠나겠다고 마음먹었어요.

형사 그만두려고 했었다?
사실 제 다른 꿈 중에 하나가 스님이었어요. 스님이 돼서 진리 탐구, 자기성찰 하는 게 낫지 범죄자 상대하는 건 아닌 것 같다, 이런 생각을 한 거죠. 스님 되는 방법까지 알아봤습니다. 그런데 서울로 돌아오는 길에 문득 이런 생각이 들었어요. '형사로 제대로 활동해보고 어떤지 판단해야 맞는 거 아닌가. 일단 일해보고 내가 생각한 것과 다르다면 그때 그만두어도 늦지 않겠다.' 도망가지 않기 위해서 남기로 한 겁니다. 제대로 일해보고 아니다 싶으면 그때 자신 있게 떠나자, 이렇게 마음먹고 다시 돌아왔습니다.

"도망가지 않기 위해서 남기로 했다" 그런 마음으로 돌아왔는데, 또 하나 문제가 형사들이 다 남자일 거라는 말이죠. '여자가 얼마나 하겠어?'라고 생각하는 분도 계셨지만 열심히 일하니까 "어, 저 녀석 봐라" 하면서 가르쳐주려는 분도 많았습니다. 무엇보다 저 스스로 부족한 부분을 가르쳐줄 스승 같은 형사를 찾아다녔어요. 강도, 절도, 조폭 수사 등의 대가들을 찾아가서 일을 배웠죠. 그것이 나를 만들어가는 길이라고 생각했습니다. 당시 많은 분이 저보고 "여형사 롤모델이 있으면 좋았을 텐데" 이런 말씀을 하셨는데요, 저는 형사의 롤모델이 필요한 거지 여형사의 롤모델이 필요한 게 아니었습니다. 저는 누구처럼 되겠다, 그런 생각이 없었습니다.

**"형사가 되기에 바빴지 무슨 여형사입니까?" 그의 답에 정신이 번쩍 들었다. 나 역시 그를 '형사'가 아닌 '여형사'로 인터뷰하고 있었다. 남녀 차이에 대한 선입견이 내 안에 깊숙이 자리 잡고 있었던 것이다. 그의 대답에서 형사를 대하는 시선의 차이를 단박에 느낄 수 있었다.**

**317**　　　　　　　　　　　　　　　　　　　박미옥

베테랑 형사들을 따라다니면서 지독하게 일한 날들 덕분에 초고속 승진을 하신 거네요?

서른셋에 강력계 반장을 했어요. 9년 만에 순경에서 경위까지 올라갔는데, 전국 최초로 범인 검거 유공만으로 승진한 사례이기도 합니다. 남자 형사도 범인 검거 유공만으로 특진한 사례는 없었거든요.

승진에서도 최초의 기록이라니, 그럼 범인 검거에 무슨 비법이라도 있었던 건가요?

소수자라서 기회가 더 많았던 것 같습니다. 여형사는 거의 없으니까요. 마약 수사를 했던 검찰도 여경이 필요했고, 형사기동대도 위장 부서가 필요하면 여경을 좀 불러달라고 했어요. 여자형사기동대도 스물한 명을 뽑았는데 당시 제가 막내였거든요. 그런데 저 혼자 남았어요. 경력자가 저밖에 없으니까 온갖 일에 불려가게 된 거죠. 그러다 보니 실적 우수 1위 공적으로 경장 특진까지 하게 됐죠.

**여형사보다 그저 형사로 불리길 원했던 그도 여형사로서 소수자였기에 오히려 일할 기회가 더 많았다고 했다. 여형사만이 할 수 있는 일이 있었고, 그걸 놓치지 않았다. 현장에서 답을 찾을 때까지, 내가 원하는 상황이 될 때까지 포기하**

지 않았다. 여형사였기 때문에 신창원을 검거하는 데 결정적 역할도 할 수 있었다. 도망자 신창원은 여기저기 떠돌아다니는 티켓다방 여성을 애인으로 삼았다. 신창원은 애인들과 잠자리를 가지며 그들에게 은신처를 제공받았다. 박미옥은 열 명의 신창원 애인들을 모두 만났는데, 형사로 추궁을 했던 게 아니라 얘기를 나눴다.

신창원의 애인을 만나기 위해서는 여형사가 필요하긴 했겠네요.

애인들을 만나서 들은 얘기들로 도주 방법, 검문검색 피하는 방법, 식성, 좋아하는 길 등을 분석했습니다. 이를 토대로 검문검색 지침을 만들었어요. '남녀가 살고 있는데 결혼사진은 없다. 가구나 살림살이는 별거 없는데 반려견이 있다면 범인의 은신처일 수 있으니 신고해달라.' 그런데 정말 전남 순천에서 신고가 들어온 거예요. 신고 내용이 제가 만든 검문검색 자료 그대로였어요.

신창원의 일기장도 분석하셨다고요? 일기장에 뭐라고 써 있길래.

일기 보면 차 안에서 추위에 떨면서도 시동도 못 켜고 혼자 외롭다는 얘기가 써있습니다. 이런 걸 볼 때 신창원은 낚시터 이런 데가 아니라 주택가 골목길에 차를 대놓고 자고 있을 확률이 높다, 이렇게 추측했어요. 그런데 나중에 보니 그 생각이 틀리지 않았죠.

**형사 박미옥의 눈빛과 말투에서는 스스로에 대한 확고한 믿음이 느껴졌다. 거침없이, 한바탕 대거리하는 것은 일도 아닐 것 같은 그의 입에서 의외의 말이 나왔다. "저는 소심한 편입니다. 겁도 많고요."**

그런 성격에 어떻게 강력계 형사를 30년이나 하시죠?
도리어 이 부분을 형사 현장에서 장점으로 살린 것 같아요. 소심한 건 디테일로, 두려움은 철저한 계획으로 대비했습니다. 그리고 제 생각을 믿지 않았어요. 아무리 철저한 계획을 세워도 변수가 많잖아요. 사건을 다양한 시선으로 볼 수 있게 해주는 소통을 가장 중요하게 생각했습니다. 그래서 팀장을 할 때 동료들이 사건 현장을 보고 와서 마음 놓고 이야기할 수 있는 분위기를 만들었습니다.
또, 동료들만이 아니라 범인들도 최대한 많은 말을 하게 했고 범인들의 말을 들으려고 노력했어요. 그래야만 범인이 감춘 감정, 범죄를 저지르게 된 진짜 이유를 들을 수 있거든요. 그런 다음에 사실관계를 추궁해야 제대로 된 진실이 나오는 거죠. 팀장이 권위가 서지 않거나 감당할 능력이 없어 보이면 현장과 작전이 분열되는데 소통을 중시하다 보니까 사건을 잘 마무리짓는 사람이 되었던 것 같습니다.

　　강력계 형사로서 자부심도 사명감도 남다른 것 같은데, 왜 8년이나 일찍 그만두셨어요?

제가 꿈을 포기하지 않은 어른이 되고 싶어서 경찰관이 됐다고 했잖아요. 경찰관이 되고 나서는 '어떤 경찰관이 되느냐, 어떤 형사가 되느냐'가 더 중요했습니다. 그런 제가 쉰 살이 되고 중간관리자가 되어 보니 행복하지 않은 거예요. 현장에서 뛰던 제가 행복했던 거였고, 높이 올라갈수록 점점 책상에 앉아 잔소리할 일만 많아지더라고요. 늙어가는 신진대사보다 머릿속이 굳어가는 게 더 크게 느껴졌습니다. 아, 형사로서의 역할은 여기까지인가보다 싶어서 새롭게 다시 산다는 마음으로 나왔습니다. 아직 호기심이 남아 있고 체력도 되고 스스로 관리가 가능할 때 제가 만들어가고자 하는 삶에 뛰어들 여력도 있겠지요. 제2의 직업도 찾을 수 있고요. 아주 적당한 시기에 잘 나왔다고 생각합니다.

　　**"내 삶과 내 시간이 더 중요했던 거죠." 그가 8년 일찍 명예퇴직한 이유다. 좀 더 근무하면 경찰서장이 됐을지도 모**

른다. 그러나 새롭게 펼쳐질 자신의 삶을 선택했고 제주도에서 책을 3000권쯤 넣어둔 책방을 운영하며 살고 있다. 시선이 남다른 박미옥의 책방은 독특하다. 책을 팔지 않는다. 책을 팔지 않으니 돈도 받지 않는다. 사람들은 책을 읽다가 박미옥에게 자신의 속내를 실컷 얘기한다. 그는 얘기를 가만히 들어줄 뿐이다.

제주도에서 운영하는 책방은 어떤 공간이에요? 여기 오면 다들 그렇게 울고 간다던데.

여행자로서 여길 왔는데 책을 펼쳐보다가 '아 내 삶은 뭐지?'라는 생각이 드는 순간 자기 얘기를 하게 되는 것 같더라고요. 그래서인지 저희 집에 오면 유독 우시는 분들이 많아요. 삶의 버거움 때문에 울기도 하고, 본인의 전형성 때문에 울기도 하고, 사람 관계 때문에 울기도 하고. 저는 이렇게 자기 감정을, 자기 얘기를 하는 공간을 만들고 싶었어요. 사실이 그렇습니다. 자신의 감정을 볼 수만 있어도 관계는 좋아져요. 관계가 좋아지면 분노 조절도 되고요. 형사 사건 현장은 감정이 억눌렸다가 폭발한 경우거든요. 감정이 터져서 범죄를 저지른 게 강력사건입니다. 그 현장에서 저는 자기보다 남 탓하는 사람을 주로 봤거든요. 그래서 자기 자신을 얘기하는 사람들을 만나고 싶었고, 그런 공간을 만든 겁니다.

범죄자들 대부분이 남 탓하는 사람이라는 건가요?

스토킹 범죄만 해도 상대 마음은 다를 수 있는데 자신의 사랑만 인정하는 거잖아요. 가정 폭력도 보면 진짜 폭력을 행사하는 사람은 가족을 자신과 동일시해요. 자기 자신만 인정해달라고 그래요. 가족의 개별성은 인정하지 않아요. 일반인하고 범죄자를 굳이 나눈다면 일반인은 자기 자신 앞에서 양심적일 수 있는 사람이고 범죄자는 타인을 더 탓하는 사람이더라고요. 나는 살려고 하는데 세상이 왜 이렇게 협조를 해주지 않는지 모르겠다고 합니다. 그래서 우리는 자기 얘기부터 해야 합니다. 내가 슬픔이 더 많은 사람인지, 분노가 더 많은 사람인지, 어느 지점에서 꼭 상대와 헤어지는지, 이런 이야기를 하다 보면 타인을 인정하게 돼요. 그런데 우리는 자신에 대한 얘기는 안 하고 타인에 대한 평가는 잘하잖아요.

30년 넘는 형사 생활에서 얻은 깨달음이 많은 것 같아요.

내가 중요한 만큼 타인을 중요하게 생각하게 됐습니다. 어떤 때는 피해자가 다시 일어설 수 있는 힘 덕분에 제가 사건을 계속 끌고 갔던 경우도 있었고요. 가해자 앞에서도 무조건 옳다 나쁘다 따지기 전에 왜인지 묻는 사이에, 왜 그래야 했는지 묻는 사이에 진실에 더 가까워질 수 있었어요.

박미옥

"우리는 참 많이 닮았더라고요. 피해자의 모습에서 내 아픔을 볼 수 있고 가해자의 왜곡된 모습에도 그런 내가 있어요." 이 말에서 박미옥이 "나를 키운 것은 시선을 달리할 수 있었던 사건이었다"는 말이 이해가 됐다. 그는 "또 다른 시선이 또 다른 성과를 낳는다"고도 했다. 같은 현상이라도 다양한 시선으로 보려고 하면 새로운 것이 보이고 예상치 않은 성과를 낳을 수 있다는 얘기다.

거의 도인이신데요?
형사 현장은 도 안 닦으면 견디기 어렵습니다.

제주에서 책방 하면서 쭉 사실 건가요?
이제 여기 7년 차예요. 퇴직하기로 마음먹고 제주도 근무를 일부러 신청해서 내려왔어요. 처음에는 내가 번아웃을 포장해서 온 게 아닐까 싶어서 한 해 동안 진지하게 제주도를 들여다봤습니다. 그런데 여전히 제 가슴이 뛰는 걸 보고 2년 차부터 집을 짓고 제 공간을 만들어서 살고 있습니다. 어느 한 곳에 정착하기 싫으면 떠날 수도 있겠지만, 제주도 책방은 제가 여행자처럼 여행 온 사람들을 만나면서 살아보자 하고 만든 공간이라서 최소 10년 이상은 해봐야 또 결정이 나지 않을까 합니다.

형사로 살아온 33년을 돌아보니
내가 중요한 만큼 타인을 중요하게 생각한 게
정답이었다는 생각이 듭니다.
피해자도, 가해자도 다 저로 보였거든요.
저도 그럴 수 있는 거로 보였거든요.
우리는 참 많이 닮았더라고요.

피해자가 다시 일어설 수 있는 힘 때문에
사건을 계속 끌고 갈 수 있었고
가해자 앞에서도 옳고 그름을 따지기 전에
왜 그래야 했는지 묻는 사이에 진실에 가까워졌어요.

그러니 다른 시선이 다른 성과를 낳은 것이 아닐까요?

박미옥 반장처럼 제2의 인생을 꿈꾸는 분들께 드리고 싶은 말이 있다면요?

"내가 무엇을 원하는가? 내가 어떤 가치의 삶을 살고 싶은가?" 이 질문을 스스로에게 던져보세요. 우리는 이게 없으면 안 될 것 같고 저건 있어야 살 것 같다면서 이것저것 다 챙기다가 진짜 소중한 것을 잃어버리고 있어요. 저는 현장에서 수많은 죽음을 보면서 모퉁이 돌아 무엇이 있을지 모르는 삶을 겪어왔습니다. 이제는 제가 주도하는 삶을 살아보고 싶어졌어요. 그래서 지금 제주 생활 7년에 퇴직 3년 차인데, 퇴직하고 3년이 되어가면서 세포가 다시 살아나는 느낌이에요. 조직생활 할 때는 뭔가 안정적인 게 있잖아요. 그러니까 세포가 덜 움직여도 살아있는 것 같았는데, 이제는 온전히 나로 바깥에 나와 살다 보니까 몸 안에 오만 기능이 열심히 움직이게 된 거예요.

회춘하셨는데요. 거의 부활이라고 해야 할 것 같아요.

호기심도 살아나고, 움직임도 살아나고, 불안하지만 몸이 낫는 것 같습니다. 이렇게 또박또박 살다 보면 뭔가 모이지 않을까요. 안나푸르나와 같은 고산을 오를 때는 30분마다 호흡을 조절하면서 머릿속에 산소를 공급해야 오를 수 있습니다. 그렇게 어려운 산행일지라도 내 발 앞꿈치를 보며 한 걸음 한 걸음 걷다 보면, 또 너무 힘들 때면 보폭을 반걸음 줄여 계속 그렇게 걷다 보면 저절로 걷는 느낌이 납니다. 어느새 굉장히 많이 올라온 자신을 발견하게 되지요. 저는 지금 그렇게 살고 있습니다. 지금의 박미옥이라서 굉장히 행복해하고 있어요.

**지금 박미옥 반장은 일선에서 떠났지만, 타인의 감정 컨트롤타워로 여전히 사람들의 반장 역할을 하고 있다. 누구든 제주에 있는 그의 책방에 가면 속 안의 감정을 술술 털어놓게 된다. 박미옥 반장 앞에서는 감정이 무장 해제된다. 타인을 인정하고 다른 사람의 감정을 소중히 여기는 그의 시선 덕분이다. 제주살이 7년 차. 자신도 제주 여행자의 한 사람일 뿐이라고 말하지만, 타인과의 만남 속에서 세상의 이야기들을 보석처럼 캐내고 있는 박미옥. 그의 내일이 더욱 기대되는 이유다.**

노브레인

무대를 불사르는
자유로운 영혼의 탈주자들

"어느 별이든 혼자서 빛나는 별은 없어. 또 다른 별에 반사돼 비로소 빛을 얻는 거야."

영화 〈라디오 스타〉에서 매니저 박민수(안성기)가 한물간 록스타 최곤(박중훈)에게 했던 말이다. 최곤의 '찐팬'을 자처하는 동네 밴드 이스트리버 역할을 맡은 노브레인은 이 영화로 스타덤에 올랐고, 국민밴드가 됐다. 그리고 최곤의 말과 같은 27년을 보냈다. 서로가 서로에게 빛을 반사하면서 '노브레인'이라는 큰 별을 만들어내는 데 올인했다. 거칠고 투박하지만 순수하고 순박한 시골 청년 같은 이미지, 그러나 음악에서만큼은 뜨거운 열정에 거침없는 무대 매너와 넘치는 개성으로 대중을 사로잡는 인디밴드의 전설은 그렇게 탄생했다.

"수입을 네 명이 나누면 너무 작아지는데…. 근데 솔직히 말해서 이런 생각을 한 번도 해본 적이 없어요."

리드 보컬 이성우 씨는 이렇게 말하면서 의기양양했고, 자부심이 가득했다. 그간 아름다운 곡으로 사람들의 심금을 울렸던 수많은 밴드가 멤버 사이의 이해 다툼으로 부침을 겪는 모습을 지켜본 사람들은 이 말이 갖는 의미를 알 수 있을 것이다.

27년 동안 이들이 흐트러짐 없이 함께할 수 있었던 비결은 무엇일까? 그것은 '무소유'였다. 법륜 스님이 "무소유는 내가 아무것도 안 가지고 있다는 것이 아니라, 그 어떤 것도 내 것이 아니라는 뜻이다"라고 했듯이, 노브레인의 태도가 그랬다. 노브레인은 활동으로 주어지는 모든 것은 그것이 무엇이건 내 것이 아니라는 생각이 철저했다. 그 어떤 멤버도 인기를 위해 홀로 튀려 하지 않았다. 작사, 작곡을 누가 했든 '노브레인'의 음악이지, 개인 소유라고 생각하지 않았다. 이들이 소유하고자 하는 것은 '음악'에 대한 식지 않는 열정 그것 하나면 족했다. 펄펄 끓는 그 열정만을 유지하고 싶어 했을 뿐이다.

리드 보컬 이성우, 북 치는 황현성, 기타리스트 정민준, 베이시스트 정우용. 이 네 명의 로커는 '노브레인'에 속해 있다는 자부심, 음악을 함께 할 수 있다는 가슴 벅참이면 그저 행복한 사람들이다. 그 무소유 마인드가 노브레인의 27년을 있게 했고, 앞으로 만들어갈 음악을 더욱 기대하게 만든다. '음악'에 미쳐 살지만, 멤버 간 신의와 우정만큼은 맑고 향기로운 록 밴드 노브레인. 인터뷰를 마치며 이들의 노래처럼 '난 네게 반했다'고 자신 있게 말할 수 있게 됐다.

뇌가 없다는 밴드 이름은 누가 지은 거예요?

**이성우** 제가 지었는데 그냥 뇌가 없는 혼수상태를 의미해요. 우리 음악을 들으면서 다 같이 혼수상태로 그냥 미친 듯이 놀아보자, 이런 의미예요. 아무 생각 없는 무뇌 상태, 좋게 포장하면 열반에 이르는 상태랄까요? 그런 의미에서 노브레인이라고 정했어요.

밴드가 처음 결성된 게 1996년이에요. 우리나라에 처음으로 펑크록이라는 강렬한 음악을 제대로 보여준 밴드로도 알려졌는데, 그 후로 벌써 27년이 지났어요. 음악 색깔에도 변화가 생겼을까요?

**이성우** 노브레인 음악은 영원히 펑크록입니다. 펑크록을 바탕으로 한 것은 변함이 없어요. 그런데 과거에는 뭘 어떻게 해야 한다는 룰이 확실했거든요. 우리는 발라드는 안 부른다, 사랑 노래 안 한다, 이러면서 거칠고 패기 있고 거침없는 음악 스타일을 고수했어요. 그런데 나이가 들면서 그런 경계가 무너진 것 같아요. 꼭 이렇게 해야 한다. 어떻게 해야 한다는 건 없어요. 이제는 음악을 통해서 다양한 이야기를 하고 싶어요. 음악 스타일도 계속해서 조금씩 변할 것 같아요. 다만 이제는 사람들에게 힘을 주는 음악을 하고 싶어요. 그리고 우리 음악으로 힘을 얻은 사람들을 통해서 저희도 힘을 받고 싶고요. 그렇게 살아가는 힘을 얻는 음악을 하고 싶어요.

고등학교 때 데뷔해서 40대가 된 멤버도 있어요. 한 밴드
에 그렇게 오래 함께 있으면 기분이 어때요?

**정우용** 저는 아직 크게 실감을 못 하고 있어요. 근데 형들 외모를
봐도 그렇게 긴 세월이 흐른 것처럼 보이진 않아요. 겉으로 보
이는 부분은 표가 잘 안 나는데 저희 앨범들을 쭉 둘러보면 와,
이만큼 해왔구나 이런 느낌은 조금 들어요.

**황현성** 저도 그래요. 아, 진짜 오래 했구나, 정말 너무 많은 일이
있었구나 이런 생각은 잘 들지 않더라고요. 10년, 20년 된 친구
들이 되게 오래 묵은 친구처럼 느껴지지 않잖아요. 그냥 늘 봐
왔던 친구들이죠. 저희도 공연 많을 때는 매일매일 보고 지긋지
긋했다가도 또 만나서 얘기하면 웃기고 그런 생활이 반복되면
서 세월을 보낸 것 같아요. 옛날에는 50년 활동해서 진짜 멋있
는 할배 밴드가 돼야지, 이런 생각했는데 요새는 이렇게 하다
보면 그냥 50주년 맞겠다, 이런 생각이 들어요.

**정민준** 10주년 때는 우와 진짜 오래 걸렸다 이런 느낌이 들었거
든요. 근데 10주년 지나고 나서는 20주년, 25주년이 금방 오는
것 같아요. 그래서 생각해보니까 밴드가 그냥 저희 일상이 된
것 같아서 50주년도 금방 올 것 같은 느낌이에요.

리드 보컬이자 연장자인 이성우 씨는 이제 체력 좀 달리지 않으세요?

**이성우** 아무래도 예전보다 좀 체력이 떨어지긴 했어요. 스물두 살 때 무대에서 노래하는 모습을 다시 보면 그때는 어떻게 저렇게 했는지 기억이 잘 안 나요, 솔직히. 그런 시절이 있었던 것 같아요.

거의 혼수상태던데.

**이성우** 근데 그게 기억이 안 나요. 내가 저랬다고? 보면서 깜짝깜짝 놀라게 돼요. 지금은 그때와 많이 달라졌어요. 뿜어내는 에너지도 그때랑은 많이 달라졌고요. 그런데 세월이 흐르면서 새롭게 생긴 에너지가 또 있어요. 그게 있으니까 나름대로 또 재미가 있고요.

나이 든 록 밴드의 장점도 있는 거 같아요. 너그러운 뮤지션이 됐어요. 부드러운 선들이 생겼습니다. 젊었을 때는 뜨거운 열정, 젊은 패기도 좋았는데, 나이 들면서 자연스럽게 생겨난 이런 부드러움, 너그러움 들이 참 좋습니다. 음악을 대할 때도 한결 여유로워졌어요. 전에 없던 새로운 멋이 나오고 있습니다. 그래서 더 기대가 돼요. 이대로 쭉 가면 팔순에도 록 밴드 할 것 같아요.

너그러움, 부드러움 이런 말이 좀 의외라는 생각이 들기는 하는데, 그만큼 깊이와 유연함을 더해가고 있다, 이렇게 보이기도 해요. 30주년을 향해가는 밴드로서 비결이 있다면요?

**이성우** 서로 치열하게 많이 싸우되 절대로 그 순간에 욱하거나 일희일비하면 안 돼요. 욕심 없는 사람은 없습니다. 저희 욕심 많아요. 다만 저희는 '사랑'이 짙고 깊은 것 같아요. 정말 서로를 사랑하고 아낍니다. 그 사랑의 바탕은 서로에 대한 신뢰예요. 흔들리지 않은 믿음 같은 거요. 서로가 서로를 믿어줍니다. 그래서 싸워도 뒤끝이 없어요. 사실 거의 30년을 함께 지냈는데 저희라고 한결같이 좋았던 시간만 있었던 건 아닙니다. 그런데 바다에 파도가 늘 세차게 치는 건 아니잖아요. 파도가 잔잔하고 평화로울 때도 있잖아요. 밋밋한 타이밍도 있는데 서로 날이 서 있을 때는 잠시 피했다가 잔잔할 때 이런저런 얘기를 많이 해요. 서로를 믿고 조용히 기다려주는 거죠. 조용한 기다림, 믿음, 사랑 이런 것이 노브레인을 유지시켜주는 비결입니다.

조건 없는 믿음을 바탕으로 한 '사랑'이 노브레인을 움직이게 하는 힘의 원천이다. 이렇게 들려요.

**이성우** 맞습니다. 신뢰를 바탕으로 한 사랑의 힘은 서로 약속하지 않은 무대의 합을 만들어내요. 한창 공연할 때는 서로 사인을 맞출 수가 없거든요. 그냥 서로를 믿고 가는 건데요, 제가 '아, 이렇게 끝내면 좋겠다'고 생각했는데, 멤버들 모두가 약속한 듯이 제가 생각한 플레이를 해낼 때가 있어요. 그런 경우가 정말 많아요. 이런 게 사랑의 힘인 거죠. 텔레파시가 통하는 거예요. 그런 공연 마치고 나면 '아, 역시 우리는 노브레인이다. 노브레인으로 함께할 때 빛나는 우리다' 이런 생각이 강하게 들고, 밴드에 대한 사랑도 더 깊어져요. 코로나 3년 보내면서 저희 정말 힘들었거든요. 설 무대가 없으니까 연습도 안 하게 되고, 의욕도 많이 꺾였어요. 다들 너무 힘들었는데 우리가 합을 맞추었던 그때를 생각하면서 계속해올 수 있었던 거죠. 젊을 때 어려움을 겪으면 젊음의 패기와 배짱으로 기다릴 수 있는데, 나이 마흔 넘으면 현실적으로 좀 힘들잖아요. 그런데 노브레인은 서로 너무 사랑하니까 참고 견디고 기다릴 수 있었다고 봅니다.

멤버들 사이가 거의 가족처럼 느껴지는데, 그래도 수입이 생기면 어쨌든 나눠야 하잖아요. 근데 수입이 생기면 모두 똑같이 나눈다고요.

**이성우** 저작권부터 개인적으로 활동해서 수입이 생겨도 모두 똑같이 나눴었죠. 그러다 재작년부터 조금 바꿨어요. 혼자서 활동할 때도 있으니까 혼자 번 건 개인 몫으로 가져가는 걸로 했어요. 20년 넘게 n분의 1 분배를 유지해왔으니 이제 좀 바뀔 때도 됐죠. 요즘은 멤버들 각자가 노브레인 외에 사이드 프로젝트를 하는 경우도 꽤 많거든요. 다른 밴드와 협업하기도 하니 개인 수입도 생기는데 그걸 다 똑같이 나눌 수는 없겠더라고요.

지금은 활동의 폭도 넓고 다양한데, 한 달 수입이 아예 없었던 시절도 있었다고요.

**이성우** 1996년에 밴드 처음 결성할 때 저는 스물한 살이었고 다른 멤버는 더 어렸죠. 10대였으니까요. 오로지 할 수 있는 것은 음악 활동뿐이었는데, 음악만으로 밥벌이하기가 어려웠어요. 연습은 했지만 불러주는 무대는 없고. 그래서 수입이 0원이었어요. 밴드 결성하고 7~8년은 가난하게 살았어요. 막노동도 했죠. 2004년까지 그렇게 살았어요.

막노동하면서 음악을 한 거예요?

**이성우** 직장을 다닐 수는 없고, 하루 벌어서 하루 살았어요. 다른 멤버들도 그때는 다 아르바이트했고요. 평소에는 각자 돈벌이 하고 일주일에 두세 번 모여서 연습하고 그랬어요. 그런데 막노동도 즐거웠어요. 노브레인은 해낼 것이다. 우리는 할 수 있다. 그런 희망이 있었어요. 막연한 것 같지만 그런 상상을 하면서 일을 하면 힘들지 않았어요. 막노동도 하나의 좋은 인생 경험이라고 생각했죠. 영원히 이 일을 하면서 살 건 아니었으니까요.

저의 업은 음악이고 막노동은 음악을 하기 위한 수단이었으니까요.

생각이 참 긍정적이신데. 막노동하면서 버티다가 드디어 히트곡 〈넌 내게 반했어〉가 탄생한 거잖아요. 그 노래는 어떻게 만들게 됐어요?

**이성우** 기타 치는 민준이랑 설거지하다가 만든 곡이에요. 같이 설거지하다가 흥얼거리면서 "넌 내게 반했어" 이런 말이 나왔는데 어, 이거 뭐 되겠는데 싶더라고요. 설거지 다 하고 멜로디 붙이고 가사 만들고 그렇게 해서 만든 곡이에요. 딱 만들어놓고 보니까 히트 치겠다 싶더라고요. 노래 만들면서 저희부터 신나고 재밌었거든요. 후렴 만드는 데만 한두 달 걸렸어요. 대여섯 번 정도 바꿨던 것 같고요. 그렇게 다듬고 다듬어서 녹음을 했는데 사람들이 좋아하겠다는 느낌이 확 들었죠.

그 느낌이 딱 맞아서 확 떴어요. 그때부터 여기저기 불려 다니신 거죠? 수입도 좀 생겼겠고요?

**이성우** 수입이 전혀 없을 때도 있었는데 〈넌 내게 반했어〉가 뜨면서 한 달에 100~150만 원 정도 벌었어요. 저희에게 큰돈이었죠. 그때 소원이 '두 다리 편하게 뻗고 누울 곳이 있으면 좋겠다' '내 돈으로 고기 사먹으면 좋겠다'였는데 정말 그렇게 됐어요.

우리가 번 돈으로 고기 사먹을 수 있었고요, 회식도 했어요. 제가 누군가에게 고기를 사줄 수 있게 된 거죠. 그리고 막노동할 때 들고 다녔던 가방을 버렸어요. 그 가방 안에 작업복 같은 거 들어 있었는데 '그동안 수고 많았다…' 이러면서 막노동 가방이랑 작업복도 이별을 했죠. 막노동 가방 버리는데 이제 음악에만 전념할 수 있겠다는 생각에 속이 다 후련하더라고요.

그래도 공연을 못 하면 수입이 또 많이 줄 거 같은데, 코로나 때는 힘들었겠어요.

**이성우** 그땐 번 돈 까먹고 지냈죠. 근데 밴드를 처음 시작할 때부터 돈 없는 게 너무나 당연한 거였어요. 돈 때문에 갈등이 많이 생긴다는데 저희는 신기하게도 금전적인 문제 때문에 트러블이 있었던 경우는 없었어요. 돈이 아니라 '자리싸움'이 더 큰 문제죠.

자리싸움이요? 그게 뭐죠?

**황현성** 예를 들어 네 명 중에 한 명이 철저하게 리드하고 나머지 멤버들이 따라가는 것에 동의하면서 즐겁게 가면 괜찮죠. 그런데 만약 나머지 세 명이 욕심을 갖고 더 적극적으로 음악을 하고 싶어 하는데 그걸 리더가 못하게 하면 거기서 자리싸움이 생깁니다. 보통 곡 작업에서 트러블이 생기는 경우가 많은데요,

저희는 넷 다 각자 쓴 곡을 갖고 와서 투덕투덕 싸우면서 함께 곡을 만들기 때문에 한쪽으로 치우치는 경우는 별로 없어요.

노브레인의 멤버들은 작사, 작곡 심지어 연주에 있어서도 서로의 역할을 유연하게 바꾸고 자유롭게 정해보곤 한다. 보컬이 스틱을 잡고 드럼을 친다거나 기타리스트도, 베이시스트도 마이크 잡고 한 곡씩 뽑아내는 건 이들에게 너무나 자연스러운 일. 30년 가까이 함께해온 베테랑 뮤지션들이라 가능한 일일 텐데, 그런 장점을 십분 살린 《소주 한 잔》이라는 앨범은 '병풍탈출 프로젝트'라는 독특한 프로젝트의 결과물이다.

비단 앨범 발매뿐 아니라 이 곡으로 진행되는 공연마다 독특한 퍼포먼스가 있다. 보컬인 이성우가 마이크를 내려놓고 드럼 자리로 가서 드러머가 되고, 드러머 황현성이 나와 마이크를 잡고 자신이 작사, 작곡한 노래 〈소주 한잔〉을 열창한다. 노브레인 멤버들 개개인의 개성과 이름을 새롭게 각인시켜준 이 프로젝트를 통해 멤버들 사이는 더욱 끈끈해졌다고.

27년 동안 노브레인 멤버들을 이어준 '끈'이라는 게 있다면, 무얼까요?

**이성우** 무대죠. 무대가 저희를 이어가게 하는 가장 질긴 끈이에요. 아무래도 사람이다 보니 트러블이 없을 수 없습니다. 이럴 때 다들 속으로 '어휴 내가 참는다' 이런 심정일 거예요. 그런데 악기 둘러메고 무대에 올라가면요, 서로 말도 안 하고 눈빛으로 딱 신호만 보내는 데도 합이 기가 막히게 잘 맞아요. 워낙 오랫동안 해와서 그런가봐요. 그럴 때 '아 밴드한 보람이 여기에 있구나. 이 맛에 밴드하는 거지' 이런 생각이 들어요. 그 마음으로 무대에서 땀 쫙 흘리고 내려오면 멤버들이 그렇게 예쁘고 사랑스럽게 보일 수가 없어요.

무대에서 갈등의 씨가 될 만한 찌꺼기들을 쫙 다 빼내고 내려오는 것 같아요. 지금까지 한 공연이 5000번은 된다는데, 기억에 남는 무대가 있다면요?

**이성우** 한국외대에서 공연할 때였는데 비가 너무 많이 왔어요. 그런데 그날 하필 저희가 왕창 늦은 거예요. 그런데도 다들 기다려주셨어요. 너무 죄송해서 무대에 올라가자마자 거의 무릎 꿇고 사과 드리고 공연을 쭉 했어요. 그때 앵콜만 거의 대여섯 곡 했던 것 같아요. 저희들 늦은 것에 대한 죄송스러움, 기다려준 것에 대한 고마움을 어떻게든 표현하고 싶었는데 저희가 해드릴 수 있는 건 노래밖에 없잖아요. 앵콜 받을 수 있을 때까지 전부 다 받고, 비 철철 맞아가면서 공연했는데 정말 너무 짜릿했어요. 최고의 무대였어요.

악기 둘러메고 무대에 올라가면요,
서로 말도 안 하는데 눈빛으로 딱 신호만 보내는데도
합이 기가 막히게 잘 맞아요.
워낙 오랫동안 해와서 그런가봐요.
'아 밴드한 보람이 여기에 있구나. 이 맛에 밴드하는 거지.'
이런 생각이 들어요.
그 마음으로 무대에서 땀 쫙 흘리고 내려오면
멤버들이 그렇게 예쁘고 사랑스럽게 보일 수가 없어요.

팬들에게 최선을 다하는 마음 때문에 그 긴 시간 동안 노브레인을 응원하는 거겠죠.

**정민준** 정말 짧지 않은 시간 동안 계속 옆에 있어준 친구들한테 너무 고맙고 행복했다고 말하고 싶어요. 앞으로 흰머리 날 때까지 같이 달려가고 싶습니다.

**황현성** 저희를 좋아해도 좋고 관심 없어도 좋습니다. 한때 같은 음악을 듣고 같이 놀았다는 것만으로도 너무 고마울 뿐이에요. 그리고 뻔한 얘기지만 첫째도 둘째도 셋째도 건강입니다. 진짜 건강하게 오래오래 다 재미있게 살았으면 좋겠습니다.

건강을 강조하는 걸 보니 노브레인도 나이가 들긴 들었네요. 사실 마산에서 상경했을 때는 정말 아무것도 없었잖아요.

**이성우** 알몸으로 태어났지만 옷 한 벌은 건졌다는 가사도 있잖아요. 아무것도 가진 것 없어도 살아있는 그 자체가 대단한 거예요. 제가 말씀드리고 싶은 게 당신이 얼마나 꼴통이든, 당신이 세상에 쓸모없는 사람이라는 생각이 들더라도 살아있다는 그 자체만큼 소중한 건 없다는 거예요. 살아가는 것에 끈을 놓지 말고 계속 건강하게 잘 살았으면 좋겠어요. 잘 살아있으면 그것만으로도 멋진 겁니다.

노브레인은 앞으로도 계속 지금 이대로의 모습을 기대해
도 될까요?

**황현성** 몸이 안 좋아졌다거나 해외에 일이 있거나 해서 단기간
혹은 장기간 쉴 수는 있겠죠. 하지만 그렇다고 밴드를 굳이 해
체하거나 끝내야 할 이유라는 게 있을까? 이런 생각이에요. 만
약에 그냥 너무 지치면 잠깐 쉬어가면 되니까요. 그래서 아마
그냥 죽을 때까지 한다고 얘기해도 되지 않을까? 죽을 때까지
할 수 있을 것 같아요.

**이성우** 요즘 케이팝 스타들 보면 대단한 것 같아요. 저도 2013년
에 미국 공연 갔을 때 케이팝의 위력을 실감했어요. 그때 교포
한 분이 흥분된 목소리로 "형! 형 음악에 백인들이 춤을 춰요!"
이러더라고요. 우리 음악에 맞춰 춤을 추는 백인들을 보면서 그
분 어깨에 잔뜩 힘이 들어갔더라고요. 동양인으로서 어떤 자부
심을 느낀 것 같았는데, 지금 BTS가 활약하는 걸 보면 한국인한
테 뛰어난 음악적 유전자가 있는 거 아닌가 싶기도 해요. 저희도
언젠가는 노브레인의 음악이 세계에 울려 퍼지게 하고 싶어요.

노브레인은 빈손으로 시작했기에, 소유에 대한 집착 없이
오로지 '음악'과 '무대'에 집중해왔다. 주류에 들어가서 인
기를 얻어야 한다는 욕심이 없기에 27년 동안 밴드의 정체
성을 흔들림 없이 유지할 수 있었다. 그렇다고 이들이 대중

과 먼 음악만 추구해온 것도 아니다. 아웃사이더와 인사이더 그 어디쯤의 경계에서 자유롭게 그들만의 무대를 만들어가고 있다. 이런 유연함 또한 욕심이 없기에 가능한 일 아니었을까. '자유로운 영혼을 가진 아름다운 경계인' 노브레인. 그들이 앞으로 써내려갈 미래의 음악들은 그들이 써내려온 세월만큼이나 멋지고 창대할 것이다. 그들은 노브레인이니까.

나태주

# 살기 위해 썼고,
# 살아가기 위해 쓴다

"자세히 보아야 / 예쁘다 // 오래 보아야 / 사랑스럽다 // 너도 그렇다." 스물네 글자, 단 세 문장의 짧은 시가 일으킨 파장은 컸다. 국민 애송시가 되더니, 시골 초등학교 교사 나태주에게 '풀꽃 시인'이라는 애칭을 붙여주었다. 하지만 이 시가 처음부터 주목받았던 것은 아니다. 지나가는 사람들이 눈여겨보지 않는, 이름 없는 '풀꽃'의 운명처럼 이 시도 책 속에 묻힐 뻔했다. 시인이 〈풀꽃 1〉을 쓴 것은 2002년. 그로부터 11년 후 서울 광화문 네거리 한 건물 외벽에 이 시가 걸리면서 세상에 알려졌고, KBS 드라마 〈학교 2013〉에서 배우 이종석이 낭독하면서 국민들 귀를 사로잡았다.

시인은 '살기 위해' 시를 썼다. 열다섯 살 때 한 살 위 여고생에게 연애편지를 쓰다 감정이 막 부풀어 오르는 풍선처럼 터질 것 같아 시를 썼다. 1969년 베트남 파병에서 돌아와 첫사랑을 만났을 때도 그랬다. 지독하게 사랑했지만 단칼에 거절당했다. 실연의 상처는 너무 깊었다. 고통과 상심의 나날들을 시로 옮겼다. 그렇게 쓴 시가 1971년 '신춘문예'에 당선돼 시인의 길을 열어줬다. 43년 3개월을 초등학교 교사로 지낼 때도 행여 아이들을 향한 사랑이 식어버릴까 봐 시를 썼다. 말썽 피운 어린 제자들이 밉고 미워서 어떻게든 예쁘게 보려고 시 '풀꽃' 연작을 썼다.

살기 위해서였다. 더 나은 사람이 되기 위해서, 더 좋아지기 위해서 시를 썼다.

시는 나태주를 좋은 어른으로 성장시켰고 '나를 위함'을 넘어 타인을 위한 배려와 챙김으로 나아가게 했다. '너도 그렇다'는 그렇게 탄생한 것이다. 시인은 '나'에서 '너'로, '우리'로 확장하면서 시로 우리를 꼭 안으며 토닥여주고 있다.

**풀꽃 2**

이름을 알고 나면 이웃이 되고
색깔을 알고 나면 친구가 되고
모양까지 알고 나면 연인이 된다
아, 이것은 비밀.

〈풀꽃 1〉은 짧지만 강렬한 문장의 시입니다. 단 세 문장으로 '풀꽃 시인'이라는 애칭이 생겼는데, 순식간에 쓰신 거라고 해요. 선생님은 퇴고를 많이 안 하신다고 들었어요. 구양수 선생의 글짓기에 세 가지 기본이 있잖아요. 다독, 다작, 다상량. 저는 젊은 시절에 잘 몰랐습니다. 다독은 당연한 거고요, 다작도 당연합니다. 그런데 다상량이 뭘까? 헤아릴 상商에 헤아릴 량量 자를 쓰는데 많이 생각하라는 거잖아요. 구상을 깊게 오래 하는 거, 많이 하는 거라고 생각합니다.

구상이라면 글을 쓰기 전에 생각하는 것 말씀이지요? 그걸 깊고 오래 해야 한다?
저도 생각의 중요성을 처음에는 잘 몰랐어요. 무슨 말씀이냐 하면 글을 쓸 때 특히 시 같은 경우는 이 배 속에다 넣고 마음속에 넣고 영혼 속에다 넣고 오랫동안 간직하고 있다가 쓸 때 전광석화처럼 그냥 번개 치듯이 2분, 3분 만에 씁니다. 이게 좋을까요? 아니면 하루나 이틀 끙끙거리며 쓰는 게 좋을까요? 저는 절대적으로 후자가 안 좋아요. 아이가 엄마 배 속에서 열 달 동안 충분히 잘 자란 후에 태어나야 건강한 것처럼 시도 마찬가지예요. 생각을 깊게 충분히 많이 한 후에 확 써야 해요. 다상량은 그런 의미입니다.

시와 산문은 결이 좀 다르죠?

많이 다르죠. 산문을 쓸 때는 계획을 하고 작정을 하고 작업을 하거든요. 시는 그렇게 작업이 안 됩니다. 시인은 시상이 떠오르고 문장이 잘 나오도록 아주 겸손하면서 친절하게 거들어줘야 해요. 시라는 것은 내가 쓰는 게 아니고 시가 나오시는 거라고 생각해야 합니다. 시인은 시가 나오시도록 잘 도와주는 사람이다, 이렇게 봅니다. 그래서 시는 '쓰다' '짓다'가 아니라 '낳는다'라고 표현합니다.

시인은 시가 나오시도록 거들어주는 사람이다? 표현이 독특합니다. 잘 거들어주기 위해서 시인은 어떤 마음을 가져야 할까요?

시의 동력에는 세 가지 정도가 있어요. 그리움, 호기심, 사랑이고 이 전체를 다 받쳐주는 건 열정이에요. 열정은 그리움과 호기심, 사랑이 지속되도록 불을 때주고 따뜻하게 해줍니다. 열정을 가지고 그리움과 호기심, 사랑을 이어 나가다 보면 시를 쓸 수 있어요. 이것이 시를 위한 헌신이고 봉사고 노력이에요.

**시인 나태주는 시를 쓰면서 '시심詩心 시양詩養 일체一體'라는 말을 스스로 지어냈다. 시에 대한 순결한 마음을 늘 갖고, 그 시의 씨앗을 정성껏 기르면, 비로소 시와 내가 하나가 된**

나태주

다는 의미다. 아이를 잉태하는 어머니의 마음이다.

임신한 엄마가 배 속에서 아이를 기르듯 시인 나태주는 시를 몸 안에서 잉태하고, 잘 기르고, 자신을 통해 밖으로 나가도록 하고 있다. 이 말을 하면서 그는 내내 '시가 나오시도록 한다'며 시 자체에 극존칭을 썼다. 시 자체에 존경을 넘어 어떤 경외심을 갖고 있는 듯했다. 시에는 생명력이 있다고 믿기 때문이다. 누군가를 살릴 수 있는 그 어떤 힘이 있다는 것이다. 시인 나태주를 살린 첫 번째 사건은 사랑의 열병을 앓았던 열다섯 살에 찾아왔다.

어렸을 때부터 시인이 꿈이셨어요?

열다섯 살 때 저보다 한 살 위였던 여학생을 좋아했어요. 너무 이쁘다는 생각이 들어서 연애편지 써서 보냈는데, 답장을 그 여학생 아버지가 하신 거예요. 그 편지가 남아 있으면 좋은데 제가 너무 겁나서 그 자리에서 읽어보고 논바닥에 바로 찢어버렸어요. 그 아버지가 서천 읍내에서 만나자는 거예요.

그때 제 이름이 나수웅이었거든요. 나태주는 개명한 이름이고요. 그 아버지가 굵은 만년필로 "나수웅 군. 학생이 공부는 하지 않고 그렇게 편지나 쓰고 해서 되겠는가. 서천읍에 한번 나오게. 내가 만나주겠네" 이렇게 편지를 써서 보내신 거예요. 제가 얼마나 겁났겠어요. 그 편지를 갖고 집에 들어가면 저는 아버지한테 또 혼나는 거죠. 저쪽 아버지한테 혼나고 이쪽 아버지한테도 혼나고. 방법은 찢어버리는 것이었는데, 버렸어요.

그런데 그런다고 좋아하는 감정이 시드나요? 마음속 감정은 계속 부풀어 오르고 감정을 주체할 방법이 없는 거예요. 고무풍선에 바람이 빵빵하게 차기만 하면 빵 터지잖아요. 그래서 가슴속 차오르는 감정의 바람을 어떻게든 빼내야 했는데 그게 바로 시였습니다. 사고 치기 직전의 감정을 시로 빼냈습니다. 그래서 살았어요.

사랑앓이를 했던 열다섯 살 소년의 마음속에 아까 말씀하신 시인으로 갖춰야 할 마음가짐이 다 있네요. 그리움, 사랑, 호기심. 그렇게 자연스럽게 시인의 길을 걷게 되셨는데, 그 시가 실연당할 때마다 선생님을 살렸다고요?

스물네 살에 또 다른 여자를 만났어요. 제가 초등학교 선생으로 있다가 군대 가서 월남전에 갔어요. 돌아와서 복직을 했는데 그때 정말로 결혼을 하고 싶었어요. 그런데 학교에서 마음에 드는 여자를 만난 거죠. 그분은 2학년 2반이었고 제가 2학년 1반이니까 늘 보잖아요. 옆을 봐도 이쁘고, 건너봐도 이쁘고, 손을 봐도 이쁜 거예요. 그런데 지금 생각하니까 하나도 안 예쁜 여자였어요(웃음). 근데 그때는 모든 게 다 너무너무 이뻤어요. 그래서 프러포즈를 했는데 완전히 거절당했어요.

저는 너무 좋아했는데 그 여성은 선보고 결혼하더라고요. 그때 아주 폐인이 됐죠. 그 집에서 허락을 안 했어요. 그 사랑의 실패가 저에게 또 시를 낳게 한 거예요. 그때 나태주라는 인간이 확 깨져버린 거예요. 껍데기를 확 깨서 내 안에 있는 부끄럽고 창피하고 아프고 억울하고 답답하고 분통 터지고 죽고 싶은, 이런 감정들을 다 튀어나오게 한 거죠.

옛사랑 얘기하면 아내분이 서운하시겠는데요.
지금 아내는 저를 진짜 사람으로 만들어준 은인, 귀인이죠. 제가 쓴 시 중에 〈두 여자〉라는 시가 있어요. "한 여자로부터 / 버림받는 순간 / 나는 시인이 되었고 // 한 여자로부터 / 선택되는 순간 / 나는 남편이 되었다." 이게 시의 전부인데요, 나를 선택해준 집사람에 대한 마음이에요. 나를 확 그냥 뒤집어서 껍데기를 깨게 해서 시인으로 만든 여성이 있고, 진짜 나를 구제해서 남편이 될 수 있도록 해준 집사람이 있고요.

사랑의 열병을 앓았을 때 쓴 시가 정말 시인으로 만들었어요. 그때 쓴 시로 등단하셨잖아요?
1971년 《서울신문》 신춘문예에 〈대숲 아래서〉가 당선됐어요. 당시 심사위원 박목월 선생이 절 구해준 거죠. 원래 제목은 '작은 노래'라는 뜻으로 "소곡풍小曲風"이었는데, 박목월 선생이 "대

고무풍선에 바람이 빵빵하게 차기만 하면
빵 터지잖아요.
그래서 가슴속 차오르는 감정의 바람을
어떻게든 빼내야 했는데, 그게 바로 시였습니다.
사고 치기 직전의 감정을 시로 빼냈습니다.
그래서 살았어요.

숲 아래서"로 제목을 바꿔주셨어요. 스물네 살 때 만난 그 여자가 나를 버려주지 않았으면 시인이 안 됐을 거예요.

**다섯 연으로 된 시 〈대숲 아래서〉에는 사랑의 열병을 앓았다가 처절하게 실패했음에도 사무치는 그리움에 어쩌지 못하는 시인의 마음이 절절히 묻어난다. "어제는 보고 싶다 편지 쓰고 / 어젯밤 꿈엔 너를 만나 쓰러져 울었다 / 자고 나니 눈두덩엔 메마른 눈물자죽 / 문을 여니 산골엔 실비단 안개."**

뭔가 처절한 아픔을 관통하고 나면 시가 되는 것 같아요. 그렇게 탄생한 시가 또 있나요?

저한테는 아들하고 딸이 있는데, 아들아이가 아내를 잃었어요, 오래전에. 며느리를 잃었는데 그때 손자가 두 살인가 그랬어요. 막 걸어 다니고 그럴 때인데 제 아내하고 손자가 골목길에서 산책하고 돌아오다가 꽃을 한 송이 갖고 왔더라고요. 아내가 손주한테 길가의 꽃을 잘라준 거예요. 야생화죠. 그걸 제가 유리병에다 물을 담아서 이렇게 담아두자, 그러면 이게 오래 더 산다, 그러면서 꺾인 꽃과 우리 두 살 반 된, 엄마가 없는 아이를 보면서 떠올린 문장이 〈풀꽃 3〉입니다.

"기죽지 말고 살아봐 / 꽃 피워봐 / 참 좋아." 딱 세 문장이에요.

사연을 알면 마음이 참 아파요. 제가 손자한테 해주고 싶은 말을 시로 낳은 거죠. 그런데 놀랍게도 고등학교 3학년 애들이 이 시를 좋아합니다. 〈풀꽃 3〉 써주세요, 그래요. 참 희한하죠? 저는 그 시를 아픈 기억을 가지고 죽자 사자 썼잖아요. 근데 시에는 그런 제 사연은 나타나지가 않습니다. 밑에 깔려 있어요. 그런 시들을 독자들이 찾습니다. 그래서 시에는 영혼이 있다고 생각해요. 글에는, 언어에는 영혼을 살리고 죽이는 그런 힘이 있습니다.

> 사람을 살리는 그 영혼의 힘으로 나태주 선생님도 사신 거라고 하셨는데요, 〈풀꽃 1〉도 그렇게 낳은 시라는 얘기가 있어요.

애들이 너무 떠들고 말썽을 피우는 거예요. 말도 안 듣고. 내 새끼도 안 이쁜데 남의 새끼가 이쁘겠어요? 그러나 선생님들은 예쁘게 봐야 할 의무가 있습니다. 애들을 선생님이 예쁘게 안 보면 어떡하겠어요. 노력해서라도 사랑할 필요가 있어요. 그래서 야단을 칠 수도 있었지만, 내 마음부터 다스리기로 한 거죠. '예쁘지 않은 아이들을 어떡하면 예쁘게 볼까? 아이들을 예쁘게 보도록 노력해보자.' 네가 나를 좋아하게 하기 위해서 내가 먼저 좋아하겠다고 마음먹은 거죠.

〈풀꽃 1〉은 너를 위해서가 아니고, 너를 챙기기 위해서가 아니고, 나를 위해서 나를 챙기기 위해서 쓴 시이기도 합니다. 그러고 보면 늘 저는 제가 살기 위해서 시를 썼습니다. 마음에 들어찬 찬 공기를 어떻게든 빼내야 제가 살 수 있기 때문에 시를 쓴 거죠. 시를 쓸 수 있다는 그 자체가 고마운 일이에요.

　　말씀 중에 세 명의 여성이 등장했어요. 열다섯 살 첫사랑 여성, 스물네 살 프러포즈했다가 거절당한 여성 그리고 지금의 아내분. 또 선생님께서 시를 쓰는 데 영향을 준 다른 여성이 있나요?

제 외할머니요. 모성 하면 외할머니예요. 난 어머니의 젖꼭지에 대한 기억이 없어요. 분명히 한두 살까지 모유를 먹었겠지만 네 살 때부터 대여섯 살까지는 빈 젖꼭지를 빤 기억이 있는데, 외할머니였어요. 애가 안 자고 칭얼대면 안 나오는 젖꼭지를 물려주셨어요.

　　외할머니가 키워주신 거예요?

제가 여섯 남매 중에 장남이에요. 집에 식구가 많으니까 밥그릇을 좀 줄여야 하잖아요. 저를 외할머니한테 밀어낸 거예요. 저에게는 외할머니가 가장 좋은 모성, 가장 좋은 의사이자 이웃, 친구, 동행자였어요. 원래 우리 집은 아침에 상당히 일찍 일어나고, 놀면 안 되고, 뭘 해야 하고 그런 경향이 있었어요. 그런데 외갓집은 외할머니가 혼자 사시지만 저한테 주도권을 주셨어요. 제가 일어날 때 당신도 일어나고, 깨우질 않는 거예요. 일어날 때까지 재촉하지 않고 그래서 아주 자연스럽게, 제가 살고 싶은 대로, 고삐 풀린 망아지처럼 어린 시절을 보냈어요. 그래서 시인이 됐어요.

　외할머니와 살아서 자유분방하게 성장하셨던 거네요.
저도 그렇게 생각합니다. 그렇다고 외할머니가 저를 그냥 버린 건 아니고, 제가 뭔가를 잘하도록 울타리를 쳐주셨고 시비를 안 거셨어요. 저는 아침에 늦게 일어나는 인간인데, 친가에서 저만 지금도 아침에 늦게 일어납니다. 친가 사람들은 다 리얼리스트예요. 말하자면 배고프지 않기 위해서, 춥지 않기 위해서 사는 사람들이었어요. 그 부분들을 다 외할머니가 막아주셨고요. 더 나아가서 부끄럽지 않기 위해 살겠다는 생각까지 갖게 하셨어요.
우리 집 식구 중에서는 제가 별종이에요. 외할머니는 일흔둘에 돌아가셨는데, 돌아가시기 전해까지 저를 찾아오셨어요. 오셨을 때는 봄이면 씀바귀나물하고 고들빼기 이런 거 쪄가지고 오셨죠. 서른여덟 살부터 일흔두 살까지 생애를 손자 나태주를 위해서 헌신하고 사셨어요.

외할머니가 돌아가시기 전에 아들 같은 손자 나태주가 유
명해진 건 보신 거죠?

시인으로 등단도 했고요, 1979년에 제3회 흙의문학상 대통령
상을 받았어요. 그때 저도 형편이 넉넉하진 않았거든요. 그래도
선물을 하나 해드렸어야 하는데 제가 철이 없었어요.

사랑과 아픔을 통해서 시를 낳으셨는데 사랑 때문도, 일
때문도 아니고 엄청난 인생의 고비가 찾아왔었다고요?

2007년도 교직 말기에 정년 6개월 남겨놓고 죽을병을 앓았어요.
췌장염이었는데 그때 의사가 2~3일 내에 죽는다고 했어요. 쓸
개가 전부 다 터졌고요, 쓸개가 터지면서 그 장기를 받치고 있
는 얇은 막이 다 녹았어요. 그 이후로 100여 일 동안 입에 물 한
모금도 대지 못하고 살았어요. 그렇게 몸에 사고가 나면서 제가
또 한 번 완전히 깨집니다. 그런 뒤로 세상을 보는 눈이 이렇게
달라졌어요. '내 인생은 이제 덤이다. 내가 뭐 아낄 게 있나. 나
도 중요하지만 네가 더 중요하다.'

췌장염을 앓고 지금도 배가 많이 아픕니다. 새벽에 일어났을 때
는 아파요. 그래도 이렇게 생각하지요. '내가 살아있으니까 아
프다.' 아주 중요한 생각입니다. 왜 이렇게 아플까 하고 짜증을
내는 게 아니라 내가 살아있으니까 아프다. 내가 죽었으면 아프
지도 않는다. 이 생각을 하니까요, 세상이 확 다르게 보여요.

죽을 고비를 넘긴 후에는 잠들기 전에 꼭 기도를 한다고 했다. "하나님 / 오늘 하루 / 잘 살고 죽습니다 / 내일 아침 잊지 말고 / 깨워 주십시오."(〈잠들기 전 기도〉) 신이 챙기고 기억해야 할 사람이 너무 많다는 걸 잘 알지만 지나치지 말고 나태주를 꼭 깨워달라는 것이다. 매일 밤 간절한 소망을 담아 기도하는 시인은 아침을 맞을 때마다 다시 신에게 감사인사를 건넨다. "잊지 않고 깨워주셔서 감사합니다. 오늘도 새날을 주셔서 감사합니다. 오늘 저는 새사람입니다. 어제 죽고 오늘 살아난 새사람입니다."

매일 죽고, 매일 태어나시네요?
매일 새로 태어나는 사람이에요. 이렇게 감사하며 사니까 만족스러워요. 감사하는 마음은 매우 유용해요. 빛나고 아름답고 가득하고 반짝이고 싱싱하고 행복해요. 그래서 웬만하면 다 좋은 거예요. 저는 웬만하면 좋습니다. 저는 살아있다는 거, 어딘가를 간다는 거, 무슨 일을 한다는 거, 누군가를 만난다는 거 다 행복합니다.

나태주의 시 〈행복〉을 참 좋아한다. "저녁 때 / 돌아갈 집이 있다는 것 // 힘들 때 / 마음속으로 생각할 사람 있다는 것 // 외로울 때 / 혼자서 부를 노래 있다는 것." 이 시를 생

나태주

각하면 힘이 솟는다. 시에는 사람을 살리는 영혼의 힘이 있다는 말을 나는 이 시를 통해서 체험한다.

초등학교 교사를 43년 넘도록 하신 것이 동심을 유지하시는 비결일까요? 소년 감성이 지금도 풍부하신 것 같아요.
나이 들수록 젊은 사람에게 맞춰야 한다는 생각을 해야 돼요. 저도 교사하면서 깨달았어요. 제가 장학사 하던 때인데요, 그때 일반 학교 방문을 갔는데 깜짝 놀란 게 있어요. 교감 선생님 앞에서 이야기를 하는데 복도에서 애들이 쿵쾅거리고 떠드는 거예요. 그래서 교감 선생님한테 "선생님 애들 좀 시끄럽지 않아요?" 그랬더니 "왜요? 그냥 저런 게 애들인데요" 하는 거예요. 그때 깜짝 놀랐어요. '내가 큰일 났구나. 내가, 내 귀가 고장 났구나. 어서 빨리 학교로 돌아가야겠다. 애들이 떠드는 소리가 즐겁게 들리도록, 그런 소리를 듣도록 내 귀를 빨리 바꿔야겠다.' 생각하고 바로 장학사 그만뒀어요. 저는 아이들을 참 좋아합니다. 제 아내도 이상하게 생각해요. 애들 떠드는 것은 그렇게 잘 봐준다고요. 애들 떠드는 것이 싫으면 선생 그만둬야죠.

그런 소년 감성 덕분에 지금까지도 고운 시를 줄줄 낳으시는 거 아니겠어요?
아침에 자전거를 타고 '풀꽃문학관'에 출근하잖아요. 쭉 가다 보면 초등학교 몇 군데를 지나가게 되는데요, 어떤 때는 천사를 만난다니까요. 그냥 지나가는데 아이들이 알아보고 인사를 해요. 천사처럼 "안녕하세요" 그래요. 저는 이 아이들이 내가 시 쓰는 사람인 걸 아나, 내가 옛날에 교장이었던 걸 아나 싶어서 그 아이에게 물어봐요. "내가 누군지 아니?" 하면 "몰라요" 그래요. 그냥 동네 할아버지니까 인사하는 거예요. 그래서 전 생각하죠. '아, 오늘도 천사를 만났구나.'

나에게 인사를 건넨 천사를 만났으니까 오늘은 화낼 일이 있어도 화를 덜 내야겠다, 몸이 아픈 일이 있어도 즐겁게 생각해야겠다, 이런 생각을 하게 돼요. 그리고 가급적이면 좀 느릿느릿하게 다니려고 해요. 자전거 타고 너무 빨리 가면 천사가 나에게 인사를 건네지 못할 수도 있잖아요. 그래서 천천히 느릿느릿 다니면서 두리번거립니다. 자세히 보고 오래 보면 이쁘고 사랑스럽습니다.

무엇이든지 '사랑'하는 마음으로 사물을 보시네요.
그렇죠. 제가 쓴 시 중에 〈사랑에 답함〉이라는 시가 있어요. "예쁘지 않은 것을 예쁘게 / 보아주는 것이 사랑이다 // 좋지 않은 것을 좋게 / 생각해주는 것이 사랑이다 // 싫은 것도 잘 참아주면서 / 처음만 그런 것이 아니라 // 나중까지 아주 나중까지 / 그렇게 하는 것이 사랑이다." 저는 사랑에 대한 문제가 제일 힘

나태주

들었어요. 지금도 잘 모르겠어요. 하지만 분명한 것은 오래 보고 자세히 보면 사랑스럽고 예쁩니다.

시인 나태주의 주변에는 늘 그의 감성을 풍부하게 해주고 자극을 주는 사람들이 있다. 여성들이 그랬고, 박목월 선생님과의 인연도 그랬다. 늘 동심을 지켜주는 초등학생 제자들도 있다. 나태주는 이들을 '귀인'이라 부른다. 나를 살리고, 나를 돕고, 나에게 좋은 일을 해주기 위해 나타난 귀인이라는 것이다.

누구에게나 귀인은 있다. 누구에게나 '운'도 찾아온다. 그러나 귀인과 운은 보려고 하는 사람에게만 보인다. 없다고 생각하면 영영 만날 수 없을 뿐 아니라 귀인과 운의 효과도 없다. 그것이 인생이다.

60여 년 시를 쓴 시인은 나이가 들수록 글이 짧아지고 깊어진다고 했다. 짧고 쉽고 단순한 시와 함께 그는 '지금' '여기' '당신'에 꽂혀 산다. 지금 이 순간 살아있는 것 자체로 행복하고, 이런 내 곁에 머물러주는 '당신'이 있어 좋다. 지나간 어제가 아니라, 아직 오지 않은 내일이 아니라, 오늘을 챙기며 산다. 그리하여 나도 살고, 너도 살고, 우리가 함께 살아갈 수 있다고 믿는다.

# 에필로그

어렸을 적부터 열등감에 시달렸다. 내가 아는 내 수준보다 높게 평가해주는 사람들의 기대가 불편했다. 본래 내 모습을 들킬까 봐 불안했고, 그런 기대를 저버리지 않으려고 노력하는 게 힘들었다. 노력만으로 안 되는 일도 많았다. 타고난 재능과 기질을 한탄했다. 노력하지 않고도 잘해내는 사람을 부러워도 했다. 그들의 능력 앞에서 나의 노력은 무력했다.

KBS1 라디오 〈강원국의 지금 이 사람〉을 진행하며 많은 분을 만났다. 이들에게는 몇 가지 공통점이 있었다. 우선, 처음부터 잘하지 못했다. 시작은 늘 미미했다. 그리고 반드시 힘든 시절을 겪었다. 거의 한 사람도 예외 없이 고통의 시간을 경험했다. 하지만 처한 상황과 닥친 어려움을 인정하고 받아들였다. 불평하고 도망가지 않았다. 자신에게 찾아온 고난과 역경, 실패를 극복했다. 프로그램에 출연한 분들 가운데 탄탄대로만 걸은 분이나 시련 앞에 무릎 꿇은 사람은 찾아볼 수 없었다. 모두 우여곡절을 겪었고, 이를 전화위복의 계기로 만들었다.

프로그램을 마치며, 또 이 책을 다 쓴 지금, 나는 오랜 열등감에서 벗어났다. 타고난 사람은 없다. 모두에게 힘든 고비가 찾아온다. 노력으로 극복 못 할 어려움은 없다. 곤경은 내게 찾아든 기회다. 나는 이제 실패에 도전한다.

늘 듣고 배우는 일을 즐기는 사람으로서 〈강원국의 지금 이 사람〉은 나를 위한 프로그램이었다. 동행해준 백전노장 김창회 피디와 재기발랄 김자영 작가 덕분에 한 분 한 분 깊은 울림을 주는 우리 시대의 만인보를 이어올 수 있었다. 나로서는 대화를 앞두고 공부한 시간을 포함해 매일 세 시간 가까이 한 사람을 여행하는 황홀하고 참으로 수지맞는 경험을 했다. 만남을 허락한 모든 분께 머리 숙여 감사드린다.

"참 많이 배웠습니다. 여러분 한 분 한 분이 저의 인생 스승입니다."

# 강원국의 인생 공부

ⓒ 강원국, 김자영, KBS

| | |
|---|---|
| 1판 1쇄 찍음 | 2024년 1월 2일 |
| 1판 1쇄 펴냄 | 2024년 1월 10일 |

| | |
|---|---|
| 지은이 | 강원국 |
| 펴낸이 | 김정호 |

| | |
|---|---|
| 주간 | 김진형 |
| 책임편집 | 유승재 |
| 사진 | 전소연 |
| 일러스트레이션 | 이정우 |
| 디자인 | THISCOVER, 박애영 |

| | |
|---|---|
| 펴낸곳 | 디플롯 |
| 출판등록 | 2021년 2월 19일(제2021-000020호) |
| 주소 | 10881 경기도 파주시 회동길 445-3 2층 |
| 전화 | 031-955-9505(편집) · 031-955-9514(주문) |
| 팩스 | 031-955-9519 |
| 이메일 | dplot@acanet.co.kr |
| 페이스북 | facebook.com/dplotpress |
| 인스타그램 | instagram.com/dplotpress |

| | |
|---|---|
| ISBN | 979-11-93591-01-7  03800 |

이 책은 KBS1라디오 〈강원국의 지금 이 사람〉을 바탕으로 기획 및 집필되었습니다.
이 책의 출판권은 KBS미디어㈜를 통해 강원국, 김자영, KBS와 저작권 계약을
맺은 아카넷에 있습니다.